JN085530

狙撃手の祈り

Shinichi Shiroyama

城山真一

文藝春秋

目次／

装画　太田侑子
装幀　野中深雪

狙撃手の祈り

プロローグ

ワイパーは音もなくフロントガラスの表面を滑り、雨の粒をさらっていく。

助手席に木佐貫達之を乗せたクラウンは、警察庁長官の自宅マンションへと向かっていた。警察官から行政官になって一年が過ぎた。現在の所属は長官官房総務課の秘書室。役職は課長補佐。木佐貫の日々の業務は、長官専用車で長官を迎えに行くことから始まる。

今一度、手元のファイルを開いて長官のスケジュールを確かめた。すべて頭に入っている。見落としはない。

顔を上げると、細かい雨がサイドウインドを叩いていた。視線の先には、警察庁長官、海江田一朗の住む巨大なマンション群、〝プライムシティ〟がそびえている。何度見てもそれは要塞のようだった。

クラウンが減速し始めた。三十メートルほど先に傘を差したスーツの男が一人立っている。南千住署警備課の福井係長だ。年齢は三十八歳。木佐貫より四つ上である。

〝プライムシティ〟の正面ゲートを車一台分通り過ぎてクラウンは停車した。その隣を覆面パトカーのスカイラインが追い抜いていく。

プロローグ

スカイラインは前方二十メートルほど先で停まった。車内には福井の部下、ベテランの宇津木と若い平居が待機しているはずだ。

海江田が長官に就任してから、長官警備の体制は簡素になった。以前は、私服警察官二名のほか、地域課のパトカーが路上に堂々と停まり、制服警察官がマンションの近くで仁王立ちしていた。

現在、地域課のパトカーは警備から外れている。覆面パトも同じ場所にずっと停車するのではなく、マンションの周辺を巡回して、長官が自宅を出る十分前から長官専用車の二十メートル前で待機することになった。

警備体制を変えたのは海江田本人の意向だ。毎朝、玄関周辺に警察官が立っていたら、住民が嫌な気分になるだろうというのが理由だった。

木佐貫が警備体制の変更を上司である総務課長に伝えたとき、警備が手薄になるのは困ると、総務課長は顔をしかめた。しかし木佐貫は、長官の意向ですからと押し切った。

何だ偉そうに——。あのとき総務課長の目はそう語っていた。長官の意向だからっておまえが偉くなったわけじゃないぞ。

だが、これでいい。上の意向が絶対。警察庁は警察であって警察ではない。ここでの勤務は、いうなれば〝宮仕え〟である。市民を守るのが仕事ではなく、幹部の意のままに動くのが仕事だ。

今、木佐貫は日本の警察組織の頂点に君臨する警察庁長官の秘書をしている。同期、いや前後の年次を含めても出世競争のトップを走っている。

昨晩、同期採用の五名で飲み会があった。来月、同期の一人が北欧の日本総領事館へ出向する。

そのための壮行会だった。

階級は皆同じ警視。しかし、出世競争は横一線というわけではない。

――宮仕えばかりだと、現場に出たときに鈍っちまうんじゃないのか。

数年、地方警察まわりが続いている一人が、目の周りを赤くしながら、木佐貫に嫌味の矢を放った。体に刺さった矢はたしかな痛みを伴ったが、笑ってこらえる余裕は持ち合わせていた。

木佐貫に刑事部の経験はない。胸の奥に秘めた劣等感になっていることもたしかだ。だからといって、地方警察に赴任したとき、〝お客さん〟になるつもりはない。

子供のころ、刑事にあこがれた。困っている市民を助ける、悪い奴を捕まえる。その思いは今もある。

現場に出れば、俺だって――。

だが、そんな思いを否定するかのように右の手首が鈍痛を訴え、くっと奥歯を噛みしめた。

時計を見た。現在、八時二十分。

昨日、海江田はフランス警察の要人と赤坂で会食だった。レストランまで見送ったあと、木佐貫は同期会の居酒屋へと向かった。

昨晩は、久しぶりにしこたま飲んだ。官舎に着いたときには日付が変わっていた。今朝、目覚めたら、軽い頭痛を覚えた。

海江田は二軒目の高級ラウンジまで要人の相手をする予定だった。昨晩、帰りは遅かったはず。今朝は迎えの時間を少し遅くしようかとも考えたが、すぐに打ち消した。前に一度、同じように要人との会食があり、海江田の帰宅が遅くなった。翌日、木佐貫は迎えをわざと五分遅らせた。

しかし、木佐貫の配慮に気づいた海江田から、毎日、同じ時間でいい、といわれた。警備は最小限。余計な気配りは不要。謙虚で実直な海江田は、首相官邸からの受けもいい。だが、ここ最近の海江田の表情はさえない。

十日前、都内の地下鉄で過去に類を見ない壮絶なテロ事件が起きた。サリンという神経ガスが地下鉄車内で散布され、十名以上の死者、千人を超える負傷者が出た。

警視庁は、宗教団体「光宗会（こうしゅうかい）」が事件へ関与しているとして一斉捜査を始めた。だが、対応が遅すぎるとマスコミは警察を叩いた。海江田の表情がさえないのはそのせいだった。

警察バッシングが続くなか、長官のマンション周辺でも気になることがあった。

地下鉄サリン事件から三日後の朝、木佐貫が海江田の住むマンションへと向かって歩いていると、黒いコートの男が視界をかすめた。

別の棟の植え込みから、男は木佐貫のほうをじっと見ていた。しかも、どこか嫌な雰囲気を漂わせている。警備担当の警察官に職務質問をさせようかとも考えたが、木佐貫がわずかに逡巡している間に男は姿を消してしまった。

あれから一週間が過ぎた。その間、男は現れなかった。

前方に停まっていたスカイラインのドアが開いた。宇津木巡査部長が車を降りてこちらに近づいてくる。

ウインドガラスを下げると、細かい雨粒が入り込んだ。

「こんなものがありました」

宇津木が差し出したビラを受け取った。

『光宗会　セミナーのお誘い』

おのずと頬が強張った。黒コートの男――あれは光宗会の人間だったのではないか。光宗会が国家転覆を狙うなら、次は司法警察への攻撃を考えている可能性もあるのではないか。

総務課長に依頼して明日から長官まわりの警備を増やそうか。しかし、この程度の不安で警備を厚くしては海江田の意に反する。

八時二十五分。木佐貫は思考を止めると、傘を携えて車を降りた。

自分の傘は持たなかった。細かい雨が木佐貫の肩を濡らしたが、気にするほどの雨ではない。

〝プライムシティ〟には、七棟の高層マンションがそびえている。海江田の住むマンションは一番東側にあるEポートだ。

一階のエントランスでいったん足を止め、白い床を注意深く眺めた。床がところどころ濡れて光っている。

傘の柄を握る右手を動かすと手首が痛んだ。ワイシャツの袖で隠れているが、右手首には包帯が巻かれている。

飲み過ぎて注意力が欠けていたのかもしれない。昨晩から雨は降っていた。帰宅した際、官舎の玄関口で足を滑らせた。とっさに出した右手を床に着いたとき、手首をひねった。腫れてはいないが今も痛みは続いている。

木佐貫は床の濡れた箇所をまたぐと、Eポートのエントランスのなかを歩きまわった。

地下鉄サリン事件のあと、公共施設の点検が厳重になっていた。駅や商業施設のゴミ箱はすべて口を塞いである。

エントランスの端にある業務用の通用口まで歩いてみたが、気になるものはなかった。

八時三十分になり、呼び出しパネルで海江田の部屋番号を押した。

はい、と海江田の妻の声がした。

名前を告げてしばし待つと、エレベーターのランプが下がってきた。

木佐貫は、呼び出しパネルの前を離れて海江田の到着を待った。

エレベーターのドアが開き、海江田が現れた。

「おはようございます」

木佐貫が会釈をすると、海江田は明瞭な声でおはようと返した。

いつもと変わらない。疲れを残している様子もなかった。

そんな海江田の目に、わずかに戸惑いの色が浮かんだ。

すぐに気づいた。木佐貫の待つ位置が普段と違っていたせいだ。

いつもなら正面エントランスの近くで待つ。しかし、今日は床が濡れていない業務用の通用口側で立っていた。

木佐貫は正面エントランスのほうへ向かおうとしたが、海江田の動きのほうが早く、木佐貫のいるほうに向かってきた。

木佐貫は先に通用口から外に出て、傘を開いた。

外には小粒の雨が降り続いている。風はほとんどない。ほかの住民の姿もない。

木佐貫は海江田の頭上に傘を掲げた。

海江田が傘の柄を握り、木佐貫が手を離したその瞬間――。

何か、おかしい。

木佐貫の肌がざわりと粟立った。

ひとけのない広場にどこか異様な空気が流れている。

木佐貫は立ち止まって周囲に視線を走らせた。

「どうした」

海江田が言葉を発した、そのときだった。

ドーンと大砲のような音が耳をつんざいた。

「うう」

海江田がうめき声を漏らし、その手から傘が滑り落ちた。

思考する間もなく、再びドーンという音があたり一帯に鳴り響いた。

見えない力に押し出されたように、海江田が前によろめいた。

刹那、全身に緊張が走った。今のは銃声——海江田が二発撃たれた。

海江田を守らなくてはと、とっさに右手を伸ばした。しかし、海江田の腕をつかもうとした瞬間、痛めている右手首に痛みが走り、指先から腕が離れていく。

海江田は体を反転させ、地面に仰向けに倒れ込んだ。

ドーン。

三発目。海江田が短いうめき声を上げて両目を見開いた。同時に海江田の体が少し反り、地面から数センチ宙に浮いたようにも見えた。

「長官ッ」

プロローグ

木佐貫は腰を落として海江田に近寄った。

海江田は歯を食いしばって、早い呼吸を繰り返している。ワイシャツの腹部あたりには血がにじんでいた。

木佐貫は雨粒を頬に受けながら、周囲に視線を走らせた。

近くの植え込みが目に入った。あそこまで移動すれば銃撃から逃れることができる。

木佐貫は海江田に、「移動します」と声をかけた。

海江田のズボンのベルトを右手で摑み、もう片方の手をわきの下に差し込んだ。とりあえず植え込みの陰まで移動する。距離は五メートルほどだ。

海江田の胴体を引っ張ろうとした瞬間、再び右手首に激痛が走り、握力が消えた。

それでも奥歯を嚙み締めてベルトを摑み続けた。指に力が入らないので腕の力に頼るしかない。肘を曲げると袖がめくり上がった。

海江田の体を引きずった。ひどく重い。ふう、ふうと海江田が大息を吐き続ける。わずかな距離が、とてつもなく長く感じられる。今、狙撃されたらおそらく終わりだ。

ドーン。

木佐貫は、海江田の体を抱いたまま植え込みの陰に倒れ込み、海江田の上に覆いかぶさった。

埃が舞い上がり、全身にびりりと鳥肌が立つ。被弾はしていないが、まだ油断はできない。

それにしても警備の三人は何をやっているんだ？

次の銃声は聞こえない。いや、何も聞こえなかった。耳の奥でツーンという音がして周囲の音が聞き取れない。

海江田のワイシャツは胸元のあたりからベルト付近まで真っ赤に染まっている。木佐貫は脱いだ上着で海江田の腹のあたりを押さえた。地面に横たわる海江田の顔は陶器のように白くなっている。目は虚ろで、意識があるのかどうかも定かではない。

かすかに足音が聞こえた。視界の片隅に、警備の三人が駆けてくるのが見えた。

三人の警察官は瀕死の海江田を見て、立ち尽くした。

木佐貫は「長官車両から俺の鞄を持ってこい!」と大声を張り上げた。

平居が駆け出し、木佐貫の鞄を携えて戻ってくる。その後ろには長官車両の運転手の姿も見えた。

「携帯電話を出して電話しろ」

平居は携帯電話を取り出すと、たどたどしい手つきで操作した。

「赤いボタンを押せ。早く! 押すだけでいい!」

平居がボタンを押して、耳に携帯電話を押しつける。

「つながりません」

「そんなことはない、早く!」

平居が赤いボタンをもう一度押す。だが、電話はつながらないようだ。

木佐貫は運転手に向かって、「車載電話から一一九番だ!」と叫んだ。

運転手がすぐに走り出した。

雨で濡れた地面には海江田の血が広がっていく。

海江田は虚ろな目を天に向けたまま、何の反応もしない。

そのとき、「おい。待て!」と大声がプライムシティの広場から聞こえた。

マンションの管理人が木佐貫たちのいるほうに背中を向けて叫んでいる。

もしかして!

木佐貫の脳裏を黒いコートの男がかすめた。

状況を察した宇津木と平居が管理人のほうへと向かって走り出した。

その様子に目をやりながら木佐貫は舌打ちをした。すぐに犯人を追えと警備班に指示しなかった自分に腹が立った。

救急車のサイレン音が聞こえてきた。

——宮仕えばかりだと、現場に出たときに鈍っちまうんじゃないのか。

サイレンの隙間から、同期の粘っこい声が聞こえた気がした。

第一章

青井圭一

ああ、いつものが来た――。

脳内に靄（もや）がかかり、急に量感を失っていく。

目をつぶり意識を集中すると、しばらくして頭のなかがすっきりしてきた。

いつからなのか覚えていないが、昔からずっとだ。これで何か不都合があるわけでもないので、持病とはいわないのだろう。

青井圭一（あおいけいいち）はパソコンの画面に視線を戻し、業者から送られてきた発注リストの確認作業を再開した。ギター十台、ベース五台、ドラムセット一台……。

ここ青井楽器店は、東京都北区の十条銀座商店街の奥、道を一本折れたところにある。ロック系の楽器の販売とスタジオレンタルの店だ。鉄筋三階建ての小さなビルは圭一自身が所有する物件で、地下階にスタジオが三部屋、一階は楽器店、二階と三階は自宅という造りだ。

ダン、ダン、ダン。でさあ。マジで？

階段を踏みならす足音と甲高い声がぶつかり合うように近づいてきた。

地下へ続く階段から顔を出したのは、ブレザー姿の女子高校生の四人組だ。うち二人はギターとベースの入ったケースを肩にかけている。

「圭さん。終わりました！」

先頭のボーカルの子がストレートの髪を揺らしながら、敬礼をして見せる。

常連の客は、圭一のことをいまだ店長とは呼ばない。店を継いで一年たっても圭さん、あるいは圭ちゃんのままだ。

「これ、お店の掲示板に張ってもらってもいいですか」

女子高校生がチラシを差し出した。『――高校卒業記念ライブ』

いいよといって圭一はチラシを受け取った。この三月という時期は、同じようなチラシが店の掲示板を埋め尽くしていく。

卒業式シーズンに限らず、地下の貸しスタジオで練習するのは、学生が七割。そのほとんどが女子高校生だ。

圭一は三十二歳。前の店主だった叔父、友康（ともやす）の話だと、圭一が生まれた一九九〇年代初めは、バンドをする高校生といえば、男子が中心だった。しかし、近年、友達同士でバンドを組んだり、軽音部で音楽を始めたりするのは女子ばかりだ。ジャンルはポップ。聞けば、漫画が原作の人気アニメが、女子のバンドブームの火付け役になったらしい。

「おなかすいたー」「どこ行く？」

速いテンポで会話をしながら女子高校生四人が店を出て行った。

ガラスドアの向こうに目を向けると、仕事帰りのサラリーマンが店の前を通り過ぎていく。

午後九時五分。スタジオの予約はもう入っていない。

圭一は看板の灯りを消し、地下のスタジオへ降りた。

女子高校生が使っていた部屋のなかを点検したあと、ほかの二つの部屋も確認して、地下の空調と灯りを消した。

一階に戻ると、ガラスドアをコンコンと叩く音がした。ドアの向こうに、ショートボブのそばかす顔が見える。さっきの四人組の一人。ドラムスパートの子だ。

圭一は鍵を外してドアを開いた。

「どうした？　もしかして忘れ物？」

「圭さんに私の演奏をちょっと見てほしいの。なんだかうまくいかなくて」

そういえば、練習を終えた四人が階段から現れたとき、一人だけ浮かない顔をしていたのが、この子だった。

「どこがうまくいかない？」

「速いリズムになると、だめなの」

「じゃあ、そこに座って」と近くにあった丸椅子を指さす。

圭一は、椅子の前に直径三十センチの練習パッドを置いた。そばかすがリュックから自前のスティックを取り出す。

「四分音符、八分音符、三連符、最後に十六分音符。この順で二小節ずつやってみて」

圭一はテーブルのメトロノームを動かした。それにあわせて、そばかすがパッドを叩き始める。トン、トン、トン、トンと乾いた音が静かな店内に鳴り響く。

四分音符はできている。ただ、姿勢がよくない。

「下を向いてる。もう少し前を見て……。そう」

次、八分音符。これも悪くない。その次は三連符。ここからテンポが速くなる。わずかに左手の動きがぎこちなくなってきた。

最後は十六分音符。速いテンポで叩き続けるが、明らかに乱れていた。リズムが一定のテンポに保てなくなっている。

もう二小節続けさせたが、メトロノームのテンポに合わせることはできなかった。

「もういいよ」圭一はメトロノームを止めた。「自分でも気づいていると思うけど、左のスティックが遅れてる」

「うん」そばかすが眉をハの字に落とす。

「速いパートになると、遅れないようにと力んでる。視線が下になるのも、力が入り過ぎてるせいだ」

「どうすれば、よくなる？」

「間違ってもいい、遅れてもいいと思うことだよ」

「え、そうなの？」そばかすが目を丸くする。

「あとはね、パッドを叩こうって意識が強すぎる。叩くよりも振るという感覚を大事にして。肩と腕の力を抜いて、軽い感じでスティックを振ってみるといい」

じゃあ、もう一度と、圭一はメトロノームを動かした。

四分音符、八分音符はうまくこなしている。その後、三連符に移ってもスティックの動きはいい。さっきよりも軽やかだ。

最後は十六分音符。始めのうち、リズムに乱れがあったが、徐々にリズムが一定に保たれていく。女子高生の表情も明るくなった。うまく叩けたことで体の力がさらに抜けていく。こうなると、速いリズムでもいつまでも叩き続けることができる。

──これは無意識運動っていうんだ。ドラムってのは、力を抜くほどいい。覚えておけよ。

ドラムを始めたばかりのころ、友康にいわれた言葉が耳によみがえった。

圭一は高校まで友人とバンドを組んでいた。パートはドラム。元々ギタリスト志望だったが、ギターコードを押さえるのがうまくいかず、早々に挫折して、ドラムに転向した。

ドラムは友康のマンツーマン指導で着実に上達した。バンドメンバーは本気の連中ばかりで、コンテストで何度か入賞も果たした。

のめりこむほど、プロのドラマーへの憧れが強くなった。友康から、せめて大学くらいは行ったほうがいいといわれたが、大学進学は目指さなかった。もしかりに大学に行くなら、自分で学費を稼ぐつもりだったが、そうまでして大学へ行く意思はなかった。家業の楽器店を自分なりに支えること、ドラムでプロを目指すことのほうが、圭一には大切だった。

高校卒業後は、楽器店の手伝いと配送や清掃などのアルバイトをいくつか掛け持ちした。忙しいなかでも時間を作って、ドラムの練習を続けた。特定のバンドを組むことはなく、ヘルプで参加したり、友康のツテを頼って、ときどきスタジオミュージシャンのオーディションを受けたりした。

だが、オーディションは落ち続けた。二十代も後半にさしかかると、さすがにもう無理かと思いつつも、オーディションの話があれば、受けに行ったし、アルバイトを掛け持ちでしていれば、とりあえず食べていける稼ぎはあった。

家業、アルバイト、そしてドラム。沙月（さつき）と結婚したあとも同じ生活を続けた。それが一変したのは、一年前のことだった。

青井楽器店を長く切り盛りしてきた友康が、くも膜下出血で急逝した。圭一はアルバイト生活をやめて店を継ぎ、ドラムでプロを目指すのも、きっぱりとあきらめた。

それまでアパート暮らしだった圭一と沙月は、この店舗兼住宅に移り住んだ。沙月と結婚する前は、ずっとここに住んでいたので、圭一にとっては住み慣れた家に戻ってきただけだった。

そばかすを見送ったあと、二階へあがった。

雑誌記者の沙月は多忙で仕事も不規則なので、夕飯づくりは圭一がほぼ担う。

今日も沙月はまだ帰ってきていないので、圭一は夕飯の準備に取り掛かった。

冷蔵庫から取り出した二切れのタラに、塩を振っていると、玄関から「ただいま」の声が聞こえた。

パンツスーツの沙月が部屋に入ってきた。長い髪は無造作に後ろに束ねている。

圭一は、小さな声で、おかえりと返した。

「立ち飲みバーで取材だったんだけど、ビールを飲んだだけで何も食べてないの」

そう話す沙月からうっすらアルコールの匂いが漂ってくる。

沙月はトートバッグからアルミの小包装を取り出した。五苓散という二日酔い防止の漢方薬だ。仕事柄、酒を飲む機会が多い沙月だが、酒は強くない。少しでも酒を飲んだときは、こうして五苓散を服用している。

沙月は、グラスに注いだ水で漢方薬を流し込むと、「今日は私が作るから」といってジャケットを脱ぎ始めた。

キッチンを離れた圭一は、沈黙を埋めるためにテレビをつけた。

さほど時間はかからずテーブルに料理が並んだ。たまにしか夕飯の準備をしない沙月だが、圭一より手際がいい。

タラの塩焼きを口に入れた沙月は、「うん、久しぶりだったけど、上出来」といってうなずいている。

会話のない、ぎこちない時間が始まった。テレビではニュース番組が流れていた。テレビを見る沙月は、へえ、とか、ふうんと声を出している。圭一のほうは、ときどきテレビに目を向けるも、黙って箸を動かした。

ここ最近、夫婦の関係はぎくしゃくしていた。圭一は白飯を咀嚼しながら思う。そろそろ修復に向かってもいいのかもしれない。自分が沙月のしたことを受け入れれば、それで終わる。しかし、本当にそれでいいのか……。

きっかけは、ワイドショーがある芸能ニュースを取り上げたことだった。

男女混合の人気ロックバンド「赤青キーロ」のギタ-リスト、根本京平の不倫スキャンダルが大々的に報じられた。妻子ある京平は、多方面で活躍する〝好感度〟若手女性タレントと密かに交際していた。どこで漏れたのか京平と女性タレントがSNSでやり取りした内容までもが報じられた。

二人には世間からバッシングが浴びせられた。「赤青キーロ」は活動休止に追い込まれ、京平は妻子とも別居、離婚も時間の問題と報道された。

圭一と京平は、中学、高校の同級生で一緒にバンドを組んでいた仲だった。バンドでは、京平が作曲を担当し、ギターのテクニックも高校生離れしていた。あるコンテストに出場した際、京平にだけ音楽制作会社から声がかかり、プロへの道が開けた。圭一含めほかのメンバーにとっては、悔しさよりも同じバンドのメンバーがプロになることが誇らしかった。

京平が所属するバンド「赤青キーロ」は徐々に知名度を上げ、曲はテレビドラマの主題歌にも採用された。京平は、バンド活動の枠にとどまらず、他のアーティストにも楽曲を提供するなど音楽業界でも売れっ子の一人となった。だからこそ、不倫スキャンダルのインパクトは大きかった。

京平のスキャンダルを最初に報じたのは、ある週刊誌で、沙月がその雑誌のライターとして専属契約を結んでいることは圭一も知っていた。

京平のスキャンダルが報じられて数日たったある晩、圭一と沙月が自宅で食事をしていると、ワイドショーは京平のスキャンダルの後追いニュースを報じていた。

「京平のニュース、最初にスクープしたのは、沙月のところの雑誌だよね」

「そうよ」

「SNSまで暴露されてたけど、あれってどうやって見つけたんだろうね。どんな人が記事書いたか、知ってる？」

箸を動かす沙月の手が止まった。若干の間が空いてから、私なの、と沙月が呟いた。

「スクープ記事、あれ私が書いたの」

予想しなかったこたえに、圭一は絶句した。

沙月の属する雑誌の編集部門は、芸能班、社会班、文化班、総合班と分かれていて、総合班に所属する沙月は、誌面の隙間を埋めるベタ記事を担当していると聞いていた。京平の不倫スキャンダルは、沙月とは関係のないところで書かれた記事だと思っていた。

しかも、京平が圭一の古い友達だというのは、沙月も知っている。圭一と沙月の結婚披露パーティーでは、ツアー中の京平がサプライズ出席して大いに盛り上がった。あのとき、沙月も眼に涙を浮かべて京平に感謝していたではないか。それなのに——。

圭一は、どうして書いたんだ、と沙月を責めた。しかし沙月は、悪びれた様子もなく、「いいネタがあれば書く。それが雑誌記者の仕事だから」と返した。

「だけど、京平は僕の友人だ」

「わかってる。でもね、いつまでもベタ記事を書くだけのライターでいたくないの。今回は、大きなネタも取れるライターだって周りにアピールできるいい機会だったし」

「京平のネタはどこで知ったの？」

「悪いけど、ネタ元は明かせないわ」

昨今、芸能人の不倫ネタを書けば、バッシングにさらされることは予想できる。案の定、京平は記事のせいで窮地に立たされた。なのに、仕事とひと言で片づける沙月へ強い怒りがわいた。

それから一週間、口を利かなかった。それでも気持ちはおさまらなかった。最低限の会話はするようになったが、関係は冷えたままだった。

沙月は反省や後悔をしているようには見えなかった。そんな沙月を許せなかった。仲直りをすることは、親友だった京平への裏切りのように思えた。

その後、京平が離婚したとニュースで知ったとき、圭一は罪悪感を覚えた。沙月がスクープしたことを京平に告白して謝罪しようとも考えた。だが、携帯電話はつながらなかった。ワイドショーでも京平の行方が分からないというニュースを目にした。世間とかかわるのが嫌になって隔絶した生活を送っているのかもしれない。

沙月の声が途絶えていた。じっとテレビのニュースに見入っている。

『教祖の徳丸宗邦の死刑執行から五年がたった今も、残された信者が細々と活動しています。我々が取材したところ、ここ最近、不穏な動きをしているとの情報も寄せられています――』

圭一はテーブルに視線を落とした。わだかまりは、たしかにある。だが、ぎすぎすした空気で生活するのはそろそろ限界を迎えつつあるのも事実だった。

許す、許さないは別として、自分から話しかけてみようか。沙月の仕事のこと？　店のこと？　さっきの女子高校生バンドのことなんか、ちょうどいいではないか。

今日さ――。

顔を上げた瞬間、喉元までせり上がった言葉が止まった。

沙月が圭一を正視していた。口元は真一文字。いいたいことがある。そんな表情だった。

テレビの音だけが鳴り続けている。圭一は、緊張しながら沙月の言葉を待った。

「一応、話しておくけど、明日から取材旅行に行くの」

なんだ、そんなことか。圭一は、小さくうなずいた。

「それから、これ」沙月がバッグから一枚の紙を取り出した。

差し出された書類に、圭一の目は釘づけになった。それは離婚届だった。

「一週間ほどで帰ってくるから。それまでに圭ちゃんも考えておいて」

胸が大きく波打った。

下の署名欄には、〝青井沙月〟の四文字が記されていた。


朝、二階に降りると、沙月はキッチンで漢方薬を飲んでいた。

沙月がトーストを用意して、圭一はコーヒーを淹れる。昨晩の話などなかったかのように、二人はいつもと同じ役割をこなした。

外に出る支度を終えた沙月がコートを羽織った。「じゃあ、行ってくるね」

顔は見ずに、「うん」と返事をした。

やっぱり何かいおうか。振り返ると、沙月の背中が一瞬見えて、ドアが閉まった。

テーブルの皿をキッチンへ運んだ。水道水のレバーを上げて、金だらいに流れ落ちる水をぼんやり眺めた。

腹の底には、昨夜から動かしがたい重みがたまっている。

沙月はどうして離婚届なんか……。

まさか京平の記事のことが理由ではないと思うが、このタイミングで離婚届を出すからには無関係ではないかもしれない。

ならばその理由は何だ？

金だらいの水はいつまでたっても溢れない。よく見ると、側面の小さな穴から水が噴き出ていた。

同じだ。自分が鈍いだけなのだ。理由はわからないが、沙月のなかでは、夫婦の関係はとっくに終わっていたのかもしれない。

何をしていても沙月のことが頭の片隅から消えなかった。

沙月が家を出て七日が過ぎた。この間、電話やＬＩＮＥでの連絡もなかった。いつ帰ってくるのか、と一度だけメッセージを送ったが、既読すらつかなかった。

沙月が置いていった離婚届には署名していない。離婚が怖いというよりも、沙月と面と向かって、その思いを確かめてから決めたかった。

夜九時。二階に上がり、夕飯の支度をしようとしたら、テーブルのスマートフォンが震えていた。伸ばした手が、一瞬、止まった。沙月からの電話だった。

スマートフォンを耳に押し当て、はい、と返事をする。

沙月からの返事はなかった。ザーッという音が聞こえる。

電波の状態が悪いのか？　それとも強い雨や風のなかにでもいるのか？

雑音に混じって〈圭ちゃん〉と声がした。

沙月の声はいつもと違ってどこか弱々しかった。

〈ずっと連絡しなくてごめんなさい〉

「いいよ、別に。まだ取材なの？」

〈……ねえ、圭ちゃん〉

沙月の声が少しだけ大きくなる。

〈このまま家に帰ったら、許してくれる？〉

圭一は思わず息をとめた。沙月らしくない言葉だ。声は少し震えているようにも聞こえる。

沙月、と声をかけようとしたところで、スマートフォンから音が消えた。

かけ直すか、待つか。

一分……二分……三分……。電話がかかってくる気配はない。

沙月の電話番号を押した。機械の音声が、この電話番号は電源が入っていないか、通話のできないところにいると告げた。

沙月の置かれた状況を想像する。すきまの時間をぬって電話をかけた。取材が始まったので、電話をとれなくなった。

いや、それでも電源までは落とさない。何より、沙月の声はどこか思いつめていた。

今度は、部屋の固定電話の着信音が鳴り響いた。発信者は非表示となっている。

すぐに受話器を取った。

「もしもし」

〈青井さんですか〉男の声だった。

「そうですが」

〈青井友康さんはいらっしゃいますか〉

「友康は昨年、亡くなりました」

〈そうだったんですか。それはお悔み申し上げます……〉男の声が沈んだ。〈ご病気か何かで？〉

「はい。あの、失礼ですが」

〈古い知り合いです。名乗るほどの者でもありません。これで失礼します〉

受話器を置くと、思わずためいきが出た。前にも二度ほど似たような内容の電話があった。友康の死は急だった。告別式の前に、友人や知人にはすべて伝えたつもりだったが、連絡が漏れていた先がまだあったようだ。

受話器を置くと、沙月のことへとすぐに意識が戻る。

その後も沙月の携帯電話に何度も連絡を取ろうとしたが、つながらなかった。

浅い眠りのまま、朝を迎えた。

警察に相談すべきか。いや、まだ早いか。思考は行ったり来たりを繰り返した。スマートフォンの電源が切れたが、気づいていないだけかもしれない。けろっとした顔で今日あたり帰ってくるかもしれない。

だが、どうつくろっても、不安は消えなかった。

そもそも沙月はどこへ取材に行ったのか。

三階の沙月の部屋に入った。圭一と沙月はそれぞれ自分の部屋を持っている。ここへ越してきて以来、寝る部屋も別だ。沙月は仕事に没頭するには、このほうがいいといった。

化粧品らしき香りがかすかに部屋を漂っていた。机、ベッド、クローゼット、本棚。細長いフローリングの部屋は狭苦しい感じがした。

机には二冊のバインダーファイルが置いてあった。一冊は青、もう一冊は赤。圭一は青いほうを手に取った。表紙には「完成稿」の文字。ファイルを開くと、京平の不倫スクープの記事が目に入った。

ページをめくると過去に沙月が書いた記事がファイル綴じされている。

『上場前の新規株で儲ける！』、『女子に人気の理系大学』、『耳鳴り・難聴はこれで治る！』

もう一冊の赤いほうを手に取った。表紙には「未定稿」と記されている。

ファイルを開いた。ワープロソフトで書かれた横書きの原稿――。

ゴシックの太い文字が目に飛び込んできた。


『平成最大の未解決事件の謎を解く！』

平成七年三月三十日。二十八年前のこの日、日本の警察は一敗地にまみれた。

それは今もすべての警察官に苦い記憶として刻まれている。全国二十万人の警察組織のトップ、海江田一朗氏が朝、自宅マンションを出た直後に狙撃されたのだ。

放たれた実弾は四発。そのうち三発が海江田氏に命中。海江田氏を狙撃した犯人はすぐに現場から逃走した。

「犯人は男でした。黒いレインコートを着てフードをかぶりマスクで顔を覆っていました」（目撃したマンションの管理人）

逃走の手段には自転車が使用された。事件当時、海江田氏の周囲にいたのは、秘書役の警察庁課長補佐と南千住署警備課の三名の私服警察官だった。海江田氏が狙撃された直後、三名の警察官は海江田氏に駆け寄り、狙撃犯をすぐに追いかけようとはしなかった。これがあとになって大きな失点となる。

狙撃された海江田氏は、銃弾が臓器を貫通し、腹部から大量の出血が認められた。救急車で病院に運ばれると、六時間にも及ぶ大手術が行われた。その間、心停止は四度、十リットルの輸血が行われるなど、危険な状態が続いた。幸い、手術は成功し、海江田氏は生死の狭間から奇跡の生還を果たした。

逃走した狙撃犯について警察はカルト団体「光宗会」による犯行と見定めて、捜査を進めた。元々光宗会は、徳丸宗邦を教祖として仏教の教えとスピリチュアルを融合させた教義を説く新興の宗教団体であった。ところが、平成二年の衆議院選挙での敗北から徐々にカルト団体へと変貌していく。狙撃事件のあった平成七年は、事件の十日前に東京の地下鉄丸ノ内線、日比谷線、千代田線で地下鉄サリン事件が発生し、光宗会の信者数名が容疑者として逮捕されていた。

こうした背景から、警察は、海江田長官狙撃を地下鉄サリン事件に続く一連のテロ行為と断定、犯人追跡に全力を注いでいくが、ここから警察の長い迷走が始まる。

当時、南千住署に設けられた「海江田長官狙撃事件」の特別捜査本部は、総勢百六十名の捜査員で構成され、警視庁から出張った公安部の刑事たちが主軸となるという異例の布陣だった。

「捜査方法をめぐって公安部と刑事部は何度もぶつかりました。特に刑事部のほうは不満が大きかったと思います」（警察関係者）

通常、警察では、殺人や傷害といった凶悪事件を扱うのは、刑事部である。だが、海江田長官狙撃事件については、光宗会の犯行説が有力という前提のもと、刑事部ではなく、カルト団体、極左勢力への監視、テロ防止を担う公安部が捜査の主導権を握った。

警察は威信をかけて犯人逮捕に全力を挙げた。事件のあった約二か月後には、山梨県の山中にあった光宗会本部への捜査が行われ、地下鉄サリン事件の首謀者として、教団トップの徳丸宗邦が逮捕された。しかし、海江田狙撃事件の犯人捜しのほうは、目立った進展はなかった。

ここで狙撃事件で使用された拳銃と銃弾について述べておく。事件から七年後の平成十四年に警視庁は拳銃と銃弾の種類を詳しく公表している。拳銃は、アメリカのコルト社が製造したコルトパイソン（写真1）。「拳銃のロールスロイス」と呼ばれる高級品で、生産数が少なく、ガンコレクターに人気があった。

銃身は八インチ、これは日本の警察官が使用する拳銃の銃身のおよそ二倍の長さだ。命中率が高く、強烈な威力のある銃弾を発射すれば、車のドアを簡単に貫通するともいわれている。ただし、それほどの威力のある拳銃であるため、射撃するときに受ける反動は大きく、この拳銃を扱うには、高度な技術が要求される。

銃弾はフェデラル社製のホローポイント（写真2）といわれる特殊な形状のものだ。この銃弾は人体に着弾した瞬間、先端部分がめくりあがって、キノコのような形状になる。これによって、体内を貫通するときに内臓へのダメージをより大きくする。〝殺すためのタマ〟とも呼ばれる致死率の高い弾で、熊などの野生の大型獣の狩猟に使用される。

「希少性の高い拳銃と特殊な銃弾が、拳銃所持を禁止する日本にどのように持ち込まれたのか、

大きな謎でした」（警察関係者）

事件から一年が過ぎたころ、光宗会に所属する男性Aが捜査線上に浮かんだ。なんと、この人物は警視庁の警察官であり、しかも地下鉄サリン事件の捜査員の一人だった。長官狙撃の事件直後に、Aが光宗会幹部へ事件発生を知らせたという事実が判明し、容疑者ではないかという疑惑が浮上したのだ。

身内の犯行説――警察内部に衝撃と動揺が走ったのはいうまでもない。Aに対して都内のビジネスホテルで極秘の聴取が繰り返し行われた。当初、Aは犯行を否定していたが、途中から、自分がやったと供述を始めた。これで一気に実行犯逮捕へ進むかと思ったが、そうはならなかった。

理由は物証が得られなかったからだ。「犯行に使った拳銃は川に捨てた」との供述から、都内の河川でおおがかりな捜索が行われたが、拳銃は見つからなかった。供述の内容にも、あいまいな点が多く、細かい矛盾がいくつも見つかった。容疑者と思われたAは、光宗会のために自身が人身御供となろうとしていただけだった。結局、捜査本部はAを逮捕することなく、任意の聴取を打ち切った。

その後も捜査本部は光宗会に関係する者の犯行という見立てで捜査を継続した。

「実行犯と思しき信者が何人も浮上しました。ただ、確たる証拠は得られず逮捕には至りませんでした」（警察関係者）

そうしたなか、事件から七年後の平成十四年、捜査本部に大きな情報がもたらされた。

この年、某メガバンクの京都支店で、男が拳銃を発砲し現金輸送車を襲撃する事件が発生した。現行犯逮捕された男の名前は、加藤充治（かとうみつはる）。加藤は、自称、「日本憂国の会」の代表と名乗っていた。会の目的は、日本を守ること。戦闘部隊の組織化を目指し、和歌山県山中の加藤のアジトには、膨大な数の拳銃、爆弾、防護服などが保管されていた。

取り調べの過程で加藤は、平成七年に起きた海江田長官の狙撃は自分がやったとほのめかした。加藤は光宗会の戦闘部隊、あるいは、光宗会から依頼を受けた殺し屋ではないか。捜査本部はそう考えたが、加藤はこれを完全に否定した。さらに、狙撃犯であることを認めつつも、海江田長官を狙った動機については、「憂国」とのみこたえ、し烈な取り調べが続いても、それ以上の動機については一切口を閉ざした。

加藤真犯人説を強固なものにするこんなエピソードがあった。

犯行現場へ加藤を連れて行き、実況見分を行ったときだった。事件現場の目撃証言から、海江田長官は約二十メートルの距離から狙撃されたことがわかっている。この距離では、人体の急所を狙って命中させるのは相当難しく、特に三発目の、横たわった状態の海江田長官への狙撃は、かなり高度な射撃技術がなければできないものだった。

捜査本部は、犯行に使用されたものと同型のモデルガンを加藤に渡して、狙撃時の様子を再現させてみた。そのとき、現場に立ち会った捜査員は驚愕したという。

「拳銃の持ち方、姿勢、標的を見つめる眼差し。加藤のたたずまいは、まぎれもなくプロのスナイパーでした」(警察関係者)

さらに加藤は、警察が公表していない現場の状況、いわゆる秘密の暴露もした。

一週間前に現場の下見に行っており、事件当日は下見のときと長官専用車両のナンバーが違っていたこと、海江田長官と秘書官らしき人物が下見のときとは違って通用口から出てきたことを語った。これで加藤の犯行はゆるがないものと思われた。

　しかし、この時点でも捜査本部は、まだ光宗会犯行説にこだわっていたため、勾留中の加藤を警察庁長官を狙った殺人未遂容疑で逮捕することはなかった。

　ここまで前代未聞の警察庁長官狙撃事件を振り返ってきたが、有力容疑者だった加藤充治をなぜ警察は逮捕しなかったのかという疑問がやはり浮き彫りになる。

　警察が加藤を逮捕しなかった理由は、警察組織内の対立、メンツの問題だったといわれている。事件の捜査を主導したのは、刑事部ではなく公安部だった。公安部は、初めから光宗会に犯人ありきで強硬に捜査を進め、刑事部をないがしろにした。これが迷走の原因となっていた。

「長く公安畑を歩んできた海江田長官への忖度から、公安部でカタをつけるというメンツが優先しました。それが捜査のあしかせになったのは否定できません」（警察関係者）

　実際、刑事部所属の捜査官が加藤充治の逮捕に踏み切ろうとしたことがあったという。しかし、こともあろうか、公安部の幹部が捜査官を恫喝して逮捕を阻止したといわれている。

　長官狙撃事件から十五年がたち、犯人が逮捕されることはなく、事件は公訴時効を迎えた。だが、ここでも警察はありえない失態を犯す。公訴時効の当日に会見を開いた警視庁は、記者の前で「逮捕には至らなかったが、犯人は間違いなく光宗会の人間」と異例の声明を発表したのだ。

　司法警察である日本の警察が、立件できなかった事件について、犯人を決めつけるような発言は、世間から批判を浴びた。このころ、光宗会はすでに解散していたが、後継団体が東京地裁に東京都を相手に名誉棄損の訴えを起こした。結果、東京都に損害賠償百万円を命じる判決が下され、東京都、つまり警視庁は民事裁判で負けを喫したのだった。

とはいえ、有力容疑者である加藤が野放しにされたわけではない。強盗殺人未遂罪で無期懲役の刑が確定して、加藤は現在も東海地方の刑務所に収監されている。

「病気が悪化している加藤は会話すらままならない。加藤が事件のことで何か隠していたとしても、もう真相にはたどりつけないでしょう」（警察関係者）

前置きは長くなったが、いよいよ本題に入る。この記事を書いた目的は、今さら警察の古いゴタゴタを批判するためではない。事件にはまだ明るみに出ていない事実がある。それをあぶり出すことにある。

海江田長官を狙撃した実行犯は加藤ではなく別にいる――。

本誌記者は驚くべき情報を得たのである。


最後のページは下半分が白紙で記事は完成していない。

沙月がこんなネタを追っているとは……。圭一は止めていた息を吐き出した。

熱を感じさせる内容だった。青ファイルにあった過去の記事とは違う。沙月はこの記事をかき上げて、ライターとして新たな境地を開こうとしているのは、明らかだった。

沙月がこれほどの思いを持っているなんて、気づかなかった。一緒に生活しながら、自分はいったい妻の何を見ていたのだろうか。

今取り組んでいる取材は、おそらくこの件だろう。そのための取材旅行に出たのだ。

ファイルを閉じようとしたとき、白紙部分の端にあった走り書きが目に留まった。

長野。

これだけでは何のことかわからない。思いつくのは長野県だが、原稿に長野県は出てこなかった。

ほかに情報はないだろうかと、先に見た青いファイルをもう一度開いたが、こちらには狙撃事件に関係した記事は見当たらなかった。

ファイルを机に置こうとして、綴じられていない書類がファイルから滑り落ちた。落ちた書類を拾い上げようとしたとき、机の下で、あるものが目に入った。

段ボール箱？　どうしてこんなところに？

圭一は気になって机の下から箱を引っ張り出した。大きさは四、五十センチの直方体。色があせて角もつぶれている。かなり古いものだ。閉じてあった上面はガムテープが引きちぎられ、蓋が開いている。

なかをのぞくと、いろいろなものが整理されて入っていた。革製のドラムスティックケース、古いレコード、カセットテープ、楽譜が書かれたスコアブック。レコードとスコアブックはどれも海外の古いロックバンドのものだ。これは、友康の遺品に違いない。亡くなったときにすべて整理したはずだが、まだあったらしい。だが、沙月はどうしてこの箱の存在を自分に教えてくれなかったのか。

箱からものを取り出していくと、底のところに百貨店の手提げ紙袋が収まっていた。なかに何か入っている。紙袋を開けると、紙製の小さな箱が入っていた。手に取ると、大きさの割に重みがあった。

箱のパッケージには英語でFEDERAL　MADE IN USAと記され、イノシシやシカらしきシルエットのイラストも描かれている。

何だろう……。

蓋を開けた瞬間、圭一は、アッと声を上げた。

細長い箱には、十個の銃弾が整然と並んでいた。表面は飴色で鈍い光を放っている。

おそるおそる銃弾のひとつをケースから取り出して、じっと見た。

これは、もしかして……。

机の上にあった赤いファイルをもう一度開く。

見たいのは、原稿と一緒に綴じてあった銃弾の写真だった。

写真と目の前の銃弾を見比べた。

どちらも先端を切り落としたような台形で、同じもののように見える。

どうしてこんなものが友康の遺品のなかにあるのか。

銃弾の入っていた百貨店の紙袋を確かめると、底に一枚の紙が入っていた。

それは英語表記の伝票だった。二つの住所がアルファベットで書いてある。USとJAPAN。アメリカから日本への海外便の伝票らしい。

送り主は、カリフォルニア州のノーザンライトという会社だった。この会社は知っている。小売店向けに楽器の卸販売をしている会社だ。うちの店も昔はこの会社からよく輸入していたようだが、今は、ほとんど取引はない。

届け先は、青井楽器店となっている。だが住所はここではない。以前、青井楽器店が借りていた板橋の倉庫の住所となっていた。発送した日付けは2/4/1995。AIRとSEAと表示された二つの枠のうち、SEA のほうにチェックが入っている。つまり一九九五年二月四日に船便でアメリカから送られたということだ。

商品名には audio amp と記されていた。

脳内で疑問の矢が飛ぶ。アンプの輸入伝票と銃弾が同じ紙袋に入っていたのは、単なる偶然なのか。あるいは何か関係があるのか。もし関係があるとしたら、アンプを輸入する際に銃弾を紛れ込ませていたということなのか。

何年か前にニュースで見た、ある事件を思い出した。神奈川で楽器店の経営者が覚醒剤取締法違反の疑いで逮捕された。台湾経由で輸入した中国製のアンプのなかに大量の覚醒剤を隠して、船便で日本国内に持ち込んでいたのだ。

そのニュースを覚えていたのは、アンプならたしかに密輸はできると妙に納得したからだ。アンプのなかは空洞になっている。そこにブツを詰め込めばバレにくい。しかも、港での税関のチェックは空港で行われるものより格段に緩い。

しかし、友康は銃弾なんてものとは無関係の生活を送っていたはず。銃弾を密輸していたとは考えにくい。では、どうして、こんなものがあるのか……。

不意に友康の笑顔が脳裏に浮かんだ。口ひげのまんなかから白い歯をのぞかせていた。争いごとは苦手な性格で、銃弾なんて物騒なものとはまったく無縁に思えた。

だが、今、手にしている伝票は、青井楽器店あてに届いたものだ。普段、伝票の類は専用のファイルに綴じて管理する。なのに、段ボール箱の一番底に銃弾と一緒に保管してあったのは、明らかに隠す意図があったように思える。

沙月の原稿の文字を、もう一度、目で追う。

——平成七年三月三十日。二十八年前のこの日、日本の警察は一敗地にまみれた。

警察庁長官の狙撃事件が起きたのは平成七年。西暦だと一九九五年。船便なら早くて二週間、遅くても一か月ほどで商品は到着する。送ったのが二月四日なら、アンプは遅くとも三月上旬には届いていたはず。もしアンプのなかにこの特殊な銃弾が入っていたとしたら……。

——特殊な銃弾が、拳銃所持を禁止する日本にどのように持ち込まれたのか、大きな謎でした。

ファイルを持つ指先が冷たくなった。そうか、それで沙月は……。

雑誌のネタになるような未解決事件を捜していた。いくつか調べたなかに、海江田長官狙撃事件があった。友康が急逝し、楽器店で住むことになった。友康の遺品を整理していたとき、古い段ボール箱からアンプを輸入した際の海外便の伝票と未使用の銃弾を見つけた。

銃弾の形状に沙月のアンテナは反応した。警察庁長官狙撃事件で使用されたホローポイントと同じ銃弾が目の前にある。もしかして、友康はあの事件に関わっていたのではないか？

二十八年前に起きた警察庁長官狙撃事件は、沙月の言葉を借りるなら、平成最大の未解決事件ともいわれる重大な事件だ。事件に隠された真相を暴き出せば、ライターとしての知名度が上がる。社会派のフリーライターとしての地位を得ることもできる。

しかし、狙撃事件を題材に記事を書けば、凶器となった銃弾の密輸に関わった人物——もしかしたら、友康について書くことになるかもしれない。

離婚届を置いて出て行った理由は、おそらくこれだろう。

両親を幼いときに交通事故で亡くした圭一は友康に育てられた。圭一にとって、友康は親であり、歳の離れた兄のような存在だった。そんな大切な人間を貶める記事を書けば、それこそ、夫婦の間に決定的な亀裂が入る。

銃弾と船便伝票を見比べながら思う。友康が事件に使用された銃弾を密輸していたとは信じがたい。だが、もしそれが本当なら、密輸だけといいきれるのか。

悪い想像が膨らみ、頭がぐらりと前に揺れ動いた。

狙撃犯だった可能性——沙月はそう考えたのではないか。

いずれにせよ、沙月がこの銃弾と伝票だけで、友康と海江田長官狙撃事件を結びつけたとは思えない。ほかにも何か証拠を摑み、友康と事件の関係に確信を持ったのではないか。

二十八年前の長官狙撃事件。犯行に使用されたものと同じ形の特殊な銃弾。アメリカからの青井楽器店宛ての船便伝票……。

しんとした部屋で、圭一は自分の呼吸音を聞いていた。

沙月の思いを察した今、不思議なほど心は落ち着いていた。京平のスキャンダルを報じたのが沙月だと知ったときのような憤りは感じなかったし、裏切られたという思いもなかった。

沙月と同じように自分も真実を知りたい。今はその思いが何より強かった。

斉賀速人

午後二時。神楽坂下の交差点——。

ゆっくりと流れる牛込濠(うしごめぼり)に面して広いデッキが広がっている。平日、オープンテラスのテーブル席は半分も埋まっていない。

気温はさほど高くないが、日差しがある分、寒さは感じなかった。

緩い風が、向かいの席に座る高橋雪絵(たかはしゆきえ)のショートボブの髪をなびかせる。

「鈴木(すずき)君。こんないい店、よく見つけたね」

鈴木君——その呼び名にもようやく慣れたが、もう今日で最後になるだろう。

斉賀(さいが)速人(はやと)は軽く微笑むと、自然な動作でホットコーヒーを一口飲んだ。大事な場面だが緊張はしない。

「来週は、お台場のほうに行かない？　気になるお店を見つけたの」

雪絵は独身。ふっくら体形だが決して鈍重ではない。大病院で看護師をしているだけあって、動きは俊敏で歩くのも早い。年齢は三十八歳。三十一歳の斉賀より七つ上である。

一方、〝鈴木〟は三十四歳の設定で斉賀の実年齢よりも上だ。

「ねえ、聞いてる？　鈴木君」

雪絵が身を乗り出して斉賀の手に自分の手を重ねた。体の関係はない。キスもしていない。だが、雪絵が深いスキンシップを求めているのは承知している。

斉賀は雪絵の手に自らの手を重ねた。覆った雪絵の手が動かないようにと少し力をこめる。雪絵の手が一瞬、強張ったが、雪絵は、それを隠すように満面の笑みを見せた。

——いよいよだ。

斉賀は穏やかな目をして、「雪絵さんにお願いがあるんだけど」といった。

「鈴木君が私にお願いなんて、珍しいわね」

「俺の仕事に協力してほしいんだ」

仕事？　と雪絵が首をかしげる。

「たしか鈴木君って、経理関係のお仕事だったわよね。私、数字が苦手なんだけど」

「違う。実は俺、警察関係の人間なんだ」

「え、警察……」

雪絵の表情が急に硬くなった。

「雪絵さん、次世代研究会ってセミナーに参加しているよね。もう結構長いと思うんだけど、どんなことをしているのか、教えてほしいんだ」

雪絵が斉賀を見つめた。瞳に不審の色が浮かんでいる。

ここは勝負どころと斉賀はたたみかけた。

「次世代研究会が悪いことをしてるとか、誰かを逮捕しようって話じゃない。ただ、どんな活動をしているか興味があって、それを教えてほしいんだ」

「それって、私にスパイをしろって意味？」

斉賀の手のなかで雪絵の手が微かに動く。斉賀は指先に力を込めて雪絵の手を離さない。

「スパイなんて、そんな大げさなものじゃないよ。今までみたいに二人でカフェに来たときに、そういうことも教えてほしいんだ」

指先の力を抜くと、雪絵の手がすっと離れた。

雪絵は紅茶の入ったティーカップに視線を落とした。二人の間に沈黙が流れる。

斉賀は雪絵に、承諾してくれと強い念を送った。

やがて顔を上げた雪絵が「わかったよ」と、ぎこちない笑みを浮かべた。

これで「面接」は成功――。〝鈴木〟の顔が剝がれて、斉賀は「ありがとう」と地の声で返した。

カフェの支払いを済ませて店を出た。

いつもは割り勘だが、今日は斉賀が払った。

ねえ、と雪絵が斉賀を見上げる。「鈴木って、本当の苗字？」

しばし雪絵と見つめ合う。罪悪感を覚えた斉賀は「ごめん」と謝った。

とたんに雪絵の瞳が灰色に変わっていく。

「警察が人をだましてもいいの？」

〝鈴木〟でなくなった今、うまい言葉はすぐに見つからなかった。

斉賀が黙っていると、「じゃあね」と雪絵が離れていった。

雪絵と反対方向に向かって歩いた。今から桜田門の警視庁に戻る。

罪の意識をひきずっていた。それを早く振り払いたくて、懐からスマートフォンを取り出し、同じ班の舛木(ますき)に『うまくいきました』と短いメールを送った。

三月末で退職の決まっている舛木にとって、おそらくこれが最後の仕事。斉賀としても失敗するわけにはいかなかった。

斉賀の属する警視庁公安部は、国家の存続を脅かすおそれのある犯罪を未然に防ぐのが使命だ。そのために、マークしている組織の情報をひたすら収集する。

情報収集の主な手段は、組織から極秘に協力者を得る、つまりスパイを作ることだ。これは公安部のどのセクションでも行われている。

協力者作りは、五つの手順で行われる。「発掘」から始まり、「調査」、「選定」、「面接」、最後は「運営」で完結する。

「発掘」は、組織の名簿や噂から目ぼしいターゲットを捜すことである。次の「調査」では、ターゲットとなる人物の行動確認を行う。「選定」では、ふさわしい人物かどうかを見極め、四段階目の「面接」で初めてターゲットに接触する。

今回、斉賀が担った役割がこの「面接」で、五つの段階のなかで最も神経を使う。調査で得たターゲットの行動パターンから、偶然を装って接触することが多い。たとえば同じ趣味の教室に通う、飲食店で隣の席に座り意気投合したようにみせかける。男女の場合は、ナンパして、何度かデートを重ねて恋愛関係に近い形を構築する。やがて関係が強固なものとなったと確信を得たときに、初めて警察官であると身分を打ち明ける。この段階までたどり着くと、ターゲットのほうも情報提供に協力せざるを得ない状況になっていることが多い。

そして最終段階の「運営」とは、組織からの情報提供を受けつつ、警察側の情報も渡すことである。監視対象とする組織内で協力者が出世していけば、組織の重要情報も得やすくなる。

「運営」が機能すれば、これで完成だ。組織内でスパイ活動を行う人物には、公安警察からコードネームが付与され、公安部のスパイリストに登録される。

斉賀が公安総務課に配属されてそろそろ一年になる。公安総務課は、ターゲットとする組織を決めず、全方位的に情報収集活動を行っている。エース級の人材が集まる最重要セクションであり、課長は国家公務員I種採用の警察キャリアだ。

斉賀の属する班は、次世代研究会という名のセミナー主催団体をマークしていた。セミナーの代表者は、以前、公安部が危険視していたある組織に属していた。その組織は、現在、消滅しているが、公安部としては、組織の復活を目指しているおそれがないか、情報収集に力を入れていた。

そこで協力者作りとしてターゲットになったのが高橋雪絵だった。雪絵は、次世代研究会の会員でセミナーに定期的に参加していた。

「発掘」「調査」「選定」は同じ班のベテラン、舛木が担った。周到な準備を行って段階を踏み、「面接」まで到達した。

雪絵は週に一度、非番の日にカフェめぐりをする。それを狙って斉賀が雪絵に接触した。雪絵の席の近くに座り、スマートフォンを椅子に置いたまま店を出た。雪絵が気づく視線の角度を狙った。いったん店を出てすぐに戻ると、ちょうど雪絵が斉賀のスマートフォンを手にしていたところだった。

斉賀は雪絵に礼をいい、お礼をしたいので、もしよかったら、もう一軒別のカフェに行かないかと誘った。雪絵がカフェをはしごするのは事前に把握していた。

あらかじめ決めていた店で一時間ほど話をした。雪絵が斉賀に好印象を抱いているのはすぐに気づいた。別れ際に、また会う約束を取り付けた。

以降、毎週のようにカフェデートを重ねた。妻子のいる斉賀は、体の関係まで結ぶつもりはなかった。公安部の捜査官のなかには、異性のターゲットと肉体関係に至る者もいるが、そこまで斉賀はしない。

三か月が過ぎ、精神的なつながりだけで雪絵との関係は、十分強固なものになったという自信があった。「運営」に移る前の、「最終面接」が今日だった。

斉賀が警察官だと告げたとき、雪絵はショックを受けた様子だった。だが、スパイを引き受けるとの回答は得られた。これでいい。仕事はうまくいったのだ。

地下鉄の駅へと向かう階段を下りた。

緩い風を体に感じた、そのときだった。誰かに背中を強く押された。

接地感が消え、本能的な恐怖に襲われた。

斉賀はとっさに頭を抱えながら転がり落ちた。


警視庁十四階の会議室。斉賀は窓の外を眺めていた。会議室には、ほかに誰もいない。

灰色の雲が空を覆い、官庁街のビル群はどこかくすんで見える。薄暗い景色は今の斉賀の気持ちを表したかのようだ。

痛み止めの錠剤はさほど効果がなく、足首の鈍い痛みは今も続いている。

廊下から足音が聞こえた。ドアが勢いよく開き、加辺(かべ)警視と舛木警部補が現れた。

加辺は、斉賀の頬に貼られた絆創膏を睨みながら、舌打ちをした。

「せっかく積み上げてきたものがパアだ」

「申し訳ありませんでした」

「舛木さんの引退試合をダメにしちまいやがって。おまえに公安総務課(コウソウ)は無理なのかもしれんな。

所轄に戻るか。アアン？」

加辺の細い眼に射抜かれ、斉賀は奥歯を噛みしめた。

加辺は、公安総務課に三十人いる課長補佐の一人だ。斉賀と同じ三十一歳。階級は警視。巡査部長の斉賀より三段階も上だ。なぜそんなに差があるのかというと、加辺は国家公務員総合職採用、いわゆるキャリア組だからだ。

陰で加辺はキレ者と呼ばれている。すぐに感情的になる、頭の回転が速い、どちらの意味もあるらしい。

加辺は、舛木などのベテラン警察官には丁寧だが、自分と同じ年代や下の人間には厳しい態度をとる。気に入らないことがあれば、容赦なくケンカ腰で接してくる。

斉賀も加辺には辛らつな言葉を何度も浴びせられた。顔にこそ出さないが、内心怒りがわき上がることもあった。

「体、本当に大丈夫なのか」

加辺がまだ何かいいたそうにしているところへ、舛木が穏やかな声で間に入ってきた。

舛木篤郎(あつろう)の年齢は四十六歳。長く〝作業班〟の一線でスパイ作りを担ってきた公安一筋の警察官である。人当たりがよく、周囲を和ませるのがうまい。斉賀にとっては、殺伐とした空気が漂う公安部で、慈悲を与えてくれる仏のような存在だった。

「ちょっと歩いてみろ」

舛木にいわれて会議室のなかを歩いた。

「痛みはあるのか」

「少しありますが、どうってことないです。業務にも支障はありません」

昨日、地下鉄の階段で転げ落ちた。目撃した年配の主婦がすぐに一一九番通報をし、斉賀は救急車で警察病院へ運ばれた。顔に擦り傷はできたが、骨に異常はなく手足の打撲で済んだ。念のため、脳に異常がないか検査を行い、一晩だけ入院した。

「そういえば、恋人は犯行を認めたぞ」と舛木がいった。

高橋雪絵は昨日のうちに身柄を警察に確保された。雪絵には、怒りも失望もなかった。今もあるとすればわずかな悔恨だけだった。

読み切れなかった。雪絵への「面接」は成功したと思っていた。

「オイ。何ぼうっとしてんだ」

加辺が眉を吊り上げた。「おまえ、しばらく内勤だからな」

「体は大丈夫です」

「馬鹿野郎！」

頬の絆創膏を加辺が指先で押した。鋭い痛みに斉賀は思わず顔をしかめた。

「顔にでっけえ絆創膏を貼ってる奴なんて、目立ってしょうがないんだ。外で使えるかよ」

加辺は吐き捨てるようにいうと、早足で部屋を出て行った。

残った舛木が「気にするな」といって、斉賀の肩をぽんぽんと叩いた。

「最後の仕事がこんなことになってしまって、ホント、すみませんでした」

「おまえの仕事はこれで終わりってわけじゃないんだし、勉強だと思えばいい。加辺補佐だって、あんな風にいってたけど、しばらくは休めってことだよ」

舛木の言葉は慰めだった。加辺がそんな温情を持ち合わせているはずがない。

「それにしても」舛木が斉賀を見て笑った。「イケメンが台無しだな。これじゃあ、たしかに商売にならん」

公安総務課の事務室は、いたるところにロッカーとパーテーションが立ち並び、まるで迷路のようである。人の気配こそ感じられるが、姿はほとんど見えない。ほかのチームがどんな仕事をしているのかまったくわからない。

斉賀はパソコンに向かって雑務をこなした。ここ最近は〝作業〟の仕事が忙しく、事務仕事があとまわしになっていた。

とりあえず締め切りの近いものは終わらせた。伸びをして両肩をまわすと、痛ッと声が出た。階段を落ちる際に打ちつけた、左肘のあたりに痛みを覚えたのだ。

警察が人をだましてもいいの？　魂の抜けたような雪絵の顔が不意に脳裏に浮かぶ。

これが仕事だ。心の中でそう叫んで、雪絵の顔を頭から振り払った。

「面接」のたびにいちいち罪の意識を感じていたら、公安で仕事なんてできない。治安維持という使命を全うするためには仕方ないことと、自身にいい聞かせる。

だが、独身を装い、女性をだます仕事なんて正義といえるのか、と別の声が耳の奥から聞こえてくる。

こんなことで悩むのは、まだ警察官として半人前なのかもしれない。きっと父なら、悩むことなく仕事に没頭しただろう。

父、征雄（まさお）は警察官人生の大半を捜査一課の刑事として過ごし、凶悪犯罪に立ち向かっていた。家で征雄が自らの仕事について話したことはなかった。斉賀が警察官になってからも、それは変わらなかった。そんな征雄が初めて仕事について語ったのは、肝炎が悪化し、いつ死んでもおかしくないと医師から宣告されたときだった。

親父はずっとこれを――。

斉賀はマウスを操作し、公安総務課の共有フォルダを開いた。クリックを何度か繰り返して下層に降りる。

あるフォルダにたどり着いて斉賀は指を止めた。

フォルダ名は『7330』。

四ケタの数字は、平成七年三月三〇日の略。この日、当時、警察庁長官だった海江田一朗が何者かに狙撃され瀕死の重傷を負った。

事件はカルト団体の関係者が容疑者と目され、捜査は、刑事部ではなく公安部が指揮を執った。警察は大規模な特別捜査本部を立ち上げて犯人逮捕を目指したが、未解決のまま十五年が経過し、公訴時効を迎えた。

『7330』のフォルダをクリックした。

なかは何もない。公訴時効とともに、事件そのものが消えたかのようだ。

しかし、警視庁公安部は事件を忘れたわけではない。

あの屈辱を忘れるな――。公安部の捜査官たちは自戒の意を胸に秘めて仕事に取り組む。その象徴として、このフォルダが存在している。

――一応、教えておくけど、７３３０っていうのは、今もタブーだからな。

公安総務課に配属されてすぐ、舛木が教えてくれた。

「捜査の甲斐もむなしく迷宮入りした事件は山とある。だけどな、警察組織のトップが被害者になった事件を解決できなかったなんて前代未聞だ。公安部も刑事部も、警察庁も警視庁も関係ない。俺たち警察は負けたんだ。それが７３３０という四ケタの数字になって、刻印されてる。忘れることなんてできないが、軽々しく口に出してもいけない、そんな事件だ」

いつも穏やかな舛木の声が、そのときだけは、うわずっていた。

その場では、斉賀のほうから７３３０の話題を振ったわけではない。なのに、なぜ舛木がこんな話をするのか。おそらく、舛木は上層部からの命を受けて、斉賀に話す役目を負ったのだろうというのは、あとになって気づいた。

警察組織のトップが被害者になった事件、しかも解決できなかった。舛木の話を聞いて興味を持ち、事件の詳細をまとめたノンフィクションをいくつか読んだ。

警察の歴史に残る大事件。だが、すでに公訴時効を迎えている。今、公安部で仕事をする自分には関係ない。そう捉えていた。ところが――。

７３３０は、父、征雄の事件（ヤマ）だった。

なあ、速人よ――。亡くなる二日前、病床の征雄がおもむろに口を開いた。

「俺はずっと凶悪犯ばかり追いかけてきた。そのなかで、唯一心残りなのが、海江田長官を狙った事件だ」

南千住署に特別捜査本部が設けられ、警視庁公安部から大量の捜査員が派遣された。本来、殺人などの凶悪事件は刑事部が担うが、この事件だけは担当外の公安部が主導した。狙撃犯はカルト団体、光宗会の信者と公安部の幹部が判断したからだ。

捜査本部が光宗会をターゲットに犯人捜しを強く押し進めていくも、容疑者は浮上しては消えた。あるときから、捜査一課の刑事たちは光宗会以外の犯人説を唱え始めた。別の事件で逮捕した容疑者に、長官狙撃の真犯人ではないかとの疑いを持ったのだ。

元々、公安主導の捜査に刑事部は反発していた。刑事部が新たな容疑者に目をつけたことで、公安部と刑事部の対立は深まった。なかでも、別件逮捕した容疑者の取調官を務めていた刑事が、公安部主導の捜査本部上層部と真っ向から対立した。

733０のノンフィクションに登場した警察官は、すべて仮名だった。取調官が、目の前にいる父親だったとは、征雄から聞かされて初めて知った。

「あのヤマは捜査に集中しづらい環境だった。外だけじゃなく中にも敵がいたからな」

外というのはもちろん犯人。中というのは公安部だ。

「だけど、公安部が悪いとは思っていない。あちらさんの立場なら、犯人は光宗会だと考えて狙いを定めるのは当然だ。だが、犯人は光宗会の信者じゃない。これは断言できる」

当時、刑事部が目をつけた容疑者の名前は加藤充治。しかし、加藤は長官狙撃事件の容疑者として逮捕されることはなかった。

「真犯人はやはり加藤だったの？」

斉賀の問いに、征雄は肯定も否定もせず少し唇を曲げて笑った。

「公安部の幹部が俺たち刑事部に、逮捕するなと圧力をかけたのは事実だ。だが、圧力があったから、逮捕しなかったわけじゃない。ホンボシが加藤なら公安部の幹部に何をいわれようが逮捕した。それが刑事の仕事だからな」

「じゃあ、狙撃犯は別にいたってこと？」

征雄が小さくあごを引いた。

「だから刑事部としては、公安の横やりはありがたかった。そのおかげで公安部が悪者になってくれて、刑事部は加藤を逮捕したくてもできなかったって構図ができあがったからな」

信じがたい話だった。だが、征雄が嘘を語っているとは思えない。

「長官狙撃の実行犯がほかにいたと、どうしていい切れる？」

「加藤じゃ人相が合わなかった」征雄の声に力がこもった。「それが一番の理由だ」

当時の目撃証言によると、狙撃犯の身長は百八十センチほどの長身。しかし加藤は百六十五センチと小柄だった。だが、取り調べの際、加藤は、かかとの高いブーツを履いていた、だから長身に見えたのではと、自ら語った。

「でも、加藤は現場にはいたんだろ？」

事件当日、長官専用車が新しい車に変わっていたこと。さらには、海江田長官が自宅マンションを出る際、普段とは別の通用口から外に出たこと。こうした当事者しか知りえない事実、いわゆる秘密の暴露を加藤は口にした。

加藤はよくしゃべったし、話の内容も理路整然としていた。だからかもしれないが、何かを隠しているような印象を征雄は受けた。

「あのとき、俺は思った。加藤が嘘をついているってな」

実際、動機の部分になると急に口が重くなり、「国を憂えてやった」という以外は、話そうとしなかった。

当時、捜査本部の刑事部グループは、〝ホンボシは加藤〟という線で捜査を進めていたが、取調担当の征雄が、「加藤がクロとの確証は得られない」と強く主張して、逮捕には踏み切れなかったという。

一方で、公安部と刑事部の対立の構図は消えないまま、二〇一〇年に事件は公訴時効を迎えた。

「捜査本部（チョウバ）が解散してほかの事件を担当しても、７３３０のことはずっとひっかかってた。警察組織のトップを狙撃した真犯人が逃げのびてシャバのどこかにいるかと思うと、許せなくてな」

それは悔しさが作り出した征雄の想像だったのではないか。そんな思いが頭をよぎり、斉賀は「やはり犯人は加藤だったんじゃないの?」と征雄になげかけた。

「公訴時効の直前、加藤に会いに刑務所へ行った。そこで、本当は、犯人は別にいたんじゃないかって訊いてみた。そしたら、加藤の奴、含み笑いをしながらいったんだ。『だったら、何だ』って。俺は、自分の直感は間違っていなかったと確信した。だけど、加藤と会えたのは、そのときが最後だった」

加藤は、今、九十歳。銀行襲撃の刑が確定し、無期懲役の刑に服している。患っていた難病が悪化し、二十四時間チューブにつながれ、まともに話すことはできない。

「四年前に定年になったあと、俺は７３３０の捜査を再び始めた。手がかりは捜査本部が押さえたのに使わなかった情報と、あとはタレコミだ。タレコミは捜査本部が無くなったあともときどきあった。それらをたよりに、当時、当たれなかった人たちに会いに行き、話を聞いた。全部で二百人以上の人間に当たった」

細いため息が斉賀の口から漏れた。父は骨の髄まで刑事だった。しかし、それは称賛できるものとは思えなかった。

斉賀の父母は長く仮面夫婦で、征雄が定年退職したときに離婚した。刑事の仕事に没頭して、家庭を顧みなかった征雄に原因はあった。

「それで、ようやく見つけたんだ」征雄の声が少し大きくなった。

「何を見つけたの」

「海江田長官を狙撃した真犯人を知っているという男をな」

その男をかりにXとしておこうか、と征雄がいった。

古い情報を調べているなかで、Xという人物からの電話記録があった。『警察のトップを拳銃で撃った人間を知っている、話を聞きたければ会いに来い』という内容だった。だが、その電話の時点で公訴時効は成立していたため、警察は動かなかった。

退官後も捜査を続けていた征雄は、その記録をもとにXが常連だったさいたま市内にある安い飲み屋を何度か訪れた。

ある日、カウンターでXを見つけた征雄はさりげなく隣に座り、コップ酒を飲んだ。

どう話しかけようかと征雄が思案をめぐらせていると、Xのほうから話しかけてきた。しかも、Xは興味津々の顔で「俺のこと、探しているんだって？」と征雄に訊いた。

それなら話が早い。征雄は、自分が元刑事だと自己紹介をしたうえで、平成七年に発生した海江田長官狙撃事件の犯人について手がかりを捜している、とXに告げた。

この時点で、征雄はXから重要な手がかりを得られる確信は得ていなかった。古びた捜査情報を頼りに何人もの人間と接してきた。しかし、そこで得られた情報は、ガセネタや狙撃事件とは関係ない別の事件に関するものばかりだった。

「だけど、Xは当たりだった。狙撃現場にいた人間しか知りえないことを口にしたんだ」

それは、ほんの一部の捜査員しか把握していない、秘匿性の高い情報だった。有力容疑者といわれた加藤さえも知らない話をXは知っていた。

「まさか、あんた、事件のとき、現場にいたのか」

征雄が前のめりになると、Xは、「俺じゃねえよ、聞いた話だ」とはぐらかした。

誰に聞いたのか詳しく教えてくれと、征雄はXに迫った。しかし、Xはもったいぶるようにして、口を割らなかった。

その後、Xと何度も酒を飲んだ。親しくなって距離を縮めれば、いつか口を開いてくれると期待した。だが、肝心な話を聞く前に、征雄の体が耐え切れなくなった。長年、つけをためてきた肝臓がついに悲鳴を上げ、征雄は入院を余儀なくされた。

「Xが話してくれないから、真犯人の目星はついていなかった。そんなときに、7330を調べているっていう雑誌記者が現れた」

「記者が？　どうして」

それは青井という女性の記者だった。

「雑誌で特集を組むとかいってた。いろいろ調べて俺のところに来たようだが、その記者もXにたどり着いていた。接触したかどうかは知らん」

ならば、征雄にかわって女性記者がXから真犯人を聞き出して、捜せばいいとも思ったが、それだと征雄にとっては面白くないのだろう。

「青井って記者に、俺の息子も警察官だと話したら、興味を持った様子だった。速人のところに来るかもしれん」

「来るわけないだろ。俺は関係ないし」

「まあ、そういうな」

唇の端をつり上げた征雄は、脇棚の引き出しから、薄い茶封筒を取り出した。

「Xの住所と名前を書いたメモがここに入っている」

いずれ渡すために用意していたのだろう。だが、斉賀はそれをすぐに受け取らなかった。

「とりあえず受け取ってくれ。どうするかはおまえに任せる」

差し出された封筒を渋々受け取ると、その二日後、征雄は息を引き取った。

封筒は斉賀の自宅に置いてある。征雄から渡された日以来、その封筒には触れていない。

征雄は、おまえに任せるといったが、あれは本音ではない。真犯人捜しという遺志を受け継いでほしいのはわかっていた。そうかといって、封を破る気にはなれなかった。

住所と名前を知ったところで自分の気持ちが動くとは思えない。征雄と自分の気持ちの隔たりを改めて確信するに過ぎない。

征雄が嫌いなわけではなかった。尊敬もしていた。だからこそ、征雄の遺志を継げない自分の思いから目を背けたかった。

幼い頃から父親の姿を見ているうちに、いつしか警察官を目指そうという気になったのはたしかだ。だが、自分は征雄とは違う。三百六十五日、二十四時間、警察官なんて生き方はしたくない。妻子も仕事も同じくらい大事にする。そんな人生を送るつもりだ。

——まだ午後二時か。

パソコンに向かっているだけの時間がおっくうになってきた。

机の電話が鳴った。〈斉賀さんに来客です〉庶務係からの内線電話だった。

〈青井さんという方が一階のエントランスにお見えになっているそうです〉

青井。名前を聞いてすぐに思い出した。征雄が話していた、７３３０のことを調べている女性記者だ。征雄が死んだと知って、俺のところに話を聞きに来たか。だが、事件について話すことなど何もない。とりあえず会うだけ会うが、帰ってもらおう。

「エントランスで待っているように伝えてください」と庶務係に告げた。

事務室を出てエレベーターで一階に降りた。

広いエントランスを見渡した。人はまばらで、女性記者らしき姿は見当たらない。

視線を感じて振り向くと、ジャケットにチノパン姿のやせた男が斉賀を見ていた。歳は斉賀と同じくらいだ。

男は軽く頭を下げると、斉賀のほうへと近づいてきた。

「公安総務課の斉賀さんですか」

そうです、とこたえると、男は、「青井圭一と申します」と名乗った。

「妻の青井沙月のことでお話がありまして」

「青井沙月さんというのは、もしかして記者をなさっている？」

「妻のこと、ご存じなんですね」

「お名前だけは存じていますが、お会いしたことはありません」

「そうですか……。妻があなたに取材をしていたと思ったのですが……」

青井の顔に落胆の色が浮かんだ。

「どうして私に取材を？」

「妻は二十八年前の海江田長官狙撃事件のことを調べていました。自宅にあった妻の取材ノートに、事件の担当刑事、斉賀征雄さんのお名前があって、その横に『息子も警察官。警視庁公安部公安総務課、斉賀速人』と走り書きがあったので」

「父から、あなたの奥様が二十八年前の狙撃事件のことを調べているという話は聞いていました。ただ、あなたの奥様とお会いしたことはありません。今日は、てっきり奥様がいらしたのかと」

「そうでしたか」といって青井が唇を噛む。

そんな青井を見て疑問がわいてくる。雑誌記者の夫がどうして警察に来るのか。しかも自分を訪ねて。

斉賀が思考をめぐらせていると、「あの狙撃事件は、もう時効なんですよね」と青井が出し抜けにいった。

「十三年前に公訴時効を迎えています」

すると青井は、意を決したように斉賀を正視した。

「実は、身内があの事件に関係しているかもしれません。話を聞いていただけないでしょうか」

私は担当外なので。そういって断ろうかとも思ったが、青井の表情に、斉賀は尋常ではないものを感じ取った。

庁舎内の面談室へ行くよりも、外に出て話を聞いたほうがいいだろう。

斉賀は、圭一を連れて庁舎を出た。


日比谷公園沿いの道を歩きながら、青井に仕事と年齢を尋ねた。北区十条で楽器店を経営。年齢は三十二歳で、斉賀より一つ年上だった。

日比谷駅の近くで裏通りにある古い喫茶店に入った。赤が基調の純喫茶風の店内にはクラシックが流れている。客はカウンターに一人だけ。四つあるボックスの一番奥に斉賀たちは座った。

ここは前に舛木に連れて来てもらった店だった。庁舎から少し離れて人に会いたいときに使えるので重宝すると教えられた。

初老の店主が水の入ったグラスを持ってきた。二人ともブレンドコーヒーを注文した。

「二十八年前の事件にお身内が関係しているかもしれないとのことですが、それは、どなたのことですか」

「僕の叔父です。おそらく妻は、叔父が事件に関係していると疑って、いろいろと取材をしていたのではないかと」

していた、といういいまわしが気になった。

「奥様はもう取材を終えられたのですか」

「実は、今、妻と連絡が取れなくて」

青井によると、先週、妻の沙月は取材旅行へ行くといって家を出た。昨夜、電話があったが、どこか様子がおかしかった。気になって、何度か電話をかけ直したが、電話は通じなかったという。

「警察署には相談なさいましたか」

「ここへ来る前に王子警察署に行って話をしました。ただ、こういってはなんですが、対応した方があまり真剣に受け止めてくれていない感じで」

この程度の話では、所轄はまだ事件性があるとは考えないのだろう。

「ただ待っているだけというのも落ち着かなくて。妻が部屋に残していった取材ノートを見ていたら、斉賀さんのお名前があったので、もしかしたら妻について何かご存じではないかと思ったんです」

「それで私のところに」

斉賀はグラスの水を一口飲んだ。連絡が取れない妻のことを青井が心配しているのは理解したが、青井をここまで不安にさせているのは、それだけではない。二十八年前の事件と叔父との関係が気になるからだろう。

「奥様が疑っていたという叔父さんのことを教えていただけますか」

「名前は青井友康といいます。一年前にくも膜下出血で亡くなりました」

当時五十歳。独身で、楽器店は友康がずっと経営していたという。

「両親のいない僕には、叔父が親がわりでした」

青井がとつとつと語った。元々、楽器店を創業したのは青井の父親だった。青井が幼いころ、両親が交通事故で亡くなり、父の弟である友康が楽器店を継いだ。今は、青井がその店を継ぎ、上階で妻の沙月と暮らしている。

「奥様が友康さんの事件への関与を疑ったということですが、青井さんはどうしてそう思われたのですか」

「妻と連絡が取れなくなって、何か手がかりがないかと妻の部屋のなかを探していたら、古い段ボール箱が出てきたんです。その箱から――」

青井が声を落とした。「銃弾が出てきたんです」

ジュウダン――斉賀は、目を瞬いて青井を見た。細面の男が発した不釣り合いな言葉が、すぐには銃弾と結びつかなかった。

「拳銃に使用する銃弾のことですか」

「はい」と青井がうなずく。

「もしそれが本当なら、すぐに警察署に届け出てください」

「さきほど王子署に行ったとき、現物を持って届け出ました」

妻のことを相談したあと、もうひとつ話がある、昨年亡くなった叔父の遺品から銃弾が見つかったと伝えた。持参した銃弾を提示したところ、待つようにと指示され、妻の件で対応したのとは別の警察官二人から聴取を受けたという。

「高齢者の遺品整理をしているときに、日本刀や銃弾が出てくることもまれにあるとうかがいました。といっても叔父はまだ五十歳だったんですけど……。とりあえず署で預かって調べるといわれたので、お渡ししました」

「最近のモデルガンや銃弾はかなり精巧ですから本物じゃない可能性もあります」

「王子署でその説明も受けました。でも、僕にはそう思えなくて。撮影した画像があるので見てもらえますか」

　青井がスマートフォンを差し出した。銃弾のほかに箱も映っていた。

　画像を眺めているうちに斉賀は自分の頬が強張っていくのを感じた。おそらく本物の銃弾。しかも——。

「どうしてこんなものが」と思わず声が漏れた。

「これがどういうものか、斉賀さんもご存じですよね」

　斉賀はうなずいた。もちろん知っている。ホローポイント。二十八年前の長官狙撃事件で使用された殺傷能力の高い特殊な銃弾と同じ形のものだ。

「ここからは僕の推測で、王子署では話していません」

　青井の真剣なまなざしに、斉賀は身構えた。

「銃弾は、アメリカから密輸された可能性があります」

「ちょっと待ってください」

　斉賀は身を乗り出した。

「青井さん。密輸だなんて、おっしゃっている言葉の意味がわかっていますか」

「もちろんです。ただの思いつきでこんな話をしているわけではありません」

　青井がはっきりとした口調でこたえた。

「銃弾のほかにも、同じ袋のなかから、こんなものが見つかったんです」

　青井のスマートフォンに新たに映ったのは、英語で書かれた伝票だった。

「船便の配達伝票です。アメリカのノーザンライトという会社からうちの店宛てに商品が送られてきたときのものです。商品はアンプで、発送した時期は一九九五年の二月となっています。思うに、銃弾はこのアンプのなかに忍ばせて密輸されたのかもしれません」

船便？　アンプに忍ばせて？　素人のたくましい想像と笑い飛ばすことはできなかった。ありえない話ではない。船は飛行機に比べて検査が甘い。船便に積んだ大型の貨物に薬物や武器を忍ばせて持ち込む事件は今もある。

「叔父は銃弾と伝票を誰にも気づかれないところに長い間しまっておいたのだと思います。状況だけを考えると、叔父が密輸していたとも考えられます」

「何のために？」

「それはわかりません。ただ、叔父が隠していたものを、妻が発見してしまったのでしょう」

「奥様は、それをいつ見つけたんでしょうか」

「叔父が亡くなったあとだと思います。叔父が急に亡くなって、僕はひどく落ち込んでいました。遺品の整理をする気力がわかなくて、叔父の部屋の片づけは妻にしてもらいました。きっと妻はそのときに見つけたんだと思います」

二十八年前に海江田長官が狙撃された事件を青井沙月は調べていた。あるとき、青井友康の遺品のなかに紛れていた銃弾が、事件で使われたのと同じ、特殊な形状のものと気づいた。さらに銃弾と一緒に保管してあった船便伝票の日付を見て、銃弾が狙撃事件のあった少し前にひそかに日本に持ちこまれたものと推察した。

もしも、密輸が事実だとしたら——。ある考えが斉賀の脳裏をよぎった。銃弾だけにとどまらず、拳銃も密輸していたのではないか。たとえば、狙撃事件で使用されたコルトパイソンという拳銃を別の商品に紛れ込ませていたとか。仮に、そうだとすると、友康は狙撃事件に直接関わっていたとも考えられる。

「もし叔父が本当に密輸していたとなると」青井の声がわずかに震えた。「銃弾だけではないかも……」

どうやら青井も同じことを考えていたようだ。そして、それは青井沙月も想像したはずだ。

「家のどこかに拳銃が隠してあるということは？」

「家じゅう捜しましたが、何も見つかりませんでした」

青井が語気を強めた。隅々まで調べつくしたのだろう。

「送り主のノーザンライトという会社に心当たりは」

「楽器の卸販売をしている会社です」

「この会社が銃弾の密輸に関係していると思いますか」

「それなりに名の通った大きな会社で、僕が知る限り、密輸なんて犯罪に加担するような会社ではありません。税関を通すために利用されたんじゃないかと思います」

つまり、誰かが卸販売の会社になりすまして、銃弾を紛れ込ませた荷物を送ったということか。その指図をしたのは、受取人の青井友康なのだろうか。

それにしても——。

スマートフォンに表示された伝票を見つめながら、斉賀は驚きと緊張の入り混じった妙な重苦しさを胸に宿していた。父の追っていた真犯人の黒い影が、斉賀の前で急にちらつき出したように感じられる。

「二十八年前の狙撃事件自体はもう時効を迎えているわけですし、船便伝票は見なかったことにして、銃弾だけを警察署に届け出て終わりにしてもいいのではとも考えました。ですが、もし、妻と連絡が取れなくなったことと、狙撃事件が関係しているとしたら、事件のことをよく知っている人に船便伝票の件を相談したほうがいいんじゃないかと思いまして」

青井が自分に会いに来た理由が、ようやく腑に落ちた。単に妻の残していった取材ノートに名前があったからではない。二十八年前の事件を担当していた刑事の息子だから、警視庁まで訪ねてきたのだ。

「話はわかりました。ただ、残念ながら、私は事件の詳しいことも奥様のことも何も知りません」

征雄から託された封筒——真犯人を知っているというXのことが頭をかすめたが、口にはしなかった。Xについては、斉賀自身、何も調べていないので、軽々しいことはいえない。

「実は妻のノートに長野という文字があったんです。もしかしたら、長野へ行ったのかもしれませんが、それだけでは長野のどこへ行ったのか調べようもなくて」

「奥様の会社には訊いてみましたか」

「わからないといわれました。専属の記者とはいえ、社員というわけでもないので、行き先の管理はしていないとのことでした」

「亡くなった友康さんは、長野に縁があったりはしませんでしたか」

「ないと思います。元々親せきは少ないのですが、長野に誰かがいたという話は聞いたことはありません」

「友康さんは、青井さんから見て、どんな方でしたか。たとえば、拳銃に興味を持っていたとか、あるいは、警察に強い恨みを持っていたとか、思い当たることはありますか」

いいえ、と青井が大げさなくらいに首を横に振った。

「叔父は誰にでも優しい、穏やかな人でした。拳銃に興味はなかったと思いますし、警察への恨みなんてものもなかったと思います」

海江田長官狙撃の記憶をたぐった。あの事件では、四発放たれた銃弾のうち三発が海江田に命中している。発射したのは二十メートルほど離れた場所からで、かなり高度な拳銃の操作技術がなければできない犯行だった。

もしも、友康が狙撃をしたとなれば、拳銃に接する機会があった、あるいは、拳銃の扱いに慣れ親しんでいたはずである。

「友康さんについて、もう少し教えてください」斉賀は手帳を取り出しながら尋ねた。「たとえば、若いときに警察官だったとか、自衛隊に入っていた時期などはありますか」

「いいえ。ありません」

「モデルガンが好きとか、サバイバルゲームを趣味にしていたとか、そういうことは」

「楽器や音楽が好きで、そういうものには興味はなかったと思います。店を継ぐ前はときどき海外に一人旅に行ったりはしていたようですが、僕と一緒に住むようになってからは、いつも店にいて楽器店一筋でしたし」

これだけの情報では何の判断材料にもならない。公安部で監視対象としている人物のなかには、家族にさえ正体を隠して犯罪組織に属し、テロ活動に参加している人間もいる。本来の姿を隠すために、友康が青井の前では穏やかな人物を演じていただけの可能性もある。

青井から友康の生年月日を聞き、書き留めた。もしも友康が反国家的な組織に関わっていたとしたら、公安部のデータベースに情報が蓄積されているかもしれない。

「青井さんのご両親のことも、念のために教えてください」

「父は修（おさむ）、母は幹子（もとこ）といいます。二人とも、僕がまだ二歳のときに交通事故で亡くなって、それからずっと叔父に育てられてきました。そういえば――」

青井の両目が、ほんの一瞬だけ大きくなった。

「前に叔父から聞いたのですが、父は少しの間、自衛隊に所属していたようです」

「それはいつごろのことでしょうか？」

「わかりません。ただ、父と母が交通事故で亡くなったのは平成五年で、伝票に書かれていた発送の年月日より二年ほど前になります」

青井のいいたいことは理解できた。死亡した時期が青井のいうとおりなら、もし銃弾が船便で密輸されたものであったとしても、その当時、父の修はすでに亡くなっており、関係ないということだ。ただ、念のために修の死亡年月日は確認しておいたほうがいいだろう。

青井から両親の名前と生年月日を聞き、手帳に記した。

「奥様の話に戻りますが、ここ最近、何か変わった様子はありませんでしたか」

青井は、少しためらうそぶりを見せてから、「実は」と口を開いた。

「家を出ていく前の晩に、妻から離婚を切り出されたんです。取材旅行から戻るまでに考えておいてといわれました」

「失礼ですが、夫婦仲はうまくいっていなかったということですか」

青井は渋い表情をのぞかせながら、首をそっと縦に振った。

斉賀の心中で張っていた緊張の糸がかすかに緩む。もしかしたら、青井沙月は別の男のところへ走っただけで、事件性などないのではないか。だが、青井には、妻の連絡が途絶えたことに異性が絡んでいるという発想はない。何らかの事件に巻き込まれた可能性があると考えている。

「妻のこと、王子警察署は捜査をしてくれるんでしょうか」

「ケースバイケースです」斉賀は抑え気味の声でいった。「事件性が疑われる場合は、すぐに動くと思いますが」

「もし妻が長野や、あるいはもっと遠いところへ行ったとなると、警察ではその足取りをつかめるものなのですか」

「正直にいえば、なかなか難しいところです。行方不明者というのは全国で毎年八万人前後も発生していますし、捜査に携わる警察官も数に限りがあります。個々の行方不明者の情報をすべて把握するのは不可能です。ただ――」

斉賀はひとつ思いついたことを口にした。

「警視庁本部には身元不明相談室という部署があります。ここは他の道府県警察本部と専用のネットワーク回線で結ばれていまして、地域の警察署よりも情報が早く届きます。たとえば、青井さんの奥様が長野にいらして、万が一、そこで事件や事故に巻き込まれたら、長野県警から全国の警察本部の身元不明相談室に情報が共有されます。庁舎に戻ったら、私から身元不明相談室の担当者に奥様のことを伝えておきます」

「ぜひお願いします」

青井の表情から硬さが取れたように見えたので、その先の説明はしないことにした。実は、身元不明相談室へ連絡があった場合、見つかった人物はすでに死体であることが多い。

喫茶店を出た二人は店の前で別れた。

庁舎に戻った斉賀は、一階奥にある身元不明相談室のドアを押した。

職員四人が机に向かっていた。目が合った一人に、青井沙月の件を話した。住所と年齢、行方がわからなくなった時期を伝え、何か情報が入ったときは教えてほしいと頼んだ。

公安部の事務室に戻った。

——思うに、銃弾はこのアンプのなかに忍ばせて密輸されたのかもしれません。

この部分に関して、青井圭一の話には信ぴょう性があるように思えた。もし密輸が事実であれば、銃弾だけにはとどまらず、拳銃を密輸していた可能性も考えられる。

では、7330との関連は果たしてあるのか。密輸した拳銃や銃弾が事件に使用されたのか。

そもそも、密輸の絵図を描いたのは誰なのか。友康か、あるいはほかの人間か。

斉賀は自席のパソコンから公安専用のデータベースにアクセスした。ここには、反政府組織に属する人間、テロ活動に参加して検挙歴のある者、カルト団体の幹部や信者など、公安部の捜査官たちが長い年月をかけて入手した情報が蓄積されている。

青井友康の名前と生年月日を入力して検索ボタンをクリックした。

『該当なし』

だが、これだけでシロと結論づけることはできない。単に、警察の捜査の網にかかっていない可能性もある。

青井楽器店についても調べてみることにした。インターネットの検索サイトで「青井楽器店」と入力する。

ヒットした結果をクリックすると、装飾の少ないシンプルなホームページが表示された。

楽器販売。貸しスタジオ。代表者は青井圭一。

会社情報をクリックすると創業は一九九〇年となっている。

店の創業者は父親の修で、友康が修のあとを継ぎ、青井圭一が三代目だといっていた。

一時期、修が自衛隊に所属していたという青井の言葉を思い出した。

修のことも調べておいたほうがいいだろう。自衛隊は国を守る機関だが、自衛官がその職を離れたあとに反社会的な組織に加わった例も、過去になかったわけではない。

斉賀は手帳のメモを見ながら、青井修の名前と生年月日をデータベースに入力した。

『該当なし』

念のため、母、幹子も検索する。

『青井幹子。属性――』

斉賀は表示された内容を見て思わず息を止めた。

青井圭一

アルバイトの矢部旭(やべあきら)に「今日はありがと、もういいよ」と声をかけた。

「おつかれっす」

矢部が軽くあごを突き出すと、左耳からぶら下がっているリング状のピアスがゆらゆら揺れた。ヘアバンドを外すと、長髪が肩まで落ちる。

矢部は友康が店長をしていたころから、青井楽器店でアルバイトをしている。年齢は二十五歳。エレキギターに詳しく、簡単な修理もできる矢部は、店にとって、なくてはならない存在だ。バンドを組んでいるというが、青井楽器店で練習するのを見たことはない。どこで練習しているのかと一度尋ねたが、「秘密っす」とウインクで返された。

一人になった圭一は、楽器売り場の電灯を半分消した。

午後七時以降、店はスタジオ貸しだけの営業となる。今の時間、地下のスタジオは三つとも埋まっていた。どの部屋も卒業ライブの練習で追い込みの女子高校生バンドが入っている。

店のドアが開いた。意外な来訪客に、圭一は軽く驚いた。そこに立っていたのは、つい数時間前に会った斉賀だった。

「連絡もせず、急に押しかけて、すみません」

そういいながら、斉賀は物珍しそうに店内を見渡している。

「店はもう閉める時間ですか」

「一階の売り場は終わりですが、下の貸しスタジオはまだやっています。それより、どうなさったのですか」

「いくつかわかったことがあったので、すぐにお伝えしたくて」

斉賀が真顔になったので、圭一の頬も自然と強張った。

事務机の前にある丸椅子に座ってもらった。茶を出そうとしたが、斉賀は、お構いなくといって話し始めた。

「叔父の友康さんについては、公安部にマークされていたという記録はありませんでした」

圭一は軽い違和感を覚えた。友康さんについては、という言葉がひっかかった。

そんな圭一の思いをよそに、「改めて、青井さんのご両親のことで、おうかがいしたいのですが」と斉賀が続ける。

「お二人は、青井さんが幼いころに交通事故で亡くなったということでしたよね」

「叔父からそのように聞いています」

「どうやらご両親が亡くなったのは、交通事故ではないようです。警察にあった記録では、お父さんの修さんは病死、お母さんの幹子さんは修行中に亡くなったとありました」

「えっ」

頭が白くなり、思考が停まる。父は病死。母のほうは――。

「あの、修行中って、どういうことですか」

「お母さんの幹子さんは光宗会の出家信者だったようです」

光宗会。胸の奥がドクンと跳ねた。

「あの地下鉄サリン事件を起こしたカルト団体の？」

光宗会という名称をつい最近目にした。そう、沙月の原稿だ。二十八年前の警察庁長官狙撃事件。犯人は光宗会の信者ではないかと見立てて、当時の警察は捜査をしていたという話だった。

何がどうなっている？　頭の中が混乱した。

「続きを話してもよいですか」

圭一は、ぎこちなくうなずいた。

「幹子さんは教団施設で修行の途中に体調が悪くなり死亡したようです。修さんは、その三か月後に心臓の病で亡くなっています」

すぐに言葉が出てこなかった。目の前のこの男性は、何の話をしているのか。

「あの……修行中とか心臓の病とか。両親の死が交通事故じゃなかったっていうのは、本当なのですか」

「間違いありません。私の所属する警視庁公安部は、カルト団体の関係者だけでなく、その家族の情報も集めています。念のため、ご両親の死亡時期を住民票で確認しましたが、公安部にあった記録とも合致していました」

信じられない。視界がぐるりと反転しそうになり、圭一は額を指先で押した。

光宗会の信者だった母は修行中に死亡。その三か月後に父は病死。もし、それが事実なら、どうして友康は交通事故だと嘘をついたのだろうか。

驚きと疑問が、徐々に得体のしれない不安に置き換わっていく。

「青井さん、大丈夫ですか」

斉賀の声が急に遠くなった。脳内が量感を失っていくいつもの症状が始まった。

対処の仕方は幼いころからわかっている。こめかみに力を込めれば、症状は治まる。

だが、今だけは違った。頭のなかがもっと軽くなればいい。今感じているこの不安を少しでも和らげてくれるなら、このまま意識がかすんでくれればいい。

圭一は、目をつぶってそう何度も念じたのだった。

第二章

青井圭一

いつもの夢を見た。

灰色のカーテンが揺れている。向こう側から、エレキギターをかき鳴らす音とドラムを叩く音が鳴り響いてくる。

ドラムを叩いているのは、おそらく友康だ。演奏している曲の名前はわからないが、友康の好きな海外のロックだろう。

圭一はカーテンに指を差し込んでなかを覗いた。

やはり、友康がドラムを叩いている。もう一人、圭一に背中を向けてギターを弾いているのは、父、修だ。

カーテンの間を抜けた圭一は、足音を忍ばせてそっと修に近づいていく。

修が目の前にいる。両手を伸ばして、膝のあたりにしがみつこうとした。

その瞬間、ギターとドラムの音は途絶え、修の姿もぱっと消えてしまった。

いつも夢はこうして終わる。

夢のなかで聴く曲は、いくつかあったが、どれも地下のスタジオで友康が演奏していたものばかりだった。

圭一が友康と住んでいたころ、店を閉めたあとに、友康はときどき地下のスタジオに降りて一人でドラムを叩いていた。

そこで鳴り響く音はドラムだけではなかった。ラジカセのカセットテープから放出されるギター演奏にあわせて、友康はドラムを叩き続けた。

友康のドラムとカセットテープのギターが奏でる音は、今も圭一の脳に深く刻み込まれている。カセットテープのギターは誰が演奏しているのかと友康に訊いたことがある。もしかしたら父、修ではないかと思ったからだ。

だが、友康はニコッと笑うだけで、圭一が期待するこたえはくれなかった。

結局、教えてくれないまま、友康はあの世へ行ってしまったが、ギターを鳴らすのは修ではないかと圭一は思っている。

身体にかすかな揺れを感じ、今、自分がどこにいるのか思い出して頭を起こした。

隣の運転席では斉賀がハンドルを握っている。ＳＵＶは中央自動車道を三鷹市方面に向かっていた。

カーナビは午前十時十五分を表示している。目的地は介護付き老人ホーム。そこで生活している岩滝（いわたき）夫妻とこれから会う。

「すみません、いつのまにか寝てしまって」

「いいですよ。疲れていらっしゃるんでしょう。眠いときは寝てください」

圭一は、前を走る白い小型車をぼんやりと眺めた。

依然、沙月の行方はわからなかった。電話をかけてもつながらない。王子署からも何の連絡もなかった。

心がずっと浮遊していた。

沙月のことだけではない。両親の死に関する真実が圭一に衝撃を与えていた。

区役所で戸籍謄本を確かめた。圭一が生まれたのは平成三年。母、幹子が死亡したのは平成五年七月。父、修が死亡したのは、幹子の死から三か月後の十月だった。両親が交通事故で同時に亡くなったというのは、やはり嘘だった。

両親は、若くしてそれぞれ不幸な死にかたをしている。しかし、友康がそのことを自分にずっと伏せていたのは、どうしてだろうか。思えば、友康は圭一の両親について多くを語らなかった。

今さらながら、両親のことをもっと知りたいと思った。圭一は斉賀に、当時のことを知っている人物から話を聞きたい、たとえば光宗会の捜査に当たっていた警察関係者を紹介してくれないかと頼んだ。

「光宗会の捜査に関わった警察官は、ほとんどが退職しています。もしいたとしても、話してくれる可能性は低いと思います」

当時を知るすべはないのかとあきらめかけたが、斉賀から「ほかにも情報を得る方法はあります。〝家族会〟に当たってみるといいかもしれません」と提案があった。

光宗会が信者を急激に増やしていた一九九〇年代前半、入信した家族を教団から奪還するためのグループが結成された。それが、光宗会から家族を救う会、通称〝家族会〟だった。

「公安部にあった幹子さんの記録調書によれば、夫の修さんは〝家族会〟に入っていたようです。当時の〝家族会〟のメンバーに接触できれば、ご家族について何かわかるかもしれません」

斉賀が〝家族会〟に所属していた何人かの人間にあたってくれた。

地下鉄サリン事件のあと、光宗会の主宰者である徳丸宗邦以下、幹部の大半が次々と逮捕され、光宗会は解散に追い込まれた。現在、〝家族会〟の活動は終わっている。すでに他界している人間も多い。連絡が取れても、当時のことは思い出したくないと何人かに拒まれた。

そんななか、話をしてもいい、とこたえてくれたのが、これから会う岩滝裕作だった。

現在、岩滝は八十一歳。元医師で以前は病院を経営していた。〝家族会〟に入っていたのは、光宗会に入信した息子を取り戻すためだった。だが、息子は岩滝のもとには戻らなかった。圭一の母、幹子のように光宗会の施設で修行中に亡くなったという。

斉賀のSUVは調布インターで降りると、国道二十号線を新宿方面に進んだ。

警察官だからか、あるいは、性格なのか、斉賀の運転は丁寧だった。

「斉賀さん、今日はお仕事ではなくプライベートなんですよね。僕のために付き添ってくださって、本当にありがとうございます」

斉賀は前を向いたまま、「気にしないでください」とこたえた。

圭一は、斉賀という人物がよくわからなかった。初めて会ったとき、斉賀は明らかに警戒心をにじませていた。

だが、その日の晩には、わざわざ楽器店まで出向いて、両親の死についての真実を教えてくれた。さらに今日は、〝家族会〟に所属していた人物との面会の場を用意してくれている。

斉賀の家族構成は聞いていないが、後部座席にチャイルドシートが備え付けてあるところから察するに、既婚でおそらく幼児が一人いる。仕事のないときは家族との時間も大切にしたいだろうが、自分を東京郊外まで車で案内してくれた。親切心には素直に感謝しているが、一警察官がここまで親身になって動いてくれるものなのかと奇妙に感じる部分もあった。

ナビの電子音声が目的地への到着を告げた。

目の前に淡いベージュのビルが見えた。六階建ての瀟洒(しょうしゃ)な建物は、一見、マンションかホテルのようにも見える。看板に施設名が書いてなければ、介護付き老人ホームとは誰も気づかないだろう。

斉賀が玄関脇の受付で名前を告げると、事務員から、四階のフリースペースへ行くようにと指示された。

エレベーターで四階に上がった。半円型のフリースペースには長椅子が並び、全面窓から日光がたっぷりと注いでいる。

椅子に座っている高齢者が何人かいるが、誰も圭一たちのほうに目を向けようとはしなかった。岩滝はまだいないらしい。

セーター姿の年配の男性が車いすを押しながら現れた。車いすには老齢の女性が座っている。

斉賀が、「岩滝さんでしょうか」と声をかけると、男性が、なでつけた白髪頭を少し下げた。岩滝は姿勢がよく、年齢より若く見える。

斉賀、圭一の順で名前を名乗った。

岩滝が車いすの老婦人を、「妻の利美(としみ)です」と紹介し、利美が会釈をした。

利美以外の三人は長椅子に座った。岩滝夫婦は微笑みながら、懐かしそうな目をして圭一を見ている。

「今、おいくつですか」と岩滝が圭一に尋ねた。

「三十二歳です」

「ってことはもう三十年か」「日がたつのは、ホント早いわねえ」と夫婦二人は穏やかな口調で会話を交わしている。

「あの、僕のこと、ご存じなのですか」

「ええ、もちろんです。元気でしたか。具合はどうですか」

岩滝の言葉に、圭一は違和感を覚えた。

「僕は元気ですが、叔父が昨年亡くなりまして」

くも膜下出血で急逝したと伝えると、岩滝は「それは知りませんでした。お気の毒に」と沈痛な表情を浮かべた。利美のほうは感情を押し殺すように、ぎゅっと目をつぶっていた。

「今日は両親のことについてお話をうかがいに来ました。両親の死は、交通事故によるものと叔父から聞かされていたのですが、最近になって、光宗会の信者だった母は教団施設で亡くなり、父は、その三か月後に心臓の病で亡くなったことを知ったんです」

沙月の行方がわからないことについては、ここでいう必要はないと思い、触れなかった。

「どちらも僕の知らないことばかりで、当時のことで、もし岩滝さんが何かご存じでしたら、教えてほしいのです」

柔和だった岩滝の表情が急に引き締まった。岩滝も信者だった息子を失っている。〝家族会〟の活動は岩滝にとっていい思い出ではないはずだ。

「お願いします」と圭一は岩滝を見据える。

すると、岩滝は、はあと息を吐き、「わかりました」とこたえた。

「修さんは、光宗会に入信した幹子さんを教団から取り戻したいという思いが本当に強かった。光宗会とどう戦っていくか、私とはよくそんな話をしました」

「母が光宗会に入信した経緯はご存じですか」

「子育てで悩まれていたようです」

子育て——それは自分のことか。みぞおちのあたりをぐっと押されたような気がした。

「今でいう、育児ノイローゼですね。修さんは仕事が忙しくて、幹子さんのサポートができなかった。精神的に不安定になっていた幹子さんは、あるとき、子育てで悩みを持つ人たちの集いに参加しました。その出席者のなかに、光宗会の信者がまぎれていて——」

幹子は同じ悩みを持つという信者に声をかけられ、親しくなった。やがて、光宗会のセミナーに参加するようになり、それがきっかけで徐々に光宗会にのめりこんでいったという。

「幹子さんが悪いわけじゃないんです。弱っている人の心につけいるのが彼らのよく使う手口ですから」

「母が教団施設で死亡したことについては、何かお聞きしていませんか」

「たしか……」記憶を手繰ろうとして岩滝が視線を上げる。「修行の途中に体調を急に崩して、すぐに救急車を呼んだけれど、もう手遅れだったという話ではなかったかと思います。教団から修さんにもそのような説明がありました。ただ、修さんは、そんなことがあるのか、と猛反発していました。〝家族会〟としても、殺人容疑で捜査してほしいと警察に相談したのですが、警察による検視で不審な点は見つからず、事件として扱われることはなかったんです。修さんは、やりきれない思いを抱えていたと思います」

圭一の体内を冷たい風が通り過ぎた。今、話を聞くだけでも、修の無念さが伝わってくる。

「母が亡くなった三か月後に、父が心不全で亡くなっているのですが、そのことについては、何か覚えていませんか」

「実は」岩滝が眉間の縦じわを深く刻んだ。「私は修さんが亡くなるときに立ち会っています」

そんな偶然があるのかと思ったが、岩滝が医師だったことを思い出した。

「幹子さんを亡くしてからの修さんは、ずっと体調がよくなかったようです。それでも〝家族会〟にはときどき参加していました。あれは〝家族会〟の集まりがあって、その帰り際だったと思います。急に胸が苦しいと訴えられて、それで救急車を呼んで私の病院へお連れしたのですが、病院に着いたときにはもう……」

岩滝の声のトーンが落ちた。

「父は心臓が悪かったのですか」

「心臓というか……」硬い表情の岩滝が利美を見た。「あのこともお伝えしておいたほうがいいかな」

利美がうなずくと、岩滝は圭一のほうに向き直った。

「友康さんによると、生前の修さんの日記には、死にたいという言葉が何度も書かれてあったそうです」

死にたい。そのセリフが自殺の二文字に置き換わり、圭一は唾を飲み込んだ。

「抗不安薬を大量に服用していた形跡が自宅で見つかったという話も聞きました。医師だった私の意見をいわせていただきますと、抗不安薬というのは規定量を超えて服用すると、人によってはひどい不整脈を発して、心臓に過度の負担を強いることもあります」

「では、父は自殺だった可能性もあると?」

「どうでしょう。精神的なつらさから逃れようとして薬を大量に摂取する方はたしかにいらっしゃいます。死因は心不全ですが、自殺願望はあったのかもしれません。友康さんの話では、修さんの日記には、死ぬときは全部あの世に持っていくという文章も残されていて、実際、自宅には修さんと幹子さんの写真や思い出の品などは何もなかったようですし」

だからか。長年、圭一が疑問に思っていた謎がひとつ解けた。両親の写真を一度も見たことはなかった。友康に訊いても、ないといわれた。それは修が処分してしまったからだった。

「父が亡くなったとき、僕はまだ二歳で、当時の記憶は全くないのですが、そのころ、僕はどうしていたんでしょうか」

「しばらくの間、私がお預かりしていました。友康さんとはすぐに連絡が取れなかったので」

「それで僕のことをご存じだったのですね。でも、どうして叔父とは連絡が取れなかったんですか」

「たしか、あのとき友康さんは海外に長期の旅行中だったはずです。連絡を取ろうにも取れなくて。そうかといって、友康さんが帰ってくるまで修さんのご遺体をそのままにしておくこともできず、さしでがましいとは思ったのですが、私が区役所にかけあって火葬の手続きをしました」

母はカルト団体で修行中に死亡。父は精神を病み、挙句、自殺同然ともいえる死を迎えた。両親が死に至った経緯は、およそ理解した。だが、幹子の育児ノイローゼが家庭崩壊の端緒だったというのが気になった。圭一に子育ての経験はないが、ノイローゼになるほど追い込まれるものだろうか。

「母が育児に悩んでいたのはどうしてなのか、父から聞いていましたか」

岩滝のまなざしが揺れた。何か知っている。だが、いいたくない。そんな様子だった。

「教えてください」自然と強い口調で訴えた。

岩滝はためいきをついて、やはり、この話もしなければいけませんね、といった。

「圭一君の重い病気が原因だったんです」

この自分が？　重い病気をした記憶はない。何かの間違いではないか。

「どんな病気ですか」

「てんかんです。急に気を失うことが何度もあったようです。生まれてすぐのときは、ご両親も気づかなかったようですが、歩き出すようになったころに、突然、気絶して転んだりするので、気になって病院へ連れて行ったら、てんかんという診断を受けたそうです」

信じられなかった。これまでそんな症状に見舞われたことはない。

「精密検査で脳の奥に腫瘍が見つかり、それがてんかんの原因とわかりました。ところが、当時、日本の脳外科の技術では、腫瘍を取り除く手術はできなかった。幹子さんは強く自責の念に駆られていたようです。息子はこれからの長い人生で気絶を繰り返しながら生きていくことになる。そんな辛い目に遭うのは、産んだ自分のせいだと。次第にノイローゼ気味となり、あるとき子育ての集いで光宗会の信者に声をかけられたんです」

圭一は岩滝の話を打ち消すかのように首を横に振った

「岩滝さん、その話は本当ですか。何かの間違いじゃないんですか。僕は気絶したことなんて一度もありませんよ」

「それは、病気が完治したからです」

「さきほど、手術できないとおっしゃっていませんでしたか」

「幼少期に、アメリカへ行ったことを覚えていませんか。アメリカで腫瘍摘出の手術を受けたんです」

「そんな話、まったく知りませんでした。叔父は何もいってくれませんでしたし」

「いえば、幹子さんが信者だったこと、それがもとで亡くなり、修さんも後を追うような形で亡くなったことも話さなくてはいけなくなる。だから、いえなかったのでしょう」

圭一は側頭部にそっと触れた。このなかに腫瘍があった。それを手術で取り除いたというのか。

「今は意識を失ったりすることはないのですよね」と岩滝が尋ねた。

「おそらくないと思います」

「なら、よかった。さっき、具合はどうですかと、つい訊いてしまったのは、てんかんのことを思い出したからなんです。脳外科の分野は未知のことが多く、手術によって後遺症が残ることや予期せぬ症状が発生することもあるといわれていますから」

あ、と喉の奥から小さな声が漏れた。

ときどき脳内が暈感を失って、意識がかすみそうになることがある。もしかしてあれはてんかんの名残りなのではないか。幼いころの記憶がほぼないのも、手術の影響かもしれない。

「しかし、どうしてアメリカで手術を受けることができたのですか。日本では不可能な手術となると、大金が必要だったはずですよね。叔父がそんなお金を持っていたとは思えないんですが」

「はじめは募金に頼ろうとしたのですが、それだけでは足りなくて、私たちが援助を申し出ました」

圭一は岩滝夫婦をまじまじと見たあと、我に返って「ありがとうございます」と深く頭を下げた。

「いいんですよ」岩滝が手を横に振り、利美のほうはただ微笑んでいる。

恩人である目の前の老夫婦に感謝しつつも、疑問がわいてきた。岩滝は、修が亡くなったときの火葬の手配、さらに高額な手術費の援助までしてくれた。ありがたいことだが、赤の他人にしては、やや度が過ぎてはいないか。

そのことを圭一が尋ねると、岩滝はふと悲しげな目をして、「私も修さんと同じで、光宗会によって家族を失ったからです」といった。

「息子は教団施設で亡くなりましたが、幹子さんのときと同様に事件性はないと警察は判断しました。修さんとは、同じ悲しみを背負ったもの同士、通じるものがありました。その修さんも急に亡くなった。残された圭一君が不憫でならなくて。それで、何とか助けたいと思ったんです」

ありがとうございます、ともう一度礼をいいながら、今度は胸に一抹の寂しさを感じていた。

こんな大事なことを友康は何も教えてくれなかった……。

「叔父はどうして僕に話してくれなかったんでしょうか」

「それは友康さんだけのせいではないんです。てんかん治療のことを、圭一君にどこまで話したらいいかと友康さんは悩んでおられました。そこで私が、あえて話す必要はないのでは、と助言したんです。話すとなると、〝家族会〟の人間から援助を受けたと打ち明けなくてはいけないし、やはり、そうなると、ご両親の亡くなったいきさつも伝えないわけにはいかなくなる。もし圭一君に話すとしても、かなり時間を空けてからのほうがいいのではと助言しました。おそらく、友康さんもいずれは話すつもりだったのではと思います」

岩滝の言葉を聞いても、圭一はすっきりした気持ちにはなれなかった。自分は成人し、結婚もした。それでも友康は何も話してくれなかった。どうしてなのか。いい出しにくかっただけだろうか。あるいは、ほかにも何か理由でもあったのだろうか。

圭一が考え込んでいると、青井さん、と隣の斉賀に声をかけられた。

「例の件もお訊きしては」

そうだったと思い出し、圭一は、岩滝のほうに向き直った。

「うかがいたいことがあります。叔父から何か……」どう説明したらいいかと、圭一は、一瞬、いいよどんだ。「危ないことを考えているような話を聞いたりはしませんでしたか」

「危ないこと、というのは？」

念のため、周囲を見渡した。近くには誰もいない。

「たとえば、拳銃や銃弾を密輸して、それで誰かを撃つとか」

「いや、そんな物騒な話は聞いたことがありません」

岩滝はびっくりしたのか、大げさなくらいに首を横に振った。

「友康さんとも何度かお会いしましたが、真面目で穏やかな方で、拳銃で誰かを撃つなんて想像もできません」

岩滝の言葉に、圭一は安堵した。他人から聞く友康の印象も自分が思うのと変わりなかった。

「しかし、どうしてそんなことを思われるのですか。何かあったのですか」

「いえ。ちょっと気になることがあって。すみません、今の話は忘れてください」

車いすでおとなしく座っていた利美が、急にもぞもぞと体を動かした。

「どうした？」と岩滝が声をかけると、利美は小さな声で「お手洗いに」といった。

「そろそろいいでしょうか。お話しできることは、だいたいしましたので」

立ち上がった岩滝が車いすの後ろにまわった。

「もうひとつだけ、いいですか。ここ最近、光宗会や〝家族会〟のことで、岩滝さんのところへ話を聞きにきた人はいませんでしたか」

「いいえ」と岩滝がこたえる。

「この施設に入ってから、誰かにあのころの話をしたのは、今日が初めてです」


SUVは来た道を引き返していた。

斉賀は黙ってハンドルを握っている。

圭一は岩滝から聞いた話を思い返していた。母は育児ノイローゼで光宗会へ入信。父は自殺同然の死。そして、自分はてんかんを患い、アメリカで手術。

てんかんの原因だった脳内の腫瘍は除去され、今、自分はこうして普通に生活できている。そのことには感謝しなくてはいけない。治療費を出してくれた岩滝、そして、自分をずっと育ててくれた友康にも。

だが、複雑な思いもある。こんな大事なことをどうして友康は教えてくれなかったのか。話す機会はいくらでもあったはずだ。

「少しだけ、休憩します」と斉賀がいった。

SUVは減速して、サービスエリアの駐車場に入っていく。

斉賀は車を降りたが、圭一は車内に残った。

スマートフォンを確かめるも、沙月からの着信はなかった。

暗くなった画面をぼんやり眺めていると、沙月の顔が浮かんできた。かすかに笑みを含んだ、いつもの自信ありげな表情が、少し歪んでいる。

沙月は何をどこまで知っているのか。岩滝のもとへ沙月は足を運んでいなかったようだが、いろいろなところに取材に行き、情報を得ていたはず。

車に戻ってきた斉賀が、よかったら、どうぞと缶コーヒーを差し出した。

礼をいって受け取り、プルトップを引き上げた。一口飲むと、苦味が舌に染みわたった。

知っていることがあるなら、教えてほしかった。だが、沙月は何もいわずに家を出ていった。どうしてか。

真相にたどり着くまで顔をあわせないほうがいいとでも思ったか。

「離婚届まで用意するなんて」思わずそんな言葉が口をついた。

「奥様のことですか」

圭一はうなずいた。

「二十八年前の事件に叔父が絡んでいたとしても、妻は記事を書くつもりでいたんでしょう。そうなれば、僕と夫婦でい続けるのは難しいと思ったのかもしれません。家を出る前に、一言、相談してくれればよかったのに、という思いもありますが、それもできずに沙月は苦しんでいたんじゃないかと。少し前に、いろいろあったので」

「失礼ですが、お二人の間で何があったのですか」

「ロックバンド、赤青キーロのメンバーによる不倫スキャンダルはご存じですか」

「芸能界にはあまり詳しくはないのですが、ニュースやワイドショーで繰り返し報道されていたので、私も知っています」

「名前の挙がっていたギタリストの根本京平は僕の幼なじみで、高校まで一緒にバンドをやってました」

「そうだったんですか」

「実は、あの不倫のスクープ記事を書いたのは、妻で」

「奥様が記事を？」

「そうです。妻のせいで京平は叩かれる羽目になったんです」

「青井さんと根本京平とは今も交流がおありなのですか」

「今でも大事な友人です。僕の結婚式のパーティーにも来てくれましたし、叔父がくも膜下出血で亡くなったときも、仕事で忙しいはずなのに、葬儀に駆けつけてくれました。妻が記事を書いたことを謝りたくて、彼に電話をしたんですけど、その番号はもう解約されてて」

圭一はコーヒー缶をじっと見つめた。

「僕は妻を強くなじりました。夫の友人を売るなんてどうかしてるって。だけど妻は、これが私の仕事だからと開き直る始末で。それがきっかけで妻との関係がぎくしゃくし始めたんです」

「奥様は、その不倫ネタをどこで見つけたんでしょうか。たしか、ＳＮＳでの二人のやり取りまで暴露されてましたよね」

「妻を問いただしましたが、ネタ元はいえないの一点張りでした」

誰に聞いたのかと何度尋ねても、ライターは絶対に情報源は明かさない、そういうものなの、と沙月は繰り返した。

沙月といい争った当時のことを思い出すと、複雑な気持ちになる。沙月を強く責める気持ちは、あのときよりも薄れているが、少しは反省してほしかったという思いは今も消えていない。

圭一はコーヒーを飲み下しつつ、もう過去のことだと自分にいい聞かせた。今は、沙月の行方と、友康が二十八年前の警察庁長官を狙撃した事件にかかわっていたかを調べるのが先決だ。

岩滝のところでは、友康の遺品にあった銃弾については何の情報も得られなかった。友康は狙撃事件に関わっていたのか、そうでないのかは、謎のままだ。友康が隠していたホローポイント弾と狙撃事件との関係もわからない。

それにしても、なぜ友康は銃弾と船便伝票を残していたのか。万が一、あとで誰かに見つかって、いいことなど何もない。かりに、友康が密輸や狙撃事件に関わっていたなら、その証拠になるようなものは捨てるはず。となると、銃弾も船便伝票も友康のものではないということか。

いや、少なくとも伝票に関しては、青井楽器店あてに送られてきているのだから、友康のものだろう。だが、そうであったとしても、銃弾という物騒なものや、密輸の手段と疑われそうな船便伝票などは、隠して保管するよりも、証拠が残らないようさっさと捨てるのではないか。

何ら解せない。友康の心理も読めない。

だが、もし事件に関わっていたとしても、おそらく友康は狙撃手ではない。素人が拳銃で人を撃つなど簡単にできることではない。まして、二十八年前の狙撃事件では、高度な技術を有していなければ狙撃できない距離だったというではないか。

「たとえば、叔父と狙撃犯に何かつながりがあったとは考えられないでしょうか。叔父が隠していた銃弾は、叔父が狙撃犯に渡すためのものだったとか」

「その可能性はあると思います。拳銃とホローポイント弾を所持していた狙撃犯に、友康さんは追加の銃弾を渡す予定だった。ところが、何らかの理由で渡すことができず、持ち続けていたとも考えられます」

なめらかな斉賀の口調から、その程度はとうに予想していたのがうかがえる。

沙月も同じように想像したのだろうか。友康と狙撃犯――。

未定稿の原稿にあった、加藤という名前がすっと頭に浮かんできた。

「有力容疑者とみられていた加藤充治は、実は狙撃犯ではなく、真犯人は別にいたと妻の原稿には書いてありました。あれは本当なんでしょうか」

「さあ、どうなんでしょう」

斉賀のまなざしが急にきつくなった。その表情は、何かいいたげのようにも見えるが、それ以上の言葉は返ってこなかった。

「そろそろ行きましょうか」

コーヒーを飲み干した斉賀がＳＵＶのエンジンをかけた。

「斉賀さん。今日は付き合っていただいて、とても感謝しています。でも、どうしてここまでしてくれるんですか」

「それは」

少しだけ間があった。

「警察官だから、といえばカッコいいんでしょうけど、そうじゃありません。生前の父が青井さんの奥様から取材を受けていて、その奥様の行方がわからなくなったというのは、私にとっても気になりますし。それに、こんないい方は失礼ですが、青井さんのご両親や友康さんの銃弾のことも、仕事に関係なく興味があったので」

ＳＵＶが走り出した。

圭一は直線道を眺めながら思考をめぐらせる。友康は狙撃事件に絡んでいたのだろうか。銃弾を持っていたのは、まったく別の理由で、ということはないのだろうか。

スマートフォンがかすかに揺れた気がして、すぐに懐から取り出した。画面には、受信メールの通知。急いで開くと、それは青井楽器店のメールアカウントから転送されたスタジオ予約の申し込みメールだった。

沙月は今どこにいるのか。もうこたえにたどりついているなら、沙月の口から聞かせてほしいのに。

まっすぐ伸びる道路を眺めながら、圭一はずっとスマートフォンを握りしめていた。

斉賀速人

公安総務課の事務室。夕方になると、パーテーションの間から聞こえるキーボードを打つ音が増えてきた。〝作業〟が終わったチームの職員が帰庁し始めているのかもしれない。

チームから外れている斉賀は定時で庁舎を出た。これから向かう先は、荒川区南千住の高層マンション。二十八年前の狙撃事件の現場だった。

内ポケットには、征雄から託された封筒が入っている。

開けると決めたわけではないが、7330に惹かれ始めていた。

青井の叔父、友康が凶器と同じ形の銃弾を所持していた。狙撃事件の直前にそれを密輸していた可能性もある。友康と長官狙撃とのつながりはまだ見えてこないが、深く調べれば、何かわかるかもしれない。

事件当時の斉賀は、まだ小学生にもなっていない年齢だった。父、征雄は特捜本部の捜査員として犯人を追い続けていた。

7330だけじゃない、いつもそうだった。征雄にとって大切なのは、家庭よりも仕事だった。

征雄が定年退職した翌日、征雄と斉賀の母、君江(きみえ)は離婚した。君江からそれを告げられたとき、驚きはなかった。幼いころから征雄はほとんど家にいなかった。両親は喧嘩こそしなかったが、二人の関係が冷えているのは、子供ながらに気づいていた。小学生の高学年になると、母には父のほかに好きな男がいることも何となく感じるようになった。

今思えば、君江が男と会っていたことを征雄は知っていたのかもしれない。それでも凶悪事件の犯人捜しに没頭できれば、どうでもよかった。そう腹を括って刑事人生を過ごした。退官しても、死ぬまで刑事だった。

斉賀には妻と三歳の息子がいる。父と違って仕事も家庭も大切にすると決めている。

その思いが揺らいでいるわけではない。だが、青井と会って、斉賀の体の奥にそっとしまってあった何かが動き出しているのはたしかだった。

今、好奇と畏怖がせめぎあっている。

斉賀は胸に手を当てた。上着の内側にある封筒。これは俺にとってパンドラの箱なのだろうか。

地下鉄で移動して最寄り駅で降りた。商店街を抜け、町工場の並ぶ通りを歩いた。隣には隅田川が流れている。

やがて目の前に要塞のようなマンション群が現れた。

現在は、タワマンと呼ばれる複合型の高層マンションが当たり前の時代になっているが、二十八年前は、このような高層マンションはまだ珍しかったはずだ。

斉賀は通勤鞄から一冊の本を取り出した。内容は７３３０を克明に描いたノンフィクションだった。

狙撃現場の見取り図のページを開く。狙撃現場となった〝プライムシティ〟は四万平方メートルを有する広大な敷地に七棟からなる高層、中層マンションが群立していた。総戸数は六百六十四戸。スポーツ施設、スーパーマーケットも敷地内に設けられており、〝プライムシティ〟自体がひとつの街を形成していた。

斉賀は正面玄関前の歩道で立ち止まった。

二十八年前、この場所に長官専用車が到着し、秘書が海江田長官を迎えに行った。

正面玄関から敷地内へと石畳の道が伸びている。左側のEポートは、海江田の住んでいた棟だ。中央の広場を挟んだ反対側、Fポートの植え込みに、事件当時、黒いロングコートを身にまとった長身の男が潜み、コルトパイソンを構えていたといわれている。

海江田は、長官専用車に向かって歩いている途中に撃たれた。一発目は海江田の胴体を貫通。間髪入れずに放たれた二発目で海江田は倒れ、地面に横たわる海江田に、狙撃手は三発目も命中させた。海江田から狙撃手までの距離は約二十メートル。ここに来て改めて思うが、かなりの狙撃の腕前だ。

その後、秘書が近くの植え込みの陰まで海江田を引きずり、四発目の被弾は避けることができた。警備体制は三名。悔やまれるのは、誰一人として狙撃手をすぐに追いかけようとしなかったことだ。広場付近の異変に気づいた管理人だけが、黒いコートの男を発見した。だが、男は自転車で逃走し、細い路地に紛れ込んですぐに姿を消してしまった。

幼い子供の笑い声が中央広場に響いた。五歳くらいの女の子が広場から斉賀のいる正面玄関のほうへと向かって走ってくる。女の子の後ろには母親の姿も見えた。

「道路に出たらだめだからね」

母親の声に女の子は歩道の手前で立ち止まる。

やがて追いついた母親と手をつなぐと、二人は歩き出した。

母親が斉賀の横を通り過ぎるとき、一瞬目が合った。警戒心のこもった目をしていた。長居しないほうがいい、通報でもされたら面倒だと悟った。

きびすを返そうとして、Eポートのエントランスから人影が現れた。

老人が杖を突いて歩いている。

年齢は八十代か。ツイードのジャケットにベージュのスラックス。背筋はピンと伸びていた。齢八十を過ぎてなお、顔には日本の警察機構の頂点にいた人間特有の品格が漂っている。

それが誰なのか気づき、斉賀の全身が硬直した。——元警察庁長官、海江田一朗。

海江田が石畳の途中で立ち止まった。しばし左右に顔を動かしたあと、視線は一点に注がれた。見ているのは、Fポートの植え込みだった。

おや？　斉賀は、海江田の足元に目を留めた。海江田は素足にサンダル履きだった。

そのサンダルが動き出した。海江田が斉賀のほうに向かって、大股で勢いよく進んでくる。

斉賀はとっさにその場から離れようとしたが、遅かった。

「おい。君」

元警察トップの鋭い視線は、斉賀をとらえていた。

斉賀はぎこちない動作で会釈をした。

「カイシャの人間だな」

威厳のある声に、斉賀は、はい、とこたえる。

「所属は？　いや、待て。見たことのある顔だ。君は——」

海江田は唇の端を少しだけ吊り上げた。

「たしか刑事部の斉賀警部補だな」

斉賀は海江田を正視した。その瞳に映っているのは、自分ではなく父だった。

「君には」海江田の表情がわずかに曇った。「悪いことをした」

「私は刑事部ではありません。公安部の斉賀速人と申します」

「さいが、はやと」

伝える必要はなかったか。視線を泳がせる海江田に同情心がふと芽生えた。

そのとき、お父さん、と海江田の背後から声がした。海江田より少し年下のふっくらした女性が急ぎ足で近づいてくる。どうやら海江田の妻らしい。

「また、そんな格好して。ごはんの時間だから、おうちに戻って。あ、どうもすみませんね」

海江田の妻は、斉賀に一礼すると、夫の手を取って、マンションのほうへ向かって引き返した。サンダルを引きずるようにして海江田が歩いていく。その背中が急に小さくなったように見えた。

斉賀はプライムシティから離れて、隅田川沿いを歩いた。

海江田がサンダルを引きずる音がまだ鼓膜に残っている。植え込みのあたりを見つめていたときの海江田の表情――不安と未練がまじりあったような眼差しをしていた。

海江田のなかでは、あの事件は終わっていない。認知症となった今も、撃たれたときの記憶は深く刻まれている。だから、外に出たときは、必ず、Fポートの植え込みに目が行く。誰もいないことを確かめてから歩を進める。二十八年たった今もおびえているのだ。

君には悪いことをした。

その声とともに、脳裏に一本の光が走る。そうか、海江田は――。

公訴時効の日、警視庁は「犯人は光宗会の関係者」と断定する異例の会見を行った。だが、警察の元トップでもあり、被害者でもあった海江田は、会見の内容に納得していなかった。

真犯人は、光宗会とはいい切れない。いや、それだけじゃない。まだ世間のどこかでのさばっているると考えていたのではないか。

何かが斉賀の心を突き動かした。

懐から茶封筒を取り出した。真犯人を知る人物の情報がここにある。

指先に力を込めて、封の口を破った。逆さにすると、白いメモが手に落ちてきた。

菊池尚樹（きくちなおき）

さいたま市××町――

たった二行。連絡先は書かれていない。年齢もわからない。

さいたま市なら遠くはない。すぐにでも行ける。だが、その前に菊池尚樹なる人物について調べておいたほうがいいだろう。

メモを封筒に戻していると、ズボンのポケットのスマートフォンが震えていることに気づいた。

〈身元不明相談室の中牧（なかまき）です。石川県警から連絡がありました〉

「石川県警？」

今朝、身元不明の女性の水死体が石川県の七尾港で発見されたという。

中牧はこう続けた。〈年齢は三十代。死後、三日から五日ほど経過しています〉

青井圭一

それは斉賀からの電話だった。

〈身元不明相談室から、石川県の七尾港で女性の遺体が発見されたと連絡がありました〉

石川県と聞いても、ぴんとこなかった。沙月には何の縁もない場所のはず。七尾港の場所もわからない。死体の見つかった場所が長野といわれれば、取材メモには長野と書いてあったので、気になっただろうが、今回、提供された情報は、沙月とは関係ない気がした。

遺体の推定年齢は三十代半ば。死後、数日が過ぎているという。

〈石川県警から警視庁に遺体の画像が電子データで届いています。もし、青井さんさえよければ、念のため、画像をご自身で見ていただくこともできますが〉

「こういう場合、相談者が画像を確認するのが普通なのでしょうか」

〈ケースにもよります。一義的には、お聞きしたご家族の特徴を遺体と照らして、警察が確認します。その上で、ご家族に病院や管轄の警察署でご確認いただきます。今回は発見された場所が遠方ですので、警視庁の身元不明相談室まで出向いていただければ、送られてきた画像をお見せいたします〉

見て確かめます、とはすぐにいえなかった。行方不明者というのは、年間で約八万人もいる。

発見されたのが沙月とは思えなかったし、他人であろうと死体の画像を見ることへの恐怖もあった。

〈とりあえず、今から警視庁まで来ていただけませんか〉

気乗りはしなかったが、これまでいろいろと力を貸してくれた斉賀の言葉に従うことにした。

電車と地下鉄を乗り継いで警視庁に向かった。受付で身元不明相談室に用があってきたと告げると、少し待たされて斉賀が現れた。

「こちらです」

一階の奥にある面談室に案内された。なかはテーブルと椅子が四つあるだけの狭い部屋だった。

斉賀のほかにもう一人、分厚い体軀の男性が入ってきた。ノートパソコンを携えている。男は愛想のない声で「身元不明相談室の中牧と申します」と名乗った。

斉賀と中牧が並んで座り、圭一はその向かい側に腰を下ろした。中牧がノートパソコンを開き、斉賀が画面をのぞき込んでいる。二人とも硬い表情を崩さない。

「準備ができましたので確認していただけますか」と中牧がいった。

にわかに不安が胸に押し寄せて、脈拍が速くなった。

「画像は二枚あります。顔と全身です」

中牧がパソコンを圭一のほうへ向けたので、「ちょっと待ってください」と手で制して、目をつぶった。

——大丈夫だ。沙月なわけがない。

心臓がでたらめに鼓動を打っている。何度も深呼吸をして気持ちを落ち着けた。

圭一は、ゆっくり目を開けた。

画面に表示される白い顔。

時間の経過がわからなくなるほど画像に見入った。濡れた黒髪。むくんだ頬。

脳内が真空になった。

「もう一枚はこちらです」

画面が切り替わった。全身を映した画像。濡れた青いブラウス、黒いパンツ。

沙月だった。

「ああ」

自分の言葉を聞いた瞬間、感情の防波堤が決壊した。

狭い室内に、空気を引き裂くような叫び声が鳴り響いた。


翌朝、圭一は東京駅から始発の北陸新幹線に乗った。

昨晩は一睡もできなかった。神経が過敏になっているはずなのに、思考は停止したままだった。深夜、脳内が量感を失う例の症状に何度か襲われたが、ぼんやりしているうちに、それは消えていった。

店は臨時休業にしようかとも考えたが、スタジオ予約の常連に迷惑をかけることになる。アルバイトの矢部に、用事ができたので、数日、店を頼みたいと伝えたところ、理由も訊かず、引き受けてくれた。

新幹線は大宮を過ぎると、外の景色が消え、窓は闇に染まった。鼓膜の奥では不快な高音が響いている。

沙月はどうして七尾にいたのか？　そこで何があったのか？

同じ疑問を頭の中で繰り返すも、それ以上の思考は進まなかった。

金沢駅で七尾行きの特急に乗り換えた。七尾駅に着いたのは午前十時より少し前だった。東京駅からの三時間半の道程は長いとは感じなかった。

タクシーで七尾署へと向かった。七尾の空は、東京よりも広いが、灰色にかすんでいた。

運転手が、「お客さん、どちらからおいでで？」と訊くので、仕方なく「東京です」とこたえた。

「七尾っていうところはねえ、海が近くて山も近いんです。その山には、昔、お城があって」

圭一はあいづちを打つこともなくやり過ごしていたが、運転手はかまわずに話し続ける。

「前田利家がいたんですよ。前田家って、金沢のイメージがあるでしょ。でもね、最初は、この七尾のお城にいたんです」

ほどなくしてタクシーは七尾署に到着した。受付で名前を告げると、四十歳くらいのスーツの男が現れた。

男は、「刑事課の大崎（おおさき）です」と名刺を差し出した。名刺には、刑事課強行係と書いてある。

大崎に案内されて死体安置室へと向かった。

窓のない細長い空間に一台の寝台が置かれていた。シーツは人型で盛り上がっている。

大崎に促されて、死体の顔にかぶせられた布をめくった。

画像と同じ顔——沙月だった。

いったん収まっていた感情が再びぶり返した。あふれる涙をぬぐうこともなく、青井は嗚咽を繰り返した。

しばらくして死体安置室を出ると、窓のない狭い個室に案内された。大崎のほかに、もう一人若い刑事が同席した。

大崎によると、遺体が発見されたのは昨日の早朝で、船の点検をしていた漁師が港内で死体が浮いているのを発見したという。

「遺体には、打撲の痕と肋骨の骨折がありました。水中へ落ちる前の、まだ生きているときに受けた怪我のようです」

圭一は、えっ、と声を上げ、「妻は誰かに襲われた、つまり殺されたってことですか！」と尋ねた。

「まだ事件と決まったわけではありません。事件と事故の両面から調べています」

大崎が圭一をなだめるように落ち着いた声でいった。

「奥様と最後にお話しなさったのは、いつですか」

「五日前の晩です。妻から電話がありました」

「電話ではどのようなお話をなさいましたか」

「中身のある会話はしていません」

「どんな内容でも構いません」

「家に帰ったら、許してくれる？　といってました。そのあと、すぐに電話は切れて」

「許してくれる？　失礼ですが、喧嘩をなさっていたんですか」

圭一は、まあ、そうですね、とあいまいにこたえた。

「奥様が七尾市を訪れていたのはご存知でしたか」

「取材に行くといって家を出ましたが、行き先は聞いていませんでした」

「七尾に来たのは、取材のためだったということでしょうか」

「さあ。わかりません」

大崎からの質問が続いた。沙月の普段の生活、仕事の内容……わかる範囲で圭一はこたえていった。

大崎が壁の時計を見上げた。「では、いったん、お昼にしましょう。午後は、発見現場をご案内します」

警察署の近くにいくつか食事のできる店があると教えられたが、食欲はなかった。圭一は近くのコンビニに行き、イートインコーナーでホットコーヒーを飲んだ。

事件、事故のどちらなのかまだわからないと大崎はいっていた。

沙月は怪我をしていたらしいが、誰かに襲われたのか？　あるいは、不慮の事故なのか？

何より、どんな目的があって七尾市を訪れたのか。取材だったのだろうか。

警察署に戻ると、大崎が「ひとつ情報が入りました」といった。

沙月が泊まろうとしていたホテルがわかったという。

「七尾駅前のビジネスホテルです。五日前の夕方、チェックインしてすぐに外出して、それきりホテルには戻ってこなかったようです」

まれにそのような宿泊客がいて、数日たってからふらっと戻ってくることもあるらしく、ホテルとしては宿泊料金を先に受け取っているので、すぐに警察には連絡しなかったという。

沙月は、夕方、ホテルに荷物を置いて外に出た。圭一へ電話があったのは、夜九時ごろ。そのあと、沙月の身に何かがあったということか。

圭一は大崎の運転するセダンで七尾港へ向かった。

五分ほどで港に着いた。目の前に、切妻風の屋根とコンクリートを打ち放したイベントホールのような大きな建物がそびえていた。〝能登食祭市場〟という道の駅で、旅行客向けに飲食店や土産物店が入居していると大崎が教えてくれた。

港の駐車場で車を降りた。漁に出ているのか、港に漁船は一艘もなく、プレジャーボートが数艘停まっているだけだった。

七尾港は、四方を陸に囲まれた湾で波はほとんどなかった。

大崎が「あのあたりに浮いていたそうです」と沖のほうを指さした。

「どこから海に落ちたのでしょうか」

「海とは限りません。川で転落して流れてきた可能性も考えられます。川のほうに行ってみましょう」

大崎のあとについて行き、河口付近にかかる橋を渡った。眼下を流れるのは御祓(みそぎ)川という川で、川幅は十五メートルほど。水面は平らに近く、満潮の時間のためか、川は逆方向にゆっくりと流れていた。

「五日前は大雨で、ここの水量もかなり増えていました。水流も激しかったので、川で押し流されて海まで流れた可能性もあります」

「そういえば、妻から電話があったとき、背後からザーッという音が聞こえていました」

「雨と川の音だったのかもしれませんね」

黒い濁流のなかを押し流される沙月の姿を想像して、圭一は思わず息を止めた。

その後、しばらく川沿いを歩いてから、港の駐車場に引き返した。

「明日も、警察署までお越しいただけますか」

「もちろん、うかがいます」

「今日、お泊りはどちらですか」

圭一は、駅前のホテルの名前を挙げた。沙月が泊まっていたのと同じホテルだった。

大崎は車で送るといったが、圭一は、歩いて行ける距離だからと告げて、大崎と別れた。


ホテルの部屋に入った。

遮光カーテンを開くと、薄暗い空の下に、年季の入ったビルや民家が横たわっていた。

沙月はどうしてここを訪れたのか？　結局、行き着くのはこの疑問だった。

出ていった朝のことを思い出そうとした。記憶に残っているのは、沙月の後ろ姿だけだった。

前の晩に離婚届を突きつけられて、沙月の顔をよく見ようとしなかった。

だが、沙月のことは想像がつく。いつものように、抜かりなく準備をして、自信に満ちた顔で取材旅行に出かけたはずだ。なぜなら、初めて会ったときから沙月はずっとそうだった。

三年前、青井楽器店への取材がきっかけで、圭一と沙月は知り合った。

当時、沙月は、音楽雑誌で「下町の楽器店」というコーナーを持っていて、あるとき、青井楽器店へ取材に訪れることになった。ところが、取材当日、店主の友康はインフルエンザで高熱を出し、店を手伝っていた圭一が取材を引き受けた。

急な代役に心の準備はできていなかった。沙月の質問に、いいこたえを返すことができず、ぎこちない空気で取材は進んでいった。せっかくの取材なのに、これじゃあ店のいい宣伝にはならないと、圭一は、内心、歯噛みする思いだった。

沙月が地下のスタジオを見せてほしいというので案内した。

そこでの沙月のひと言が、圭一と沙月を結ぶきっかけとなった。

「赤青キーロの根本京平がデビュー前に練習していたのって、ここですよね」

それはほとんど知られていない話だった。この女性記者はさらりと口にしたが、おそらく丁寧に取材の下準備をしてきたのだろう。ならば、こちらもその思いにこたえたいという気になった。

「僕、京平と一緒にバンドを組んでいたんです」

「そうなんですか！」

そこから一気に話は盛り上った。アマチュアバンド時代のエピソードを語ると、沙月のペンが勢いよく走り出した。

取材からひと月後、沙月が再び店を訪れた。

「先日、お聞きしたエピソードがあまりに面白いので編集長に話したところ、楽器店の紹介記事じゃ収まらないから、〝若き日の根本京平伝説〟って特集を組んだんです。そしたら」

沙月が興奮気味に語った。

「これが大当たりで、ネットでもバズりまくって、雑誌がすごく売れたんです」

以来、圭一と沙月は二人で会うようになった。会話の比率は、沙月が九割、圭一が一割。話し上手ではない圭一にとって、それくらいがちょうどよかった。

話すうちに沙月の家族のことも知った。幼いころに両親が離婚、都内で母親と二人暮らしだったが、その母親は二年前に病死していた。

沙月と会うようになって一年が過ぎたころ、「結婚しない？」と沙月がいった。

嬉しかったが、アルバイト生活の自分が所帯を持っていいのか、結婚となると沙月にはもっと明るくてエネルギッシュな男性のほうがふさわしいのではないかと戸惑いもあった。

圭一は沙月にそうした悩みを伝えた。

「私が圭ちゃんを幸せにするから大丈夫よ」

自信満々でいい放つ沙月に押し切られる形で入籍した。結婚して一緒に暮らすようになっても、二人の距離感は変わらなかったし、圭一もそれが心地よかった。

友康が亡くなって、圭一は楽器店を継いだ。それから一年もしないうちに、沙月が京平のスキャンダルをスクープし、二人の仲はぎくしゃくし始めた。

気づいたら、ホテルの窓から見える空は濃い青に染まり、家々には明かりがともり始めていた。

圭一は視線を遠くへ飛ばした。港のほうで赤いランプが点滅している。

この街のどこかで沙月は電話をかけてきた。

――このまま家に帰ったら、許してくれる？

耳の奥で沙月の言葉が、かすかに聞こえた気がした。

翌日、大崎はすぐに現れず、圭一は、昨日聴取を受けた部屋で待たされた。

一時間がすぎたころ、大崎が若い刑事を伴って現れた。

「奥様の件で男をひき逃げの容疑者として逮捕しました」

「本当ですか！」

大崎の話では、車で走行中に女性をはねたという男が、昨晩遅くに警察に出頭してきた。男は二十代、七尾市内の運送会社で勤務。会社の社長に付き添われて七尾警察署を訪れたという。

「事故が起きたのは、六日前の午後九時十分ごろ。青井さんが奥様から電話を受けた十分後ですね。御祓川沿いの道路を歩いていた女性をはねて、女性は川に転落したかもしれない、と男は供述しています」

「転落したかもしれないって、どういうことですか」

「男がいうには、はねたあと、車のまわりを確認したら、人は倒れていなかった。川に落ちたかもしれないとも思ったが、怖くなって逃げたと」

圭一は膝頭がつぶれそうなくらいに、ぎゅっと握りしめた。

なおも大崎の説明が続く。ニュースや新聞に何も報道されなくて、初めは、ほっとしていた。ところが、あとになって七尾港で女性の遺体が発見されたと知った。もしかしたら自分が車ではねた相手かもしれないと思い、会社の社長に相談した——。

「妻の怪我というのは、車に当たったときのものですよね」

「おそらく、そうだと思われます。はねた車を調べて当たった箇所も確認しました。ただ……」

大崎が難しい顔をした。

「運転していた男によると、沙月さんは自分から車の前に飛び出したという話で」

「何ですって」

にわかに怒りが充満した。

「奥様は、トラックが近くを走っているのがわかってて、わざと道路に出たように見えたと」

「そんなの、ただのいい逃れでしょう」

思わずテーブルを叩いた圭一を、大崎が両手を出してなだめた。

「トラックにはドライブレコーダーがついていまして、その録画映像をここに持ってきました」

若い刑事がノートパソコンを開いた。

「奥様かどうか確認していただきたいので、これを見ていただけますか」

圭一はパソコン画面に顔を近づけた。

「先にお断りしておきますが、事故の瞬間も映っていますので、お辛い思いをなさるかもしれません」

圭一は、「かまいません」と即答した。

動画が始まった。

せわしなく動き続けるワイパー。フロントガラスや天井を激しく叩く雨音。ヘッドライトに照らされる夜道。薬局、靴屋、理髪店……灯りの消えた商店街を通り抜けていく。

三十秒が過ぎたころ、道路の左側に傘をさした人影が映った。

傘の下はベージュのロングコート。コートは沙月が着ていたものに似ている。

顔は見えないが、おそらく沙月だ。

車は直進し、ロングコートの人物に近づいていく。

突然、フロントガラスの前に傘が現れた。同時に、アッと運転手が叫んだ。

傘の下の顔がライトに照らされる。沙月だった。

ドンッという鈍い音。甲高い急ブレーキの音が鳴り響き、車は揺れながら停止した。

画面には、ライトに照らされた道路。人は映っていない。

ワイパーの音。天井を叩く雨音。マジかよ、マジかよ、と不安げな声。

ドアを開け閉めする音がして、制服姿の運転手が画面に映った。

しばらく車の前をうろうろしていた運転手が立ち止まった。

「川のほうを見ています」と大崎がいった。

運転手は小走りで車に戻ると、車は急発進した。

クリックの音とともに映像が停まった。

息が荒くなっていた。どうして、どうして、と圭一は胸のなかで繰り返した。

運転手のいうとおりだった。沙月は車にぶつかるつもりで道に出たように見えた。

斉賀速人

〈トラックと衝突して川に落ちた可能性が高いことがわかりました〉

電話から聞こえてくる青井の声は明らかに沈んでいた。

青井によると、映像では、沙月が自らトラックの前に進んだようにも見えたという。おそらく青井の頭のなかでは、自殺したのではという想像がふくらんでいるのだろう。

〈ですが、妻がそんなことをする理由は思いつきません〉

絞り出すような青井の声を聞きながら、斉賀は思いをめぐらせた。

これまで青井に聞いた沙月の印象から、自殺を考えるような女性には思えなかった。自殺なのか。そうではないのか。かりに、自殺だとしたら、何かきっかけになるようなことでもあったのか。


いずれにせよ、青井沙月は何のために七尾市へ向かったのか。もし取材だとしたら、二十八年前の狙撃事件の真犯人にたどりつく材料でもあったのか。

もしかして、光宗会の元信者と接触してトラブルでも起きたのではという想像が働き、光宗会の北陸支部に属していた元信者らの動向記録に目を通したが、七尾市やその周辺に住んでいる人間はいなかった。

午後、斉賀は庁舎を出た。先日、階段から転落した怪我の治療で警察病院へ経過を見せに行った。頬の絆創膏は取れていたし、手足の痛みもほぼなくなっていた。医師からも、もう大丈夫でしょうとのお墨付きを得た。

病院を受診したあとは、本庁に戻らず、午後の残りの時間は休暇願を出した。

地下鉄、電車と乗り継いで、斉賀はさいたま市へと向かった。行き先は、征雄がメモに残した菊池尚樹の住所だった。

菊池に関しては年齢も職業もわからない。公安部独自のデータベースで調べたが、菊池尚樹という人物に関しての情報は何もなかった。

ただ、犯歴照会では、菊池尚樹という名前で一件ヒットした。その人物は現在六十三歳で、元大学教員という経歴だった。犯歴は傷害罪一件。十四年前、大学の職員を殴打した罪で逮捕されたが、不起訴となっている。当時の住所は東京都内だった。これだけの情報では、この人物が征雄の接触していた菊池尚樹なのかは、わからない。

大宮駅に着いて西口を出た。スマートフォンの指示に従って細い路地を進んでいくと、漂う空気が徐々に変わっていった。狭い道の両側に古めかしい建物が立ち並び、昼営業をしている飲み屋が目につくようになった。

何度か道を折れていくうちに、菊池の住まいと思われる場所にたどり着いた。

それは平屋建ての古い長屋だった。細長い建物に薄汚れたアルミ製のドアが四枚並んでいる。トタン屋根は隅々が赤茶色にさびて朽ちていた。

どの部屋にも表札はかかっていない。ひとつずつ尋ねてみようと、一番近いドアに近づいた。

そのとき、隣のドアが開き、小柄な男が出てきた。スキンヘッドに無精ひげ。スウェットシャツの上からマフラーを巻いている。近くに買い物にでも行くといった様子だ。年齢はわかりづらく、四十にも六十にもみえる。

ちょっといいですかと声をかけた。男は不愛想な顔を斉賀に向けた。

「ここに菊池さんという方がいらっしゃるとうかがったのですが、どのお部屋か、教えていただけませんか」

あんた誰？　と男が問いをかぶせた。男の息から酒の匂いが漂った。

斉賀は、警察とはいわず、「斉賀と申します」とこたえた。

男はあごの先を指でかきながら、「菊池なんて知らんな、いたかな」とこたえた。

「ここにいらっしゃるはずなのですが」

「引っ越したんじゃねえの」

男はそれだけいうと、両手をポケットに突っ込んで歩き出した。

斉賀はわずかな時間、男の背中を眺めていたが、早歩きで男を追い抜くと、正面にまわり込んだ。

「何だよ」

「あなたが菊池さんですよね」

男がかすかに顔をしかめた。当たりだ。あんた誰、と訊かれた時点で、半ばこの男が菊池ではないかと予想していた。

「私は警視庁の者ですが、お話が聞きたくて参りました」

「俺、何も悪いことなんてしてねえよ」

菊池は視線を斜め上に向けて体を小刻みに揺らしている。大学の教員だった面影は微塵もない。

「あなたのことではありません。海江田長官狙撃事件について、おうかがいしたくて」

菊池が、ほうと声を出して斉賀に目を向けた。興味はあるらしい。

拒絶されたら、あっさり引き下がるつもりだった。今日は顔と住所を把握できれば十分とも考えていた。だが、菊池は、斉賀を頭のてっぺんからつま先まで眺めると、あごをしゃくって歩き出した。ついて来いという意味らしい。斉賀はあとについていった。

菊池は、自宅からすぐ近くにある昼営業の飲み屋に入った。

菊池が熱燗と焼するめを注文する。幸い、二人のテーブルのまわりに客はいなかった。どう切り出そうか斉賀が考えていると、菊池が「あんた、事件を追ってた元刑事の息子か」といった。

「その父なんですが」

「知ってる。亡くなったんだってな。だが、息子も警察官だとは知らなかったな」

ステンレス製のちろりと猪口が二つテーブルに置かれた。ちろりから白い湯気が上がり、日本酒の甘い匂いが漂ってくる。

「注げ」といわれ、斉賀は二つの猪口に酒を注いだ。

菊池は口をすぼめて酒を飲むと、「ああ、うめえ」と声を上げ、するめを噛み始めた。

斉賀は、舌先で舐める程度に酒を口に含んだ。

「狙撃した人間をご存じだと聞いたのですが」

菊池は、おもむろに両手を胸の前で合わせた。人さし指を斉賀に向けて、子供のように「バーン、バーン、バーン」と撃つ真似をして見せた。

「長官を撃ったの、あれ、俺なんだ」菊池がにやりと笑う。「だといったら、信じるか？」

その問いは無視した。嘘なのは明らかだ。菊池は斉賀の反応を見てただ楽しんでいる。

腹の底で何かがうごめいた。公安部所属の警察官がこんなことでいいのか。もっと強気で攻めるか。かといって菊池の機嫌を損ねては、何も聞き出せない。

ならば、とことん付き合うしかないと斉賀は酒をあおった。それを見た菊池は満足そうな顔で、熱燗のおかわりを頼んだ。

新しいちろりがテーブルに置かれた。菊池は手酌で猪口に酒を注いでいく。

「あんた、今さら昔のことを調べてどうするんだ。父親の遺志を引き継ぐってか？」

「狙撃した真犯人が知りたい。ただそれだけです」

斉賀は強い視線を菊池に向けた。菊池のほうは気にした様子もなく、猪口をあおって、ふうと息を吐いた。

「まあ、いい。親父さんへの手向けってことで教えてやるよ。犯人と知り合ったのは十年前だ。その前に、少しばかり俺のことを話すけど――」

菊池が語り始めた。勤めていた大学で事務の職員を殴って逮捕された。大学共済で追加の借金を申し込もうとしたら、拒絶され、それで思わず手が出たという。

「俺も切羽詰まってたからな。つい、カッとして殴っちまった」

菊池の前科記録を思い返した。金に困っていた理由はギャンブルだった。

「あのころは、どうにもならない依存症でな。いろんなところから金を借りてた。俺の父親はそこそこ名の知れた大学教授で、結局、親父に借金を肩代わりしてもらった。大学を解雇されたあとは、仕事もなかったし、親の名義だった長野の別荘に移り住んだ」

――長野。沙月のノートに、長野という走り書きがあったと青井が話していた。

「長野じゃ、することもなかったから、よく山に入って狩猟をやってた。そこで鉄砲を撃つのがとんでもなくうまい男と知り合ったんだ。何度かそいつと酒を飲んだんだけど、あのとき、悪さ自慢みたいな話になって、俺は人を殴って逮捕されたことがあるっていったら、そいつは、人を撃ったことがある、しかもすごい相手だっていうから、ヤクザの親分でも撃ったのかと訊いたら、警察のトップだっていうんだ。まさかだいぶ前に起きた警察庁長官のことじゃないだろうなって訊いたら、否定しなかった。たしかに銃の腕前はすごかったし、この男ならやれそうだと思ったんだ」

この程度の内容では、真贋はわからない。その男が真犯人だという確証は得られない。

「しかもよ、現場にいた人間しか知りえない話なんかを口にするから、びっくりしてよ」

大事なのはここだ。斉賀は表情を変えずに菊池の声に神経を集中させた。

どんな情報が出てくるのかと期待していると、「おっと」といって菊池が腕時計を見た。

「レースの時間だ。そろそろ行かないと」

立ち上がろうとする菊池に、斉賀は「待ってください」といった。

「その人物が知っていたのは、どんなことだったのですか」

「話すと長くなるから、また今度だ」

「父への手向けというなら、せめて、その男の名前だけでも教えてくれませんか」

「しょうがねえなあ」

菊池はテーブルにひじをつき、身体を前に乗り出した。

「いいか、一度しかいわねえぞ」

菊池が斉賀の耳元に顔を近づけた。

「加藤充治だ」

体に充満した空気が抜けていくようだった。

「ん？　どうした。驚いたか」

「加藤充治のことは、知っています」

「そうか。じゃあ、もういいな」

「――」

「あんたは俺の話、どう思う?」

「――」

すでに脳が思考を放棄していた。斉賀が黙っていると、菊池は急に不機嫌そうな顔になった。

「何かいえよ。このボンクラポリス」

辛辣な言葉をかけられても、腹は立たなかった。

菊池が去ったあとも、しばらく座していた。じわり徒労感が両肩に降りてくる。

――真犯人はやっぱり加藤。ほかにいたなんて、単なる幻想だったのではないか。

テーブルのちろりを掴み、残っていた酒を一息であおった。

ぬるい酒は舌に何の味わいも残すことなく、喉の奥へと流れ落ちていった。

青井圭一

通夜は北区のはずれにある、小さなセレモニーホールで行われた。

弔問に訪れた客から、沙月に何があったのかと同じことを何度も訊かれ、その都度、圭一は出張先で交通事故に遭い、亡くなったと説明した。

事故と口にするたび、その言葉は脳内で自殺という二文字に変換された。東京に戻ってからも、沙月がトラックにはねられる映像がまぶたの裏で再生され続けている。

あれはやはり自殺なのか？　自殺する理由はわからないが、ドライブレコーダーに映っていた沙月は、明らかに自分から車の前に身を投げ出していた。

自分が知っている沙月と映像の中の沙月がどうしても結びつかない。どうしてトラックの前に出た？　沙月に何があった？

疑問が眉間のあたりをぐるぐると旋回し、やがて憂うつに落ちる。無意識にその思考過程を繰り返した。

通夜が終わり、弔問客がホールをあとにすると、圭一だけがその場に残った。

トモさんも、沙月もいなくなった。

不意に寂しさが束になって圭一に襲いかかった。スマートフォンを取り出し、圭一、沙月、友康の三人で映る画像を眺めた。

婚約したと友康に報告するために、沙月の提案で三人で食事をしたときのものだった。

「実は心配してたんだ。圭一は奥手だし、そういうところだけは、叔父の俺に似てしまったみたいで」

沙月と結婚すると伝えたときの、友康の喜びようといったらなかった。よほど嬉しかったのか、普段、あまり酒を飲まない友康が、ワインを何杯もおかわりしていつも以上に饒舌だった。

「圭ちゃんのご両親はどんな方たちだったんですか」

常日頃、圭一が訊けないことを沙月が尋ねたのは、それほど場が和んでいたからだ。

「幹子さんのことは、あんまり覚えていないけど、兄貴のことなら、何でも話せるよ」

友康は、ひげに囲まれた口を大きく横に広げた。

「圭一と兄貴の外見は、ホントに似てる。兄貴には、下唇とあごのちょうどまんなかにほくろがあったんだけど、それさえあれば、そっくりじゃないかな。だけど、楽器の演奏は、兄貴が断然うまかった。特にギター。絶対音感がすごくて、一度、曲を聴いたら、コピー演奏することもできた」

初めて聞く父の話に、圭一は引き込まれた。

「俺と兄貴は施設で育ったから、金も学もなかった。楽器店をやるだなんて、夢のまた夢と思ったけど、兄貴は違った。何とかして金を作るっていって、細い体で自衛隊に入って、金を貯めたんだ。兄貴の頑張りがなかったら、ウチの店は存在しなかったよ」

「じゃあ、青井楽器店で私たちが出会えたのは――」沙月が圭一を見て目を細めた。「お父さんのおかげですね」

「うん、そうだ。そのとおりだ」

機嫌よく笑う友康は、そのあとも一人でしゃべり続けていた……。

よう、と後ろから声をかけられて、圭一はセレモニーホールにいたことを思い出した。

細身のブラックスーツの男が立っていた。肩までかかる長髪が目元と頬を隠している。

「京平」

思わず立ち上がった。

「このたびは、お悔やみ申し上げます」と京平が深く頭を下げる。

「どうして、ここへ？」

「今朝、卓也（たくや）から連絡があってさ」

卓也というのは、高校時代に組んでいたバンドのメンバーの一人だ。通夜は、仕事の都合で欠席したが、明日の葬儀には来てくれることになっていた。昔から気が利く男だった。京平の連絡先を捜して連絡を取ってくれたのだろう。

「お通夜には出席できなくて悪かった。まだ人前に出るのは、ちょっとな」

「そんなの、気にしなくていい。来てくれただけでありがたいよ」

通夜には沙月とかかわりのあったマスコミ関係者が訪れていた。スキャンダルのバッシングで姿を消していた京平が、突然、公の場に現れたら、マスコミは即座に仕事モードに切り替わって、京平を追いかけたにちがいない。

京平が焼香を終えると、二人は並んで椅子に座った。

「卓也から、事故って聞いたけど」京平が遠慮がちな声でいった。

圭一は、通夜で弔問客から訊かれたときより詳しく説明した。沙月が取材先でトラックにはねられたこと。川に落ちて溺れ、数日後に遺体となって発見されたこと。話を聞くうちに、京平は、うっと声をもらして口を手で押さえた。両目にはあふれそうなくらいに涙がたまっていた。こんなに悲しんでくれるのかと、圭一はありがたいと同時に申し訳ない気持ちになった。

「京平にずっと謝りたくて」

「謝るって、何を」

「おまえのニュースだよ。あれを最初にスクープしたの、沙月だったんだ」

京平が真顔になった。

「あの記事のせいで、京平は世間から叩かれて、ひどい目に遭っただろ。本当にすまなかった。

おまえには、ずっと謝りたかったけど、携帯電話は解約されてたから」

京平は硬い表情を崩さず沙月の遺影を見上げた。

「沙月さん、圭一には伝えてなかったんだ」

「伝えてないって、何を？」

「あのネタ、俺が沙月さんに渡したんだ」

京平が長い髪をかき上げた。口元がかすかに緩む。

「渡した？　まさか、京平が沙月に情報を提供したのか」

「そう。俺が沙月さんに頼んで書いてもらったんだ。でなきゃ、SNSのメッセージなんて、出まわるわけないだろ」

「どうして、そんなことを」

「全部、ぶっ壊してしまいたかったんだ。自分のやっていることがずっと嫌でさ。だけど、自分じゃどうしようもなくて。そのうち、あるスポーツ新聞の記者が嗅ぎつけたみたいで、俺の周辺をうろうろし始めた」

「ちょっと待て。沙月にはいつ話したんだ？」

「トモさんの葬儀のときだ。斎場で食事をしたときに、沙月さんと世間話をしてて、最近、何か面白い芸能ネタはない？　って訊かれて自分のことを思いついたんだ。どうせ暴露されるなら、知っている人に最初にスクープしてもらうほうがいいし、沙月さんにとっても実績になるだろうって。それで、沙月さんに俺のことを話したってわけ」

圭一は何かいおうとしたが、声はかすれて出なかった。

「だけど、沙月さん、最初は、そのネタは使えないっていったんだ」

「どうして」

「絶対に圭一が怒るからって。だけど、無理矢理頼んだんだ。他社にスクープされて、あることないこと書かれるくらいなら、沙月さんに事実のとおりに書いてもらったほうがいいし、圭一にも、俺からネタをもらったと伝えれば済むでしょっていったんだ。だから、てっきり、圭一も知ってるもんだと思ってた」

沙月は京平から直接ネタを提供されて記事を書いた——。今になって知った事実に、圭一は呆然とした。

なら、どうしてネタ元が京平といわなかったのか。

そのとき、沙月の言葉が脳を突き上げた。

——悪いけど、ネタ元は明かせないわ。それが記者の鉄則だから。

夫なら明らかにしても構わないという例外を沙月は作ったりはしなかった。誰に何を責められても一切のいい訳はしない。書く以上、ライターがすべての責任を負うと決めていた。

その反面、夫の友人を窮地に貶めたという罪の意識はあった。だからこそ、ネタ元が京平だったことを明かさずに、圭一には自分が書いたとだけ告げた。たとえ圭一が怒ったとしても、いい訳せずに受け止める。それが沙月の性格であり、記者としての矜持でもあった。

「だけど、俺、甘く考えすぎてた」

京平の声で、圭一は我に返った。

「まさか、こんなに叩かれるなんて思っていなくてさ。バンド活動は休止になるし、ほかの仕事も全部キャンセルになっちまったし。そのくせ、三つ持ってた携帯電話はどれもひっきりなしに鳴り続けて、変なメールもバンバン入ってくるしよ。仕方なく全部解約して、事務所に頼んで新しいのをひとつ借りることにしたんだ。うちの親には番号を伝えておいたら、卓也から連絡があって、沙月さんのことを知ったってわけ」

「今は、どこに住んでるんだ」

「事務所が用意した千葉の賃貸マンションに一人で住んでる」

「経緯はどうあれ、奥さんと別れることになったのは、スクープのせいだろ。あれさえなければ、こんなことには……」

いや、ちがうと京平が首を振った。

「実はここ五年ほど別居してたんだ。離婚の原因は不倫っていうよりも、これなんだ」

京平は拳を作って自分の頰を殴る真似をした。

「DV？　おまえ、奥さんに」

「違う。逆だ」

「えっ、奥さんが？」

京平が小さくうなずいた。京平の元妻は、赤青キーロがまだ売れていないころから、京平のおっかけをしていた。京平と付き合うようになり、妊娠。入籍した。圭一は一度だけ元妻と会ったことがある。小柄で童顔だが、意志の強そうな大きな瞳が印象的だった。

「俺はレコーディングとかツアーで家を空けること多いだろ。だからストレスが溜まっていたのかもしれない。最初は、ふざけてたたいたり、蹴ったりしてくるのかなと思ったりもしたんだけど、いつのまにかガチで殴ってくるようになってきてさ」

京平が顔をゆがめた。

「そのこと、沙月には話したのか」

「いや。それと俺の不倫ネタは切り離しておきたかったし、そういうのが報道されたら、話が余計にややこしくなるだろ。他人からしたら、いい訳にしか聞こえないだろうしさ。だから、沙月さんにはいわなかった」

「今、子供はどうしてるんだ」

「あっちの実家にいる。あいつは家事が得意じゃなかったし、子育ても一人じゃ無理だったから、子供にとっても、そのほうがいいと思う。だから——」

京平が椅子に背中を預けた。

「想定外のこともいろいろあったけど、今は少しずついい方向に進んでいると思ってる」

強がりではなく、本心なのは、京平の表情から見て取れた。

「悪いけど、もう行くわ」

ようやく仕事の依頼が来るようになって、これから打ち合わせがあるのだという。

京平を見送ったあと、ホールに戻って遺影を見上げた。

沙月は少し眉をつり上げて、薄い笑みをたたえている。

ひと言、ネタ元は京平だといってくれれば、よかったのに。

祭壇に近づいた。両手を棺の縁に置き、妻の死に顔に見入った。

——これが大当たりで、ネットでもバズりまくって、雑誌がすごく売れたんです。

——私が圭ちゃんを幸せにするから大丈夫よ。

——このまま家に帰ったら、許してくれる？

生きていたときの沙月の表情、声、匂いが、急に圭一に押し寄せてきた。

「沙月……」

深夜のホールには、圭一の泣き声がいつまでも響いた。

斉賀速人

午後一時。机の電話が鳴った。

〈加辺だ。すぐに第三会議室に来い〉

会議室のドアを開くと、加辺が一人で椅子に座っていた。

あごで座れと指示され、斉賀は向かい側に座った。

「おまえ、こそこそと何やってる？」

「何のことでしょうか」

「とぼけんじゃねえ！」

加辺が隣の椅子を蹴飛ばした。

「おまえ、海江田さんのところに行っただろ」

咽頭が締めつけられたように息が止まった。どうして加辺がそのことを——。

「海江田さんから、公安部長のところに電話があった」

それでか。海江田は、自宅周辺をうろついていた斉賀征雄のことを後輩に伝えたのだ。

「ほかにもな、青井圭一って男がおまえを尋ねてカイシャに来たって話も聞いたぞ。その男の母親ってのは、光宗会の信者だったらしいじゃないか」

加辺の眼差しが険しくなった。

「海江田元長官に光宗会。おまえ、もしかして7330を調べているのか？　今さら、そんなことしてどうする？　作業班から外された腹いせで俺に嫌がらせでもしてんのか、アアン？」

「違います」

「じゃあ、わけをいってみろよ。取調官だった父親の無念を晴らしたいなんて、いうなよ」

わずかに反感の芽が持ち上がるも、斉賀はそっと息を吐いて気持ちを落ち着かせた。

7330を調べている理由を改めて自問する。事件を解決できなかった征雄のため？　いや、それだけじゃない。心が突き動かされた何かがある。だが、うまく説明できないし、加辺にそれを伝えたいとは思わない。

斉賀が押し黙っていると、加辺が椅子に背を預けて、大げさに息を吐いた。

「あれは、カイシャに入ってすぐだった。聞きもしないのに先輩が7330のことを教えてくれた。何せ、警察史上最悪といっていい屈辱的な事件だからな。その先輩は、親切心で教えてくれたんだろう。どの世界にも触れないほうがいいものがあるってな。だから、いいか」

加辺が体を起こした。

「今さらおまえが何かにたどり着いたとしても、得るものなんてねえぞ。むしろ、失うだけだ。この意味、わかるよな？」

背筋にぞくっと冷たいものが走った。もう公安部にはいられなくなるという意味か。

「もう一度いっとくが、７３３０には触れるな。これはおまえのためだからな」

そう言葉を置いて加辺は部屋を出て行った。

これはおまえのため――。加辺の言葉にいつもの圧力はなかった。むしろ冷淡な響きさえ含まれた物いいに、斉賀は居場所を失うかもしれないという怖れを覚えたのだった。

事務室でパソコン仕事に戻るも、集中力は散漫でキーボードを打つ手は何度も止まった。

７３３０には触れるな。いわれたのは初めてではない。前に、舛木からも同じようなセリフを聞かされたことがある。ただ今回の加辺の言葉には、単なる忠告以上の意味が込められていたように思える。

では、加辺の命令に従い、ここで終わりにするか。いや。終わりというなら、命令とは関係なく、真犯人捜しは結末を迎えたといってもいいのではないか。

征雄が頼みにしていた菊池尚樹は、加藤充治が狙撃犯だと語った。これを実質、空振りと捉えるか、加藤犯人説を補強したと考えるか。どちらにせよ、新たな犯人は生まれなかった。

菊池は、長野で真犯人と知り合ったといったが、長野は青井沙月のメモに記された場所でもある。もしかして青井沙月は、菊池に接触して話を聞いたのかもしれない。

できることはもうなさそうだ。ここらへんで７３３０から離れるか。

だが、どこか割り切れない思いもある。

窓から事務室に赤い夕陽が差していた。まぶしさに目を細めると、その陽光が急に遮断された。

窓辺で舛木がブラインドのひもを手繰っていた。

「舛木さん、いらしてたんですか」

「午後はずっとな。あれ?」舛木が目を丸くする。「斉賀にも声はかけたはずだけど、気づいていなかったのか」

「すみません」

「どうした? もしかして地下鉄の階段から落ちたとき、打ちどころでも悪かったか?」

７３３０のことです、とはいえなかった。この場で話すと誰に聞かれるかわからない。

だが、相談できるとしたら、舛木しかいない。うまい伝え方はないかと考えていると、斉賀よう、と舛木が近づいてきた。「今日は忙しいか」

「いいえ」とこたえながら、舛木の次の言葉を期待した。

「じゃあ、一杯どうだ」


その居酒屋は、有楽町駅沿いの高架下にあった。通りからはドアしか見えない小さな店だが、なかは奥行きがあって意外に広かった。

斉賀と舛木は一番奥のボックス席に座った。店内を流れる歌謡曲が適度な障壁になり、ほかの客には、話の内容までは聞こえない。舛木のことだ。店も座る場所も計算の上で選んでいる。

生ビールで乾杯した。舛木が盛大なゲップを吐き、口元を手の甲で拭った。

さっそく斉賀は肘をついて「舛木さん、聞いていただけますか」と顔を突き出した。

舛木は再びジョッキに口をつけながら、どうした? という目で斉賀を見る。

「実は、自分。最近、7330を調べてたんです」

ジョッキを傾けたまま、舛木の手が止まった。

「それが公安部の幹部にバレたみたいで。加辺さんからキツく叱られました」

舛木はジョッキをそっとテーブルに置いた。「俺、前にいったよな。それはタブーだって」

はい、と斉賀は神妙な顔でうなずく。

「これ以上、首を突っ込んだら、公安部にいられなくなるぞって、なんとなく脅されました」

テーブルに焼き鳥の皿が差し出されると、「とりあえず食べよう」と舛木がいった。

「しかし、どうして、今さら7330なんだ。急にそんなことを調べるなんてよ」

加辺にはいわなかったことを舛木には話した。父、征雄が定年後も7330の真犯人を追って捜査を続けていたこと、征雄から託された情報をもとに真相を知るという人物に会いに行ったこと——。

「ですが、真新しい情報は何もありませんでした」

そうか、といって舛木はビールを口に運んだ。

「実は、7330を調べようと思ったきっかけが、もうひとつあるんです。最近、青井圭一という男性から相談を受けたんです。雑誌記者をやってる妻の行方がわからなくなったと。その記者は7330を調べていたらしいのですが、数日前に石川県の七尾港で遺体で発見されまして」

「もしかして事件か」舛木の目つきがにわかに鋭くなった。

「いえ。事故らしいです」

トラックにはねられて川に落ちた、死因は溺死だったと説明した。

「じゃあ、７３３０の取材をしていたこととの関連性は、ないわけだ」

舛木のまなざしが幾分か和らぐ。

「まだ何ともいえませんが、遺体が見つかった七尾市やその周辺に、少なくとも光宗会に関係した人物がいたという情報はありません」

青井の家に７３３０で使用されたのと同じ形の銃弾が見つかったことに触れようかとも思ったがやめた。話が長くなるし、今、悩んでいるのは、斉賀が７３３０にこのまま関わっていていいのかどうかだ。

「それで今日は、もやもやした顔をしてたんだな」

「もしかして、飲みに誘ってくれたのは、自分のことを心配してくれたからですか」

舛木はニッと笑うと、芋焼酎のお湯割りを二つ注文した。

店のなかが騒がしくなっていた。いつのまにか席は全部、埋まっている。

店員が湯気の上がる陶器製の杯を二つ運んできた。芋の強い香りが漂ってくる。

杯を掲げてから、二人は焼酎を口に運んだ。存外に強い苦みが舌を刺激した。

「俺たちサツカンって人種は、気持ちで突き進んでしまうこともある」

舛木が改まった声でいった。表情も引き締まっている。

「だけど、そんなときこそ、俺は優先順位を考えるようにしてきた」

「優先順位ですか」

「今の斉賀の場合は、７３３０を追うことで何を得るのか、逆に何を失うか。それを見極める必要があるんじゃないか。たとえば、今ある大事なもの、それを損なったりしないかってな」

斉賀にとって一番大事なものとは、妻と子だ。７３３０を調べ続けて公安部を追いだされたら、どうなるか。公安部だけで済むのか。警察組織から放り出されたら、妻と子供を路頭に迷わせてしまうのではないか。

「家族は大事にしろよ」

斉賀の心を見透かしたかのように、舛木がぽろりと口にした。

「俺みたいにならないようによ」

薄笑いを浮かべている舛木だが、細めた両目はどこか寂しげだった。

舛木は離婚して独り身だ。離婚の理由は舛木本人から直接聞いたわけではない。ひとづてに聞いた話では、同居していた舛木の母親と妻との折り合いが悪く、あるとき妻が家を出て行った。結局、舛木は母親を選び、妻子とは別れることになったらしい。

二人の間に話しづらい空気が流れた。

別の話題に変えようと、「ところで、舛木さん、就職先は決まったんですか」と尋ねた。

「ぼちぼちだ」と舛木があいまいにこたえる。

そういえば、警察をやめる理由は、体がついていかないということだったが、斉賀から見て、そうは見えなかった。プライベートな事情があるのかもしれないが、そこまで訊くのは失礼だと思った。

またも話は途切れた。ほかの客の笑い声が耳に入り込んでくる。

舛木が、「そろそろお開きにしようか」といって立ち上がった。

悩みが完全に解消されたわけではない。それでも、舛木に話したことで気が楽になったのはたしかだった。

割り勘のつもりで財布を出したが、「俺が持つからいいよ」と舛木が手を振った。

レジの前で舛木が財布から札を取り出していると、財布のなかから紙切れのようなものが落ちた。

舛木が気づかないので、斉賀がそれを拾った。じっと見るのも失礼かと思い、支払い終えた舛木に、「落ちましたよ」といって渡した。舛木のほうは、「ありがとう」といってそれを財布に差し込んだ。

店を出た。斉賀は、ごちそうさまでしたと、舛木に頭を下げた。

じゃあな、と舛木は軽く手を挙げると人混みに消えていった。

舛木が落としたものを思い出していた。折れ曲がった古い写真。そこには二人の女性の姿があった。おそらく舛木の元妻と娘だ。

舛木のいう優先順位という言葉が頭の片隅にとどまっている。家族は大事にしろよという言葉も胸に染みいった。

７３３０とはこれ以上関わらず、ここで手を引くのがいいのか。だが、青井圭一はどうか。妻が七尾を訪れた理由がわからないうちは、納得しないだろう。

青井の妻の葬儀は昨日で終わった。菊池尚樹のことは、葬儀が終わってから伝えるつもりだったので、とりあえず電話をかけてみることにした。

青井はすぐに出た。

「今、いいですか」と確かめると、〈大丈夫です〉と落ち着いた声が返ってきた。

順序立てて話した。実は、征雄から二十八年前の真犯人につながる情報を受け取っていたこと。その情報をもとに、真犯人を知るという菊池尚樹なる人物に会いに行ったこと。

〈やっと疑問が解けました〉青井からすっきりした声が返ってきた。〈斉賀さんがどうしてこんなに親切にしてくれるんだろうって、ずっと気になっていたんです〉

「黙っていてすみませんでした。青井さんと会ってすぐのときは、父から預かった封筒を、まだ開ける気にはなれなくて」

〈それで菊池という人物から真犯人につながる話は聞けたんですか〉

「結局、真犯人は加藤充治というのが菊池のこたえでした」

〈そうですか〉

「ただ、奥様が書き残した〝長野〟につながるかもしれない情報を得ました」

〈それは、どんな内容ですか〉

青井の声に力がこもった。

「十年前、菊池は長野で加藤と知り合ったといっていました。もしかしたら奥様は、菊池に会ってその情報を得ていたのかもしれません」

すぐに青井は反応するかと思いきや、しばし沈黙が流れた。

〈斉賀さん。その菊池という人は、十年前に知り合った、といったんですよね〉

「それがどうかしましたか」

〈おかしくないですか？〉

十年前……加藤……思考が働き、アッと声が出た。

このボンクラポリス——横面を張られた気がした。

「明日、もう一度菊池に会いに行ってきます」

青井にそうと伝えると、一緒についていきますという言葉が返ってきた。


午後七時。大宮駅の構内は、仕事や学校帰りの人で溢れていた。西口から外に出て少し歩くと、待ちあわせ場所に青井の姿が見えた。

青井の表情はやつれていたが、そのまなざしだけはたしかな強さを感じさせた。妻の死をめぐる真実にたどりつこうとする思いが、今の青井を支えているのだろう。

菊池の家へと速足で向かう。狭い道は暗がりに支配されて、物騒な空気が漂っている。どこからか男たちの笑い声が聞こえてくるかと思えば、笑い声をかき消すような怒鳴り声が響き渡る。

菊池の住む平屋にたどり着いた。部屋のガラス窓から灯りが見える。

チャイムを押すも、反応はなかった。ドアをノックして、「斉賀です」と声を出した。

床がきしむ音がなかから聞こえた。薄いドアが無造作に開き、菊池が顔を出した。

「また、あんたか」

菊池は不機嫌そうな目を向けてくる。

「二十八年前の事件のことで、どうしてもおうかがいしたいことがありまして」

「知ってることは話しただろ」

「ボンクラポリスの意味がわかりました」

ふーん、といいながら、菊池は青井に視線を動かした。

「そっちは？　サツカンには見えんが」

「青井圭一と申します」

「青井？　女記者の身内か」

「妻のことを知っているのですか」

「前に一度、取材を受けた。あんた、あの女記者の旦那か」

胡散臭げに青井を見つめる菊池の前に、斉賀は、「これ、どうぞ」とコンビニの袋を掲げた。袋には、途中のコンビニで買った日本酒とつまみが入っていた。

菊池はニヤリと笑うと、「まあ、入れ」と、二人を家に招き入れた。

なかは板張りのダイニングと和室の二間で、ダイニングの隅々には一升瓶やビールの缶が転がっている。奥の和室は布団が敷きっぱなしだった。

和室の隅に、場違いなスチール製の背の高い本棚があった。隙間なく並んだ分厚い専門書は、どれも背表紙が色あせている。ネット検察で、菊池尚樹について調べたら、以前、勤めていた大学のサイトにプロフィールが残っていた。昭和三十五年、長野県生まれ。東京大学法学部を卒業。大学院博士課程修了――。

その経歴から、斉賀はある人物との共通点を見つけた。

「適当に座ってくれ」

板の上に敷いてあるカーペットの上で、三人は腰を下ろした。

「ボンクラの意味がわかったっていったよな。まずは、それを聞こうか」

「十年前、あなたは加藤充治と会ったとおっしゃっていましたが、あれは嘘です。なぜなら、加藤は二十一年前に銀行強盗で現行犯逮捕されて以来、ずっと刑務所にいますから」

菊池が、ふん、と鼻を鳴らした。

「取調べっていうのは、相手の話を聞いて、細かい矛盾を突いていくもんだろ。こっちの話を真に受けて意気消沈してるボンクラに、真面目に話す気なんてなかったってわけさ」

反論の余地はなかった。初めて会ったときの菊池は何を問いかけても、まともな返しはなかった。それなのに、加藤充治という言葉に、落胆した分、あっさりと信じこんでしまった。

「よし、じゃあ飲もうか」

菊池が台所からガラスのコップを三つ持ってきた。斉賀が酒を三つのコップに注ぐ。

乾杯、という菊池の音頭でコップを軽く合わせた。

酒を一気に飲み干した菊池が、ちくわの入った袋の封を切りながら、「キムミンソン。日本名は、たしか金井（かない）っていったな」と口にした。

何のことかわからず、斉賀と青井は顔を見合わせた。

「だから、狙撃の真犯人の名前だ。それが知りたかったんだろ」

キムミンソン――聞いたことのない名前だった。

「そのキムという男が真犯人だと、どうして確信を持っていえるのですか」

これよ、と菊池は右腕を突き出して手首を曲げた。

「狙撃のあった日、迎えの秘書は右の手首に包帯を巻いていた。前の晩に捻挫してたんだ」

「そんな話は、聞いたことがありません」

また嘘が混じっているのかもしれない。斉賀は疑いの目で菊池を眺めた。

「これは表に出てない話だ。知ってるのは、狙撃した人間と現場で長官の警護をしていた警察官だけ。いや、警護の警察官も覚えてないかもな。となると、知っているのは秘書本人だけだ」

秘書本人だけと聞いて、つばを飲み込んだ。やはり、そうか。斉賀は下腹に力を込めて尋ねた。

「当時の長官秘書は木佐貫警視。菊池さんはその木佐貫警視と同じ学部の同級生だった。そうですね」

「ちっとは勉強してきたようだな。だけど、あんたの親父さんは、それくらい最初っから頭に入ってたぞ」

生涯、７３３０に執念を燃やし続けた征雄なら、辞書並みの分厚い記録を脳に蓄積していただろう。斉賀の場合は、いくつかの材料をつなぎ合わせてたどり着いた推論だった。

菊池と木佐貫、二つの苗字は、同じ「き」で始まる。学生番号が近いので顔見知りの可能性が高い。もし仲がよければ、卒業後も連絡を取り合っていたとも考えられる。

「木佐貫は友達だった。俺は研究者になって、あいつは警察官僚になった。お互い忙しかったが、それでも一年に一度くらいは会って酒を飲んだ。長官秘書をやってたのは知ってたし、長官狙撃事件のニュースを見たときは、心配になって連絡した」

「右手首の怪我のことは、木佐貫さん本人から聞いたんですね」

「長官が撃たれる前の晩、いつもより早い時間に長官のお守りから解放された木佐貫は、同期で飲みに行ったらしい。気心の知れた面々と久しぶりに飲んだのはよかったが、帰りに官舎の玄関先で足を滑らせて転んでしまった。そのときに右手首を捻挫したんだと。あいつはひどく悔やんでた。右手を怪我していなければ、もっと早く長官を避難させることができたのにって。誰にもいえない本音を俺にだけ語ったんだろうよ」

菊池は苦しげに目を細めた。友を思う顔だった。

「そんな昔話はとっくの昔に忘れてたんだけど、十年ほど前に、長野で知り合ったキムミンソンがいってたんだ。警察のトップを狙撃したときに、お付きの人間が右手首に包帯を巻いてたとな。それを聞いて木佐貫から聞いた話がパッと思い浮かんでよ。このキムってヤツが真犯人に違いねえって」

菊池のコップが空いたので、斉賀は酒を注いだ。

「木佐貫が警察を辞めたのは、もちろん知ってるよな」

「弁護士になったそうですね」

長官狙撃事件から一年後、木佐貫警視は警察官僚の職を辞した。事件の責任を取ったという見方もできるが、もはやこの世界に残っても出世はないと悟り、別の世界へと移ったと見るのが正しいのかもしれない。

「キムのことは、木佐貫さんに伝えたのですか」

「いや。キムから話を聞いたころには、もう木佐貫とは連絡を取ってなかったからな」

菊池のまなざしに影が差した。

「何かあったのですか」

「あいつは弁護士になって成功した。ギャンブルにはまった俺は、木佐貫からもけっこうな額を借りてた。あるとき、いつものように無心しようとしたら、これまでの分は返さなくていいから、絶交するといわれたんだ」

当時を思い出しているのか、菊池が黙り込んだ。三人は無言でコップに口をつける。

「自分が狙撃犯だと語ったキムは、俺の前に姿を見せなくなった。俺のほうは、もう一度キムに会いたかった。もし見つけたら、木佐貫に知らせるつもりだった。それくらいしか俺が木佐貫に返せることはなかったからな。だけど、それから一度もキムとは会えなかった」

菊池が酒をあおって、ため息をつく。

「これでもな、一度、警察にも電話したんだ。だけど、もう昔の事件ですからって、まともに相手してくれなかった。週刊誌の編集部にも連絡したが興味は持ってもらえなかった。さすがに、もういいと思ってあきらめた。ところが、何年もたって俺の記憶からキムのことが消えてなくなったころに現れたのが、斉賀っていう元刑事と、もう一人」

菊池が青井を見た。「あんたのかみさんだった」

「長野で知り合ったキムミンソンのことを、もう少し詳しく教えてください」と青井がいった。

「かみさんから聞けばいいだろ。詳しく教えてやったぞ」

「もう聞きたくても聞けません。妻は亡くなってしまったので」

「ホントかよ」菊池の表情が固まった。

七尾港で遺体で発見されたことを青井がとつとつと語った。

話を聞き終えた菊池はコップの酒を一気に飲み干すと、「さっきは、女記者なんていいかたして、すまんかった」と大げさに頭を下げた。

その様子に、この元大学教員は、癖はあるけども、根は悪い人間ではないのかもしれないと、斉賀は思い始めていた。

「妻が何を調べていたか知りたいんです。キムミンソンについて知っていることを、何でもいいので教えてください」

「わかった。あんたのかみさんの香典がわりに話してやる。キムの顔つきは、ほっそりしてて大陸系って感じはしなかった。普通に日本語を話してたし、苗字を聞かなきゃ、日本人にしか見えなかった。韓国語は話せないのかと訊いたら、自分は在日二世で生まれたのも日本だから、韓国語はほとんど話せないといってた」

「射撃の腕はかなりのものという話でしたが」と斉賀が尋ねる。「その技術はどこで身につけたのでしょうか」

「アメリカで生活していた時期があって、そんときに腕を磨いたといってたな」

キムという男は、アメリカにいたのか。アメリカなら、日本と違って合法的に銃に触れることができる。

「これを見ていただけますか」

青井がスマートフォンを菊池に差し出した。画面には友康の画像が映っている。

「キムはこの人物ではなかったですか」

菊池は「違うな」とすぐに首を振った。

本当ですかと青井が念押しすると、ああ、と菊池が深くうなずいた。

「キムと七尾市に何か接点があるような話を聞いていませんか」

「そんな話を聞いた覚えはないいな」

「妻はキムの行方を追って、長野へ行ったってことでしょうか」

「いいや。行方じゃなくて、過去を調べに行ったんだろう」

「今、キムは長野にはいないってことですか」

「長野というか、もうどこにもいない」

菊池は手にしていたコップをテーブルに置いた。「キムは、もう何年も前に死んでるからな」


大宮駅前の近くまで戻ると、斉賀は青井をファミリーレストランに誘った。

店内は混雑している割に店員の数は少なかった。ベルを何度か押してようやく店員が注文を取りに来た。斉賀と青井がドリンクバーを注文すると、店員は、「セルフサービスですので、どうぞご自由に」といって、すぐにテーブルを離れていった。

菊池の家で飲んだ酒が体内に残っていた。今、一番飲みたいのは水だった。

グラスに注いだ水を一口飲むと、頭のなかがすっきりした。

「さっきの話、どう思いますか」と青井が尋ねた。

「嘘はついていない、信ぴょう性があったように思えます」

「狙撃の真犯人がキムミンソンだとして、叔父とは何かつながりがあったと考えるべきでしょうか」

「何ともいえませんね。友康さんとキムとの間に何か共通点でもあれば、そこからたぐっていけるかもしれませんが」

だが、その友康とキムは、もうこの世にいない。二人の間で武器の受け渡しがあったのかは、今となってはわからない。

一方、共通点という意味では、加藤充治とキムには、事件当時の現場の状況を詳しく知っているという点で重なるところがある。

加藤なら、キムについて何か知っているかもしれない。７３３０の内容をまとめた書籍にも、事件の真犯人は加藤で、その加藤には協力者がいたのでは、という説もたしかに記されていた。

しかし、現在の加藤は、ほとんど意識のない状態で服役している。仮に協力者がいたとしても、話を聞くのは不可能だろう。

キムから警察庁長官を撃ったと聞いた菊池だが、そのあと、キムとは連絡は取れなかった。キムが働いていた温泉旅館を突き止めたときには、すでにキムはいなかった。しかも、長野を離れたキムは、旅先で心臓の病に倒れて亡くなっていたという。

この菊池の証言については、裏付けを取っておく必要があるだろう。

「キムミンソンという人物が長野県にいたかどうか、長野県警に確かめておきます。何か記録が残っているかもしれないので」

「お願いします」

外国籍の人間すべてというわけにはいかないが、警察は管轄区域に在住する外国人の情報を集めている。外国人が犯罪を行う確率が日本人より高いという理由だけではない。国際的な逃亡犯であったり、反社会的組織のスパイの可能性もあったりするからだ。キムが要注意人物だったとしたら、長野県警の警備部あたりが情報を持っているかもしれない。

狙撃犯はキムミンソンという韓国籍の男——斉賀はテーブルのグラスに視線を落としながら思考の歯車を動かし続けた。

キムが警察庁長官を撃った真犯人だったとしたら、動機は何だったのか。もし反社会的組織に属する人物なら、警察トップを狙うことも十分ありうる。

だが、キムはもうこの世にはおらず、これ以上の真相はわからない。

ならば、7330の真犯人捜しは、これで決着したとみていいのではないか。加辺にも、事件に触れるなとくぎを刺されている。退くには、いいころ合いかもしれない。

しかし、それを目の前の青井にどう伝えようか。今も青井は、じっと考え込んだ顔をしている。狙撃犯が友康ではなかったというだけでは、青井のなかで何も終わっていない。叔父の友康が特殊な銃弾を所持していた理由も、どうして妻が七尾で亡くなったのかも、明らかになっていない。

青井が顔を上げた。「長野へ行けば、何かわかりますかね」

斉賀はこたえに窮した。この先、自分は手伝えないだろう。となると、警察でもライターでもない青井が見知らぬ土地へ行っても、何か手がかりを見つけるのは簡単なことではない。

だが、それを告げるのは酷な気がした。

——もう終わりにしましょう、とはいえない。

「キムについて長野県警から何か情報があれば、お伝えしますので」

それが今、青井にいえる精いっぱいの言葉だった。

青井圭一

朝食を終えて片付けをしていると、玄関のチャイムが鳴った。

壁の時計は八時四十五分を指していた。モニターを見ると二人の男が映っている。中年の男と、圭一より少し若い男。彼らは王子署の刑事だ。

「すいません、ちょっと早く来てしまいまして」

二人をリビングに招いた。圭一がお茶の準備をしようとすると、中年の刑事が「お気遣いは結構です」といって、話し始めた。

「お預かりしていたものですが、検査の結果、実弾だと判明しました」

驚きはなかった。心に芽生えたのは、憂うつな思いだった。実弾とわかった以上、これからも詳しい取り調べが待っているのかもしれない。

「警察署に出向かなければいけないのでしょうか」と尋ねると、いえ、いえと中年の刑事が大げさに手を振った。

「その必要はありません。ただ、お返しはできないので、書類にサインをしていただけますか」

若い刑事が差し出した書類に圭一は署名をした。

「あと、これはお願いなのですが」中年の刑事が愛想のいい顔でいった。「銃弾が見つかったお部屋を拝見できませんか」

沙月の死については、気持ちの整理がついていない。そんな状態のまま、沙月の部屋に誰かを立ち入らせたくなかった。

「申し訳ありませんが、それはお断りします」

すると中年の刑事は「そうですか」と意外にもあっさりと引き下がった。

「では、もうひとつお願いが。銃弾は叔父様の遺品に紛れて見つかったそうですが、一緒に見つかったほかの遺品を見せていただくことはできますか」

「それはかまいません。今、持ってきます」

沙月の部屋から例の段ボール箱を持ってリビングに戻ってきた。

二人の刑事は薄いゴム手袋をはめて待っていた。

「触ってもよろしいですか」と訊かれ、圭一は「どうぞ」とこたえる。

スティックケース、レコード、スコアブック、ギター演奏の入ったカセットテープ。刑事は、箱から次々と取り出して、テーブルに並べていく。

船便伝票は別のところに移してあったので、箱には入っていない。斉賀から刑事に話が伝わっていれば見せたかもしれないが、わざわざこちらから伝票の存在を教えるつもりはなかった。

中年の刑事が、ボン・ジョヴィのレコードジャケットを手に取っている。

「ああ、これ懐かしいなあ」

「このカセットテープには何が入っているのですか」と若い刑事が尋ねた。

「個人で演奏した曲が入っているはずです」

「もしよかったら、聴かせていただけますか」

「いいですよ」

棚の奥にしまってあった古いラジカセを取り出してテーブルに置いた。

カセットテープは三本。うち一本はラベルシールがはがれている。ほかの二本には、シールが貼ってあり、「The Rolling Stones」と記されたほうのテープをラジカセにセットした。

再生ボタンを押すと、ギターの強い音が鳴り響き、ソロ演奏が始まった。

「おお」と中年刑事が感嘆の声を上げた。

急に若い刑事が「失礼します」といって立ち上がり、スマートフォンを耳に当てながら玄関のほうに向かって行った。

圭一と残された中年の刑事はカセットデッキから流れる演奏に聴き入った。

ギターの音色しか聞こえないはずなのに、耳の奥では、ドラムの音が鳴っていた。叩いているのは友康だ。曲を聴くうちに思い出した。このテープは、友康が閉店後にスタジオでドラムを叩いていたときに鳴らしていたものだ。大事にしまってあったのだろう。

若い刑事が部屋に戻ってきた。中年刑事の耳元に口を近づけて、ぼそぼそと話している。

「キンパイの指示です」という言葉が聞こえた。そのとたん、それまで穏やかだった中年刑事の顔つきが険しいものに変わった。

「これで今日は結構です。テープありがとうございました」

中年の刑事の言葉で、圭一はラジカセの再生を止めた。

刑事二人は挨拶も適当に、そそくさと部屋を出て行った。

大きな事件でも起きたのだろうか。なんにせよ、すぐに帰ってくれたのはありがたい。

圭一は、カセットデッキの再生ボタンを、もう一度、押した。

少し音量を大きくした。ギターのソロ演奏が再び鳴り響く。改めてじっくり聞くと、いい演奏だと思った。京平ほどではないが、技術も高い。

演奏が終わったので、別のテープに入れ替えた。ラベルには「Guns N' Roses」と記されている。

こちらもギター演奏だけだった。友康がドラムを叩いているときに鳴らしていた曲ばかりなので、どれも聞き覚えがあった。

A面の三曲目が終わると、足音や咳払いが聞こえた。

〈あ、やべ〉

〈兄貴、どうしたの〉

〈録音、停め忘れてた〉

直後、音が途切れテープは無音になった。しばらくテープがまわり続けたあと、再生ボタンがガチャッと音を立てて跳ね上がった。

頭のなかが真っ白になっていた。

今、「兄貴」と聞こえた。その声の主は、友康だった。だとしたら、兄貴と呼びかけられた人物は一人しかいない。友康の兄であり、圭一の父親、修だ。

ずっとそうだと思っていた。やはりテープのギター演奏は、修だったのだ。

もう一度巻き戻した。〈あ、やべ〉〈録音、停め忘れてた〉

これが父の声。胸の奥に熱いものがこみ上げてくる。

修がギターを弾き、友康がドラムを叩く。よく見る夢のとおりだった。

目を閉じて、父の声を聞いた高揚感に浸っていた。

しばらくすると、外からパトカーのサイレンがかすかに聞こえた。

刑事たちが、急に帰っていったのを思い出す。キンパイ。若い刑事が中年の刑事に耳打ちしていた。意味はわからないが、あの言葉で中年刑事の顔つきが変わった。

近くで事件でもあったのだろうか。大きな事件なら速報を流しているかもしれないと、テレビをつけた。

画面に男性キャスターの強張った表情が浮かび上がった。

テロップを見た瞬間、圭一の心を満たしていた温かな余韻は吹き飛んだ。


『速報　警察庁長官　銃で撃たれる！』

XXXテレビニュース

今朝、午前八時四十五分ごろ、警察庁のトップ、桐原蓮（きりはられん）警察庁長官が出勤途中に銃で撃たれました。

警察庁関係者の話によると、桐原長官は、東京メトロ霞ケ関駅近くの地上で、ドローンに設置された拳銃のようなもので撃たれたとのことです。桐原長官は救急車で病院へ運ばれましたが、容体は不明です。犯人は捕まっていません。

二十八年前の今日、三月二十日は、現在の東京メトロ、当時の営団地下鉄の地下鉄車内で、光宗会信者によって神経ガス、サリンが散布され、多くの死傷者を出したテロ事件が起きた日でもあります。警察は二十八年前の事件との関連も視野に捜査を進めていくとのことです。

繰り返します。今朝、午前八時四十五分ごろ——。

第三章

斉賀速人

丸の内署の仮庁舎は、有楽町駅から徒歩五分ほどの距離にある。

本来、この地上十五階の建物は警視庁の別館だが、現在、丸の内署庁舎の建て替え工事のため、一階から四階までが一時的に丸の内署となっていた。今年の秋に新庁舎は完成の予定だが、工期が遅れていて年内の移転は難しいとの噂も流れている。

午前八時二十五分——。

四階の大会議室では、捜査員らがすし詰め状態で幹部の到着を待っていた。

ここにいるのは、公安部、刑事部、所轄から五十名ずつの計百五十名。特別捜査本部としては、かなりの大所帯だ。

今回、異例の早さで特別捜査本部の設置が決まった。しかも、被害者である桐原長官が軽傷だったにもかかわらずだ。

　これは、昨年の夏に起きた元首相の狙撃事件が大きく影響している。過去に様々な事件で警察は不手際を批判されてきたが、あの事件は特別だった。警察の誇りは完全に失われた。事件のあと、すべての都道府県警察で要人警護の体制強化が図られた。

　だが、事件から一年もたたないうちに、ふたたび政府要人、しかも警察トップが銃撃を受けた。

　現在、事件発生から約二十四時間が経過したが、犯人はまだ逮捕されていない。首都の安全を託されている警視庁としては、その威信にかけて事件の早期解決を図る必要があった。

　出入り口が騒がしくなり、丸の内署の警備課長が現れた。

「公安部長、刑事部長、ご到着。気をつけ！」

　ザッという音が部屋に響き渡り、全員が起立する。

　まず、公安部長の丹下(たんげ)が現れた。丹下は細身で長身、年齢は五十歳前後。オールバックに少し色の入った眼鏡をかけている。一昔前の経済ヤクザのような風体だが、それでもスマートに見えるのは、丹下がキャリア警察官だからだろう。

　丹下の後ろには、刑事部長の高科(たかしな)が続いた。丸刈りでずんぐりした体形は丹下と対照的だ。年齢は五十九歳。こちらは退官まであと一年の〝地方(じがた)〟警察官である。

　今回、捜査本部の指揮系統は、刑事部ではなく公安部が主導する異例の体制となった。本部長に丹下公安部長。副本部長には、警視庁から公安総務課長、捜査一課長、そして丸の内署の警察署長の三名が置かれた。公安部長がトップに就くため、同格の高科刑事部長は無役となり、今日は単なる顔見せとなる。

　昨秋、高科は刑事部の参事官から刑事部長に急きょ昇進した。警視庁の刑事部長ポストにキャリアではなく地方が就くのは、異例中の異例である。

この人事を決めたのは首相官邸だった。ここにも元首相銃撃事件の影響が及んでいる。取り返しのつかない事件の根本原因はキャリアの危機管理の甘さにある。官邸はそう判断し、彼らに緊張感を持たせるべく、都道府県警察の幹部ポストのいくつかをキャリアから召し上げ、〝地方〟の警察官に移した。警視庁では刑事部長ポストがそれにあたった。

丹下と高科。ひな壇中央に立つ彼らを見て、ふと気づいた。二人の間には、微妙な緊張感が漂っている。

全員が席に着くと、公安部の守屋(もりや)管理官による事件概要の説明が始まった。

「昨日、三月二十日、午前八時四十五分ごろ――」

一言も聞き漏らすまいと、斉賀は神経を集中させてメモを取った。

通勤途中の桐原長官は、二十八年前の地下鉄サリン事件で亡くなった被害者への黙とうを捧げるために、東京メトロ霞ケ関駅の経済産業省前の地上出口付近で車を降りた。

桐原が黙とうしていたところ、銃のようなものを搭載したドローンが接近し、桐原は銃撃を受けた。発射されたのは三発。一発目の発射直後に衝撃音と煙が上がり、桐原を狙った犯行と気づいた警察庁の秘書官と警備担当の警察官が、すぐに桐原の上に覆いかぶさった。

その後、二発目、三発目と連続で発砲されたが、弾は外れて、ドローンは飛び去った。桐原は、秘書官らに保護されたときに転倒し右ひじを打撲したが、ほかに大きな怪我はなかった。通勤途中の人々に流れ弾が当たる被害はなく、放たれた弾のうち二発が現場近くで見つかった。

「――丸の内署の捜査員がすぐに捜査にあたりましたが、ドローンの行方や犯人に関する有力な情報は、今のところありません」

ちょっといいか、と丹下が軽く手を挙げて、守屋の説明を止めた。

「ここには若い捜査員も多い。地下鉄サリン事件と光宗会のこと、それと桐原長官との関係についても、念のため、さらっておけ」

はっ、とこたえた守屋が別の書類を手にした。

二十八年前の平成七年三月二十日。営団地下鉄丸ノ内線、日比谷線、千代田線の地下鉄車内で、サリンと呼ばれる神経ガスが散布される事件が起きた。乗客や駅員ら十四名が死亡、負傷者数は六千人以上にのぼった。

当時の桐原は、公安部に属しており、光宗会への捜査を指揮する幹部の一人だった。地下鉄サリン事件のあと、光宗会本部への捜査が行われ、教祖の徳丸宗邦は逮捕、教団も解散に追い込まれた。

「桐原長官は、毎年三月二十日になると、地下鉄サリン事件で多くの乗客が運び出された霞ケ関の地下鉄の出入り口に出向き、黙とうを捧げておられました——」

斉賀は背筋に這い上がるものを感じていた。

二十八年前の海江田長官狙撃事件の真犯人を追いかけていた。そんなときに現在の長官が襲われる事件が起きるとは……。

守屋の説明が終わり、丹下が立ち上がった。色付き眼鏡がぎらりと光を放つ。

「本件は、すでに様々なメディアで報道合戦が始まっている。一部では、二十八年前のサリン事件と同じ日に起きたことを理由に、桐原長官を襲ったのはカルト集団ではないかとの憶測が広がっている」

無責任なネットニュースは、それだけにとどまっていない。再びサリン事件のような大規模な殺戮テロ事件が起きるといったデマも飛び交っている。

「今回の事件も、カルト団体の関与を視野に入れて捜査を進めなくてはいけないと考えている。だが、捜査の範囲を絞るのは、リスクが大きい。だから——」

丹下が横目で高科をちらりと見た。高科はじっと前を見ている。

「公安部と刑事部は、当面の間、分かれて捜査を行う」

思いもよらぬ丹下の発言に、捜査員の間から、おおっと驚きの声が上がった。

ようやくわかった。ひな壇に並ぶ二人の間に漂っていた妙な緊張感の理由は、これだったのだ。

そもそも公安部と刑事部は相いれない組織だ。捜査手法もターゲットもまるで違う。想像するに、刑事部からの独自で捜査をしたいという強い要求を公安部が渋々のんだのかもしれない。普通なら、そんな提案は却下されるところだが、公安部も受け入れざるを得ない理由があった。考えられるのは、やはり元首相が銃撃されて死亡した事件だろう。

要人への襲撃。しかも、今回、犯人はまだ捕まっていない。捜査が長引けば、批判の矛先は警察へ向く。公安部主導の捜査本部とはいえ、捜査の範囲を絞って二十八年前と同じミスを犯すことは許されない。公安部長の丹下もそれはよく理解していた。

「ただし、捜査本部は一つであることは変わらない。朝晩の全体の捜査会議は、ここで行う。それ以外の時間は、公安部はここ、刑事部は二階の会議室に集まって、それぞれの捜査方針の下で動いてもらう。私からは以上だ」

会議室内の温度は格段に上がっていた。二つに分かれて捜査を行うという決断は、互いのメンツを守る苦肉の策ともいえるが、落としどころとしてはよかったのかもしれない。公安部、刑事部とも、お互い負けられない、先に事件を解決するのは、自分たちだと力をみなぎらせたように感じられる。

守屋管理官が業務の割り振りを説明していると、「よろしいですかっ」とひな壇の端にいた警視庁との連絡係が声を上げた。

「今、本庁から緊急連絡が入りました。被疑者と思しき人物から郵送で声明文が届いたそうです」

「何だと！」

室内がざわめいた。

「今、映します！」

ひな壇後ろの大型スクリーンに捜査員たちの視線が集中した。

それはワープロ打ちの一枚の手紙だった。

昨日は予行演習

次は本番

全ての国会議員は覚悟せよ

三行の文章の下に白黒の画像が映し出された。ドローンと、そこに設置された銃。

斉賀は唾を飲み込んだ。これは事件に便乗したいたずらではない。まぎれもなく犯人からの犯行声明文だ。

『次は本番』その四文字が大きくなったように見えて、思わず身震いした。

ダンッと、丹下が机を叩いた。

「すぐに国会議員の警備体制を強化しろ」


丹下は首相官邸に呼び出され、高科は当面の警備体制を練るために警視庁へと戻った。刑事部から派遣された捜査員と所轄の半数が二階へと移ると、捜査本部に残った捜査員の数はおよそ半分になった。

「いいか、よく聞け」

〝身内〟の公安部と所轄の捜査員だけになったからか、守屋の言葉遣いが命令調に変わる。

「犯人はドローンを飛ばして自家製拳銃で長官を狙撃している。計画的な犯行とみていいだろう。気になるのは、どうして犯人は、昨日、桐原長官があの場所へ行くのを知っていたのかだ。ここを押さえておく必要がある」

斉賀も同じことが気になっていた。

その後も守屋から、捜査方針に関する説明が続いた。全体会議がようやく終わると、いくつもシマが作られ、班別の打ち合わせが始まった。

斉賀は加辺の指揮する班に組み入れられた。加辺が一人一人に役割を伝えていく。二人一組のペアで捜査となるが、斉賀だけは捜査本部に残っての内勤を命じられた。自分だけわざと外されたのかと加辺に対する反発心が宿った。

打ち合わせが終わると、加辺から、「ちょっといいか」と声をかけられた。

加辺について、廊下の向かい側の小会議室に入った。

ドアを閉めた加辺は、怪しむような目を向けてきた。

「おまえ、今回の事件のことで何か知っているか」

「何かって、どういう意味ですか」

「７３３０のことを嗅ぎまわってたよな。あれには、どんな意図があった？」

ぐっと息が詰まった。まさか、桐原長官の狙撃に自分が関与したと思われているのか。

疑われる理由は、たしかにある。最近、光宗会の元信者の息子と接触していた。さらに、７３３０の事件現場を訪れて、当時の被害者、海江田とも遭遇した。

加辺は鋭い眼差しで斉賀をじっと見ている。

やましいところはない。それは自分自身が一番わかっている。しかし、気持ちはひるんでいた。

「おまえ、どうして７３３０を調べてた？」

疑いを晴らすには、知っていることを正直に話すしかなかった。

亡くなる直前の父親から７３３０の真犯人がいるかもしれないと打ち明けられた。作業班から外れて時間ができたので、真犯人を捜していた。だが、結局、真犯人と思しき韓国籍の男は亡くなっていた――。

「じゃあ、例の青井という男はどうだ？　会って気になる点はなかったか」

「反社会的な思想を持っていたり、活動をしていたりということはありません。今回の事件とは関係ないと思います」

そうか、とこたえた加辺の表情に変化はなかった。

「おまえにひとつ仕事を命じる。桐原長官が過去に受けたインタビュー記事を集めろ」

意図がわからず、加辺を見返した。

「長官の発言のなかに、カルトや左翼系の組織を挑発するような発言がなかったか、確認するんだ。それとな、今回の事件と７３３０に何かつながりがないかも調べろ。７３３０には詳しいんだろ」

加辺の言葉に胸のつかえが消えた。内勤を命じられたのは、干されたからではなさそうだ。

斉賀をひと睨みすると、加辺は足早に会議室を出ていった。

青井圭一

午後二時、アルバイトの矢部と交代して、圭一は休憩に入った。

二階で遅い昼食を取りながら、カセットテープを再生した。三本のテープとも、ギターの弾き方、エフェクターの音は同じ。どのテープの演奏も修のものだろう。

修と友康の会話の箇所は繰り返し聴いた。何度、聴いても目の奥が熱くなる。だが、テープを聴くほどに疑問が頭をもたげる。どうして友康はテープのギター演奏が修のものだと教えてくれなかったのか。しかも、演奏だけでなく声まで残っている。亡き父の声があるなら、聴かせてくれてもよかったのではないか。

教えたくない理由でもあったのか。あるいは、修や幹子の死因を交通事故と偽っていたため、話しづらかったのか。それにしても、死因を伏せてテープの存在を教えればいいだけではないか。こたえが見つからず、思考をめぐらせていると、スマートフォンが着信を告げた。

斉賀からの電話だった。

〈長野県警からキムミンソンについての情報が得られました。どうやら富山で亡くなったようです〉

「富山？」

キムには身寄りがなかった。死亡時に、富山県警から長野県警に人物照会があったため、キムが富山で死亡したという連絡記録が長野県警に残っていたという。

〈キムの日本名は、金井春夫（はるお）。二〇一〇年から三年ほど松本市の浅間温泉にある旅館で働いていました。旅館を辞めて長野を離れたあとに、旅先の富山で急死したようです〉

斉賀の言葉をメモしながら考える。菊池の話していた内容は、どれも本当だった。しかし、キムが狙撃犯だとして、沙月はどうして七尾へ行ったのか。気になるのはそこだ。

「キムと七尾市につながる情報は何かありましたか」

〈それについては何も。私も気になってはいたんですが〉

「そういえば、昨日、王子署の刑事さんが銃弾の件で、お見えになりました」

銃弾が本物だったこと、警察署で聴取の必要はないといわれたことを伝えた。

「刑事さんたちは、呼び出し連絡があったみたいで、すぐに警察署に戻っていきました。あとで桐原長官が撃たれたのを知って、その件かなとも思ったんですが。もしかして、斉賀さんも捜査に関わっているんですか」

斉賀がワンテンポ遅れて、〈ええ〉と短くこたえる。

「聞いちゃ、まずかったですかね。すみませんでした」

〈いいんです。ただ……〉斉賀の口が重い。〈警察庁長官を狙った事件がまた起きたなんて、信じられなくて〉

それは圭一も同じだった。偶然とは思うが、何だか妙な不安を感じていたのだった。

犯人のめどはついているのかと訊きたいところだが、教えてはくれないだろう。

〈では、これで〉という斉賀の短い言葉で電話は終わった。忙しいなか、連絡してくれたに違いない。

手元のメモを眺めた。金井春夫。浅間温泉。富山。死亡。

キムミンソンは実在し、そして死亡していた。有力容疑者がこの世に存在しないのなら、二十八年前の事件の真相を追及することはもはや不可能だ。だが、理屈ではわかっていても、体のなかでくすぶり続ける火種は消えそうになかった。

沙月が石川県の能登半島にある港町、七尾市を訪れていた理由は何だったのか。あの電話の意味は？　車にはねられたのは、どうしてなのか。

スマートフォンが再び着信を告げた。

また斉賀か？　伝え忘れでもあったのかと思ったが、見たことのない番号だった。

〈黒川(くろかわ)です〉と男が名乗った。

名前に覚えがあった。沙月が記事を書いていた雑誌の編集長だ。葬儀のときにも、あいさつをした。

〈連絡が遅くなって申し訳ないのですが、会社にある奥様の私物をお渡ししたいと思いまして〉

沙月が勤めていた職場を、一度見ておきたかった。宅配便で送るという黒川に、お邪魔でなければ会社まで取りにうかがいますと、圭一は告げた。

斉賀速人

内勤となった斉賀は、幹部並みに捜査の進行具合を知ることができた。

時折、各班から守屋へ連絡が入るも、これまでのところ、有力な情報はなさそうだった。

刑事部のほうは、事件現場から証拠や犯人をたどる地回り捜査を進めているらしいが、詳しい動向はわからない。

ひな壇の中央では、丹下がじっと宙を睨みつけている。周囲にいる幹部も、見るからに緊張状態を保っている。理由は犯行声明文のせいだ。次の犯行予告めいた文言が、警察幹部にプレッシャーをかけている。

昼に行われた臨時の記者会見で警視庁は犯行声明文を公表した。午後のニュースでは、テレビもネットも、犯行声明文一色となった。

すべての国会議員に通常レベルよりも手厚い警護態勢が敷かれていた。それでも、国会議員の誰かが襲われるのではないかという不安は、捜査本部でも消えなかった。

斉賀は加辺の命を受けて桐原長官のインタビュー記事のチェックにとりかかっていた。

新聞検索アプリからダウンロードした電子記事をめくり続けたが、特定の団体を名指しして強く挑発するような記事は今のところ見当たらなかった。

新聞やテレビなど大手メディアでインタビューを受ける際は、質問を事前に通告させると聞いたことがある。質問にこたえる内容も、長官自身の言葉ではなく、官房総務課が作成した当たり障りのないもので、長官が失言することはまずない。

『今も忘れないために　桐原蓮』

他とは趣が違う小さな記事が目に留まった。ある全国紙に掲載されている小さなコラムだった。上場企業の社長や政府要人が四百字ほどで自ら書く寄稿文だ。

目を通していくうちに、これだと確信した。

部屋に加辺はいなかった。守屋に直接伝えようか。しかし加辺を飛ばすと、どやしつけられるかもしれない。

逡巡していると、出入り口のドアが勢いよく開いた。

現れたのは、捜査一課長と刑事部の管理官だった。

「おい、なんだ」

丹下が尖った声を二人に投げつけた。

「重要なご報告があります」

刑事部の二人は顔が上気していた。口調に遠慮もない。

「早くいえ」

丹下の言葉に、捜査一課長が胸をそらせた。

「長官を襲ったと思しき男を署に連行しました」

「なんだと」

「男は犯行を認めています。まもなく逮捕の予定です」

XXXテレビニュース

『警視庁　二十代男性を逮捕』

警察庁のトップ、桐原長官が出勤途中に銃で撃たれた事件で、本日、警視庁は二十代の男を殺人未遂容疑で逮捕しました。

逮捕された男の名前は井関和直(いぜきかずなお)。都内の私立大学に通う二十八歳の大学院生です。

逮捕に至ったきっかけは、事件現場周辺の防犯カメラに映っていた不審な人物の姿でした。警察関係者の話によると、事件現場の近くでリモコンのようなものを操作している井関容疑者の姿が映っていたとのことです。

警察が井関容疑者に任意の事情聴取を行ったところ、井関容疑者は「自分がドローンを操作して、桐原長官を自家製の銃で撃った」と供述しているとのことです。

現在、警視庁は詳しい動機を調べています。

四階の大会議室には、すべての捜査員が集まっていた。

ひな壇中央には、丹下と高科が並んで座っている。二人の間には、相変わらず緊張感が漂っているが、頭一つ小さい高科が、今は丹下よりも大きく見える。

スクリーンには、容疑者である井関の顔が画面いっぱいに映っていた。まんなかで分けた髪は少し耳にかかっている。色白、フチなしの眼鏡、その奥にある細い目。全体的に理知的な印象だ。井関は茨城県出身で、都内の私立大学の理工学部に入学、大学院へと進み、現在に至っている。

刑事部の捜査員が都内の自宅アパートを家宅捜索したところ、犯行に使用されたと思われるドローン、自家製の銃も発見された。

「これまでの取り調べでわかったことを報告してください」

守屋に指名されて、井関の取り調べを担当している中年の刑事が立ち上がった。

「まず、犯行の動機ですが、ドローンに設置した自家製の拳銃がうまく作動するかを試したかったと供述しています。闇サイトで殺しの依頼を偶然見つけて、そのターゲットが警察のトップだったので、これは注目を浴びるだろうと思って依頼人に連絡を取ったそうです」

「おい、待て」と丹下が口を挟んだ。「真意を隠しているということはないか。実は、警察や桐原長官への恨みがあったとか、そこは、しっかり確認できているのか」

「その線はなさそうです。テロ組織やカルト集団とのかかわりについても、一切ないと井関本人が否定していますし、ガサにはいった自宅にも、反社会的な組織やカルト系の団体が発行している書籍などの類は一切見当たりませんでした。井関の家族にも、そうした団体と関係のある人物は、今のところ、確認できていません」

「じゃあ、井関は単なる実行犯で、主犯格は別にいるということか。そのあたり裏は取れているのか」

「証拠固めはこれからですが、嘘はついていない印象です。井関いわく、連絡を取り合っていた相手の素性はまったくわからないとのことです。声明文も自分は書いていない、事前に、ドローンと銃の画像を依頼人に送ったので、それを声明文に貼ったんだろうと供述しています」

「井関に依頼した人物の特定作業には取りかかっているのか」

「二人は時限的に消滅するメッセージアプリでやり取りを行っていたようで、やり取りの記録は残っていませんでした。ただ、井関が使用していた暗号資産の口座に、事件の数日前に、円換算でおよそ百万円の入金記録がありました。報酬は総額二百万円で、入金された百万円は依頼人からの手付金だと井関も供述しています」

「犯行日時と場所はどうやって決めた？」

「依頼人からの指示だそうです」

「なら、どうして依頼人は、あの日、長官があの場所へ行くことを知っていたんだ？」

「それについては、公安部の斉賀から説明があります」

出番が来たので、立ち上がった。

スクリーンの画像が井関から全国紙の記事に切り替わった。桐原が寄稿したコラムだ。まだ若かりしころ、公安部で光宗会の捜査を担当していた。そのころに、地下鉄サリン事件が起きた。以来、三月二十日は、出勤前に必ず経済産業省の前の霞ケ関駅の出入り口で黙とうを捧げているという内容だった。

「依頼人はこの新聞記事を読んでいた可能性があります」

公安部の唯一の成果だが、ひな壇に並んだ幹部は、一斉に落胆の顔になった。

新聞記事から桐原の動向を把握できたとなれば、この線での犯人特定はできない。斉賀の示した内容は、成果であって成果ではなかった。

斉賀が座席に着くと、スクリーンには井関の写真が再び映し出されていた。

こいつに依頼したのは誰なのか。

国会議員全般をターゲットにしているなら、国家への反対勢力やカルト団体の可能性は当然ある。闇サイトで実行犯を募ったとなると、第二、第三の井関が出てくるかもしれない。

そんなことを考えていると、スクリーンの井関の表情が輪郭だけを残してあいまいになっていく。

主犯格は、どんな人間だ？　動機は何だ？

スクリーンに映るのっぺらぼうの顔は、斉賀の問いに何もこたえてくれなかった。

青井圭一

青井は、文京区にある灰色のビルの前に立っていた。

ワイドショーのニュースで頻繁に取り上げられる週刊誌を発行している会社なので、どんな立派なビルだろうと思いきや、その四階建てのビルは青井楽器店よりも古い、色あせたコンクリートの箱だった。

無人の受付で内線電話の番号を押し、「編集長の黒川さんをお願いします」と告げた。

先週、黒川からの電話があったとき、すぐにでも出版社へ行こうと思った。一方で、沙月の仕事場に簡単に入り込んでもいいのか、沙月はそれを望まないのではないか。そんな思いも交錯して、結局、出版社を訪れたのは、黒川から連絡を受けて一週間が過ぎてからになった。

三分ほど待つと、薄くなった髪を七三分けした五十がらみの男が階段を下りてきた。

名刺交換をしてエレベーターに乗った。ゴトン、ゴトンと不穏な音を立てるエレベーターに

「いろいろガタがきてまして」と黒川が苦笑いをした。

「本社は五年前に建て替えて、今は立派なビルになったんです。ウチはお荷物なんで、この別館に残されたってわけです」

「お荷物って、あんなにテレビやネットのニュースでも取り上げられているのにですか」

「現実は厳しいですよ。今の発行部数はピークの五分の一くらいに落ちてますから」

話しながら応接室に案内された。壁のクロスは色が黄ばみ、端々がめくれあがっている。

「前に一度、紙媒体での発刊を終了してウェブ雑誌にしようかって話が経営陣から出たんです。我々現場が、紙での出版を続けたいと主張したら、じゃあ部数を伸ばせといわれまして。なかなか結果が出なくて、もうだめかと覚悟したときに、青井さんが会心のホームランを打ってくれたんです」

「ホームラン?」

「根本京平のスクープです。あれでちょっと風向きが変わりまして、当面、紙でやっていけるめどがついたんです。あれは、ホント、助かったなあ」

圭一は奥歯をそっとかみしめた。沙月は京平から無理矢理ネタを押しつけられた。雑誌の編集

部は何としても部数が欲しい時期だった。あの記事は沙月の希望で書いたわけではない。それなのに何も知らず沙月を責めていた。

女性社員が二人、部屋に入ってきた。一人はトレイでコーヒーカップを運び、もう一人は段ボール箱を載せた台車を押してきた。

黒川にすすめられて圭一はコーヒーを一口飲んだ。

「もう一度お尋ねしますが、妻が七尾市に行った目的は、本当にわからないんですよね」

「申し訳ないですが」と黒川が頭をかいた。「そのあたりは、ライターにおまかせなんです。ただ、青井さんの今回の取材、いつも以上に力が入っているなっていうのは感じてました」

あ、タバコいいですか、といって圭一の返事を待たずに黒川が火をつける。

「未解決に終わった二十八年前の警察庁長官の狙撃事件を書きたいっていわれたときは、最初は、そういうのやりたかったの？　って訊き返したくらい、驚きました。ウチのメインはゴシップですからね。社会派のネタって、普段は、なかなかゴーサインが出せないんです。ただ、青井さんの例のスクープで盛り返したのもあったので、ご褒美として書きたいもの書いてもいいよっていったんです。正直いうと、二十八年前の長官狙撃事件なんて、今さら誰も興味ないんじゃないかって思ったりもしたんですけど」

横を向いた黒川が、ふうっと煙を吐いた。

「ところが、ついこの前、警察トップを狙った事件が霞ケ関で起きたでしょ。いやあ、びっくりしましたよ。青井さん、予感でもしてたのかな」

圭一は黙ってコーヒーを口に含んだ。あれは予感ではない。単なる偶然だ。沙月は、二十八年前の事件に友康が関係しているかもしれないと思って調べていたのだ。

「狙撃事件といえば、ウチのライターからチラッと聞いたんですがね」

黒川がタバコを灰皿に押しつけた。

「昔の事件の因縁をひきずってるのか、今回、捜査本部が二つに分かれたらしいんですよ」

「公安部と刑事部が、ですか？」

「そうです。お詳しいですね」

沙月の原稿を覚えていた。二十八年前は、公安部と刑事部が対立して犯人逮捕の足かせとなったという内容だった。

「そういうのって昔も今も変わらないみたいですね。ただ、二十八年前は、警察内の対立で犠牲者まで出たって話ですから」

「犠牲者というのは？」

「詳しいことは忘れましたけど、青井さんの書きかけの原稿に書いてありました」

黒川が腕時計に視線を落として、「あー、まずい」と声を出した。

「すみません。今日は今週号の校了日でいろいろチェックしなきゃいけなくて」

「もし、お邪魔でなければ、ここで箱の中身を見てもよいですか」

「どうぞ、どうぞ。もしもいらないものがあれば、遠慮なく置いていってください」

そういい残すと、黒川はあわただしく部屋を出て行った。

圭一は箱を開いた。コーヒーカップ、カーディガン、私物の文房具、書籍。あとは、ファイルが五冊ほど詰め込まれていた。

背表紙に『長官狙撃事件』と記されたファイルが目に留まった。黒川が話していた原稿というのは、このファイルのなかにあるのかもしれない。

ファイルを開くと、やはりビニールのページにベタ打ち原稿が差し込まれていた。


『封印されたUメモ』

海江田長官狙撃事件では、一人の警察官が事件の犠牲になっていることは世に知られていない。この警察官の名前を仮にU氏としよう。

事件当時、U氏は南千住署の警備課に配属されており、海江田長官の自宅周辺の警護を担当していた。事件のあった朝、現場にいた警察官の一人である。

事件が起きて捜査本部が立ち上がると、事件現場にいた警察官と長官秘書の四名には、犯人の人相についての聞き取り調査が何度も行われた。

そのなかで唯一、狙撃犯らしき人物を目撃していたのがU氏だった。U氏への聴取は繰り返し行われたが、目撃したのはほんの一瞬で、手がかりとなるほどの情報は得られなかった。

「あの当時、捜査本部を主導していた公安部はかなり追い詰められていました」(警察関係者)

捜査では、容疑者が浮上しては消えていく。カルト団体と化した光宗会の信者を犯人と決めてかかり捜査を続けるも空振りが続いていた。

その一方で、捜査本部で反主流派だった刑事部グループが、「公安部のやり方では、事件を解決できない」と声高に主張し始めていた。焦りを募らせた公安部主導の捜査本部は、ここで信じられない行動に出た。

「捜査本部に派遣されていた公安部のある幹部がU氏に圧力をかけたんです」（警察関係者）

公安部がマークしていた光宗会の信者Aを容疑者と定めて、事件現場で唯一犯人を目撃したU氏に、「おまえが見たのはAだな」と無理矢理迫ったのだ。

一介の所轄警察官のU氏は、圧力に屈して、「目撃したのはおそらくAだった」と証言した。

事件の直後から、現場で長官を守り切れなかった警備担当の警察官には容赦のない批判が続いていた。公安部にしてみれば、我々にとって都合の良い証言をすれば、今後の警察官人生は悪いようにはしない、という取引の意図があったとも考えられる。

「実際、U氏の証言により、刑事部グループはトーンダウンし、公安部主導の捜査が続きました」（警察関係者）

ところが、このU氏に関する話はこれで終わらなかった。U氏は、自らの〝偽証〟によって、捜査方針を光宗会一本で固めてしまった、捜査をゆがませたという責任を感じていた。悩んだ末、U氏は偽証したことを告白して捜査方針の転換を求めることを決意する。

U氏は手紙に思いをしたため、警視庁の刑事部長宛てに親展文書で郵送した。関係者からの話をもとに再現すると、こんな内容だったらしい。公安部から捜査本部に派遣された幹部（役職は理事官）から強要され、自分は見てもいない犯人像をでっちあげた。少なくとも信者Aは犯人ではない。捜査本部、とりわけ公安部から派遣された方々は光宗会の犯行説に固執しすぎている。真に犯人を捜し出したければ、これを改めるべき――。

この手紙は、警察内部で、通称〝Uメモ〟と呼ばれた。

だが、Uメモでは捜査方針を覆せなかった。公安部に対抗するには、対抗する刑事部のトップに事実を伝えるしかないという〝当たり前〟の行動が裏目に出た。

刑事部のトップである刑事部長は、国家公務員Ⅰ種試験合格の〝キャリア組〟。公安部長も同じくキャリア、U氏を恫喝した公安部の理事官もキャリア。キャリア組の横のつながりは、部門を超えて強固だった。

部下たちの手前、刑事部長は公安部のやり方に常々不満を表したが、それはポーズにすぎなかった。刑事部長は、刑事部内の誰にもUメモの存在を明らかにしないどころか、公安部の幹部に、「こんなメモが俺のところに届いた」と伝えていたのだ。

Uメモの存在を知った公安幹部は、U氏の裏切りとも取れる行動に激怒、U氏は、南千住署から奥多摩の交番に配置転換させられた。

この人事異動は、ある意味、みせしめでもあった。おそらく、U氏の告発を知る捜査関係者、つまり公安部にとって危険因子とされる警察官が何人かいたのかもしれない。そんな彼らの口を封じるには、U氏の不遇な配置転換を見せつけるのが一番効果的だった。

U氏は当然自分が奥多摩へ飛ばされた理由に気づいていた。警察官としての矜持を捨てきれず、正義を貫いた。だが、信じていた刑事部のトップに裏切られた。さらには、不遇な配置転換に処せられた。U氏が大きなショックを受けたであろうことは想像に難くない。

案の定、奥多摩でのU氏は体調不良を訴えて仕事を休みがちになり、交番勤務から一年後には、警察官の職を離れた。

当時の心境について、U氏から詳しく話を聞きたかったが、今回の取材でそれはかなわなかった。なぜならU氏はすでに他界していた。死因は自殺だったのではとの噂もあり、今回、U氏の家族に話を聞こうとしたが、残念ながら連絡は取れなかった。

二十八年前、海江田長官狙撃事件の捜査で、警察は組織の論理を優先した。犯人を逮捕できなかっただけでなく、正義感を持った一人の警察官の人生まで狂わせてしまった。

U氏にたいして、記者は心から冥福を祈りたい。

肝心の真犯人に迫った記事ではなかったが、事件に関わった人物の悲哀を描いた興味深い内容だった。

ページをめくると、沙月の手書きで取材協力者の名前が列挙されていた。なかに斉賀の父、征雄の名前もあった。

さらにもう一枚めくると、この記事に登場した人物たちの実際の名前が記されていた。

『刑事部長……権丈栄吉（けんじょうえいきち）』

『公安部長……三笠進次（みかさしんじ）』

『理事官……桐原蓮』

これは！　桐原蓮というのは、現在の警察庁長官ではないか。

『U氏……宇津木仁基（ひとき）』

宇津木というのは、Uメモを書いた警察官のことか。つまり、公安部の幹部である桐原が、宇津木に偽証を強要したということらしい。人物の特定こそなかったが、Uメモに激怒して、宇津木を配置転換させたのも桐原なのかもしれない。

宇津木については、さらに詳しい記述があった。東京都出身。昭和二十八年生まれ。高校を卒業後、警視庁入庁。配属先、経歴。さらに家族構成も記されている。妻、長男とも苗字が宇津木と異なっているのは、離婚したからだろうか。原稿には、宇津木の家族に話を聞こうとしたが、連絡は取れなかった、とあった。

過去、桐原は光宗会への捜査に携わっていた。先日の銃撃事件の際、そのことに触れたニュースを見て、圭一も知った。しかし、桐原が宇津木という警察官に、二十八年前の長官狙撃事件に関する偽証を強要し、さらには、真実を告白したその警察官を閑職へ追いやったことは、世間には知られていない。

宇津木を見せしめにして、ほかの警察官の口を封じた。沙月のことだ。当時の捜査に関わった警察OBに接触し、なんとか口を開かせたのだろう。だが、今、桐原長官狙撃事件の捜査に関わっている警察官のほとんどは、Uメモの件を知らないのではないか。おそらく斉賀も……。

斉賀には沙月の件で世話になった。キムの行方も長野県警にまで連絡して調べてくれた。これで恩を返せるとは思えないが、Uメモの話は伝えておいたほうがいいだろう。

圭一は、その場で斉賀にメールを打つと、『長官狙撃事件』のファイルを鞄に詰め込んだのだった。

斉賀速人

捜査会議は、会を重ねるたびに、漂う空気が重さを増していった。

ひな壇に並ぶ幹部の顔は険しく、捜査員たちも、みな顔に疲労を張りつけている。

事件の日から数えて今日で十日目。公安部と刑事部はしのぎを削って捜査を続けているが、今のところ、井関に依頼した人物について、めぼしい手がかりは得られていなかった。

メディアの憶測記事には拍車がかかっていた。光宗会の残党が国家に再び牙をむいたのではないか、ターゲットは国会議員だけではない、一般国民も狙われているとあおった。

捜査の進展が見えない分、犯人を逮捕できない警察を批判する記事も増えつつあった。実際、警察への通報や苦情の件数が急激に増えていた。人々の不安をやわらげるべく、すべての都道府県で警察は警戒態勢を非常レベルに引き上げた。

いまだ第二の事件が起きていないのが唯一の救いだった。だが、井関に依頼した人物を逮捕しない限り、事件は収束しない。井関は、取り調べには協力的で何かを隠している様子もなく、得られる情報は出尽くしている印象だった。

午後三時過ぎ、青井から斉賀のスマートフォンにメールが届いた。

『二十八年前の事件に関して妻の新たな原稿が見つかりました。もしかしたら、今回のドローンによる事件のヒントになるかもしれません。店までお越しいただくことはできますか』

まさか二つの事件に関わりでもあったのか。さすがにそれはないだろうとは思ったが、７３０を追っていた青井沙月の原稿なら読んでみたいと思った。

夜の捜査会議までまだ時間はある。斉賀は捜査本部を出て、青井の店に向かった。

夕方の十条銀座商店街は主婦や学生で賑わっていた。魚屋の店員が威勢よく声を張り上げ、肉屋の前を通ると、揚げ物の香ばしい匂いが鼻をくすぐった。

青井楽器店のドアを押した。なかに入るとロックの重低音が胸を突いてきた。

斉賀に気づいた青井が近づいてくる。

「お忙しいところ、お呼びたてしてすみません」

事務机を挟んで丸椅子に腰かけた。「さっそくですが――」

沙月の勤めていた出版社に行き、私物を引き取った。そのなかに、二十八年前の狙撃事件に関する原稿が残っていた。読んでみると、興味をひくものが見つかったという。

「斉賀さんは、Uメモってご存知ですか」

いいえ、と首を振った。

「海江田長官狙撃事件が発生したときに、当時、警備にあたっていた警察官が書いたメモのことです。詳しいことは、ここに書いてあります」

青井が差し出した原稿を手にとった。

イニシャルUという警備担当の警察官が、捜査本部を指揮していた公安部幹部に強要され、狙撃犯に関する嘘の目撃情報を証言した。その後、Uは偽証したことを悔やみ、真相を告白する手紙、あとになってUメモと呼ばれる文書を刑事部長宛てに送った。だが、メモの存在が公安幹部に知られ、Uは奥多摩の交番に左遷され、挙句、精神を病み、警察官を辞めた。

原稿を持つ指先に力がこもった。こんなことがあったなんて知らなかった……。

顔を上げると、青井が、「これもどうぞ」と新たな紙を差し出した。

「妻のメモをコピーしたものです。原稿に登場した人物の実名が記されています」

刑事部長、公安部長と続き、役職の下には名前が記されている。

『理事官……桐原蓮』

息をのんだ。現在の警察庁長官、桐原がU氏に偽証を強要したのか。
U氏の実名も載っていた。『U氏……宇津木仁基』
知らない名前だ。さらに、宇津木の経歴、家族構成――。
えっ、と声が出る。そこにあった名前に斉賀の目はくぎづけになった。

捜査本部のある丸の内署へ戻った。

室内は閑散としているが、幹部席で守屋と加辺が話し込んでいた。

話が終わるのを待って、加辺に「お話があります」と声をかけた。

「おう、何だ」

捜査が進展しないせいだろう、いつにもまして加辺は不機嫌そうな表情をしていた。

「ちょっとここではお話しできない内容でして」

わかった、というかわりに加辺が舌打ちをする。

廊下に出て、向かい側の小さな会議室に入った。

「で、何だ」

「7330のことなんですが、Uメモって聞いたことはありますか」

「アン?」

疑問ではなく、驚きの色が加辺の瞳に映った。

懲りずにまだ掘り返しているのかと怒鳴られるのも覚悟した。だが、加辺は声を荒げることもなく、わずかに顔をしかめて、「おまえ、それどこで聞いた?」と斉賀に尋ねた。

Uメモのことを知っているのだ。やはりキャリアだ。独自の情報網を持っている。

質問にはこたえず、「これを読んでください」と沙月の原稿のコピーを差し出す。

受けとった加辺がさっと原稿に目を通した。表情に変化はない。

「これがどうしたっていうんだ」

「U氏に偽証を強要した当時の理事官は――」

「それくらい知っている。桐原長官だろ」

「では、このU氏という人物のことはご存じですか」

「そこまでは知らん」

「では、これを」

手書きの登場人物メモを加辺に渡した。

「Uメモを書いたのは、宇津木という巡査部長です。彼の家族の名前もあります」

加辺の目がカッと開いた。

「嘘だろ」

加辺の視線の先を斉賀もなぞる。『長男　舛木篤郎』

「舛木さんが、Uメモを書いた警察官の息子だっていうのか」

「年齢も一致します。裏づけは必要ですが、舛木さんが宇津木の息子でほぼ間違いないと――」

「おい、ちょっと待て」

加辺は手を広げて、斉賀の言葉を遮った。

「まさか、おまえ。桐原長官が襲われた事件に、舛木さんが関わっているとでもいいたいのか」

「そうは思いません」

即座に口にしたが、思いは複雑だった。捜査本部へ戻る道すがら、斉賀は考え続けた。舛木は三月末で退職する。最近は有給休暇の消化のためにほとんど出勤していなかった。その間、何をしていたのか。就職活動と本人はいっていたが、闇サイトで狙撃手を捜したのではないか。そこで井関を見つけ、連絡を取り合い、霞ケ関駅での実行を指示し――。

四十代半ばで退職する理由も、今思えば不可解だった。体がついていかないというが、普段の舛木はそんな風に見えなかった。

「もうじき、やめるとはいえ、かりにも現役の警察官だぞ」

加辺が尖った声を出す。

いわれなくてもわかっている。ありえない。あるわけがない。どうかしている、自分が考えすぎなだけなのだ。

「この件は上には伝えないでおく」

加辺が斉賀に紙をつき返した。

「では、何もしなくていいってことですよね」

「いや、念のため、舛木さんに確認する」

やはり疑っているのかと、加辺の顔を凝視する。

「可能性をゼロにするためだ」加辺がぼやくようにいった。「とりあえず電話をして、今から会う段取りをつける」

加辺がスマートフォンを操作する。が、その指がすぐに止まった。

「やっぱり、おまえが電話しろ。そのほうが警戒されないだろ」

同意見だった。嫌な役を押しつけられたとは思わない。舛木へ電話するなら自分のほうがいい気がした。

「舛木さんが電話に出たら、どこにいるのか、さりげなく聞いてくれ」

斉賀は自身のスマートフォンから舛木へ電話をかけた。

呼び出し音が繰り返され、緊張が高まっていく。電話をかける理由はすぐに思いついた。加辺班だけで舛木さんの送別会をするって話になりました。舛木さんの予定をうかがいたくて——。

発信音が留守番電話の声に切り替わった。加辺には首を振って合図を送る。

話したいことがあるので電話をしてほしい、と留守電に告げた。

「まだ九時過ぎだ。もう寝たってわけでもないだろうに」

「わざと出ない、なんてことは……」

「何だ。おまえ、やっぱり舛木さんを疑っているのか」

キレ者と呼ばれる加辺の言葉にいつもの勢いはなかった。加辺にしても何かひっかかっているのかもしれない。

「考えてもみろ。７３３０からもう二十八年もたつんだ。今になって桐原長官に復讐しようなんて考えるかよ。やろうと思えば、いつだって機会はあったはずだ」

加辺は自分にいい聞かせているようだった。

「しかも、公安部のベテラン捜査官だぞ。あの舛木さんが……」

加辺はそこで口をつぐむと、気難しい顔をして腕を組んだ。

目の前にいる同い年のキャリア警察官の頭脳は今、フル回転している。桐原長官を狙った事件に舛木は関与しているのか。そのこたえを導き出そうとしている。

さほど時間はかからず、「なあ」と加辺が口を開いた。

「今から想定ゲームだ。おまえも付き合え」

斉賀はうなずいた。加辺なりに他人の意見が聞きたいのだろう。

「もし、舛木さんが事件に関わっていたとしたら、動機は何だ」

「やはり、父親の、宇津木巡査部長の敵討ちじゃないでしょうか」

「もし、そうなら、これまでも狙う機会はあっただろ」

「ですが、今がそうじゃないとはいい切れないでしょう」

加辺は斉賀の言葉を否定せず、

「しかし、襲撃は失敗した。次は何を考える？　あきらめるか」といった。

「もう一度、桐原長官を襲う機会を狙っていると思います。国会議員はターゲットではありません」

「なるほど。声明文は目くらましか」

ドローンを駆使しての狙撃は失敗した。狙いは桐原だからこそ、警察の注意を桐原以外に向ける必要があった。そのために国会議員を狙うと書いた声明文を出した。筋は通る。

「だけど、一週間以上たってるぞ」

今日は三月二十九日。もう九日経過している。

「次の実行日を決めているからじゃないですか」

「それはいつだ」

ドローンによる狙撃事件が起きたのは三月二十日。二十八年前に地下鉄サリン事件が起きたのと同じ日。次は――。

脳の奥で小さな破裂音が響いた。

桐原と舛木の因縁は、桐原が宇津木に、ある重大事件の偽証を強要したことから始まった。その事件とは、地下鉄サリン事件の十日後に起きた海江田長官狙撃事件。

――7330っていうのは、今もタブーだからな。

「もし舛木さんが犯人だとしたら、海江田長官が狙撃されたのと同じ日に桐原長官を襲い、決着をつけるつもりじゃないでしょうか」

海江田長官が襲われたのは平成七年三月三十日。

見るまでもなかった。しかし、それでもスマートフォンで日付を確かめずにはいられなかった。

今日は三月二十九日。次の決行は、おそらく明日――。

「想定ゲームはここまでだ。俺は舛木さんを信じてる」

自分もそう思いたい。だが、可能性をゼロにはできなかった。

加辺は、何かに耐えるように目をすがめて、こういった。

「ウチの班員を集めて今からミーティングだ」

午後十時。警視庁公安部の会議室に総勢九名の加辺班が集まった。

「今から話すことは絶対に口外しないでくれ」

加辺はそう前置きしたうえで、7330に絡むUメモのこと、そして舛木がUメモを書いた警察官の息子であることを皆に伝えた。

「これだけの情報では、舛木さんが井関に狙撃を依頼したとは限らないでしょう」

班のなかで一番のベテラン捜査員はそういって不機嫌そうに眉を寄せた。

「たしかに舛木さんが容疑者と決まったわけじゃない。だが、何かあってからでは遅い。今夜、こうして集まってもらったのは、明日が二十八年前に海江田長官が狙撃された三月三十日だからだ。事件が起きるとしたら、明日の可能性が高いと思う」

「しかし、我々だけで勝手に動くってのは、どうなんですか」

「そのへんは心配いらない。丹下部長には、今、ここで皆に話したのと同じ内容を伝えた。部長からも、まずは舛木さんの身柄を押さえろとの指示があった。ただし、捜査本部やほかの班には何も漏らさず、俺たちだけで動けともいわれた」

桐原と舛木、それぞれの自宅周辺をあたらせるため、加辺は班員を二つのチームに振り分けた。〝桐原チーム〟は六名。〝舛木チーム〟は三名。〝桐原チーム〟は加辺が指揮し、斉賀も属した。舛木の身柄を押さえるだけでなく、桐原への襲撃を防ぐという目的もある。〝舛木チーム〟は舛木が住む足立区の賃貸アパートに向かった。

〝桐原チーム〟は、警察車両のワンボックスカーで出動した。二十分後には、桐原の自宅がある江東区のマンションに到着した。

加辺は車内指揮、加辺以外の捜査員はそれぞれの監視場所に散っていった。斉賀は桐原のマンションの向かい側にある別のマンションの自転車置き場に身を潜めた。

桐原のマンションは四階建てで、一階は駐車場と管理事務所、二階から四階までは住居部分となっていた。そろそろ日付が変わる時間帯だが、半分ほどの部屋に灯りがついている。

イヤフォンから加辺やほかの捜査員の声が届いていることを確認した。

〈こちら加辺。今、丹下部長から連絡があった。桐原長官に舛木さんの件は伝達したが、このまま自宅で泊まるそうだ〉

緊張の目盛りが一つ上がった。二階の左奥から一つ手前が桐原の部屋だ。すでに灯りは消えている。間取りは2LDK。桐原はここに一人で住んでいる。警察庁から車で二十分ほどの場所にあり、利便性は悪くない。だが、同じ警察庁長官でも海江田の住むマンションとは比べようもない庶民的なマンションだ。警察機構の頂点に立つ人間が住むところとは思えない。

桐原の身内がみなエリート中のエリートというのは警察内では有名な話である。父親も警察キャリアで警視総監まで上り詰めた。桐原は三人きょうだいの長男で、弟と妹がいる。父親ときょうだい三人とも東京大学を卒業している。弟は総務省のキャリア官僚。若い頃、東大卒のファッションモデルともてはやされた妹は、今はエイキ電子というIT企業の社長夫人に収まっている。

――エリートだからって、必ずしも幸せでもないらしいぞ。

車内で加辺から聞いた。桐原は妻と離婚調停中で、もともと暮らしていた汐留のタワーマンションには妻と子供が住んでいる。桐原だけが二年前からこの低層マンションで暮らしていた。

〝舛木チーム〟から連絡が入った。ドアのチャイムを鳴らしたが、人のいる気配はなかったという。

斉賀はマンションの監視を続けた。午前二時、三時、四時と時間が経過していく。頬に当たる空気は冷たいが、身体はずっと熱いままだった。時折、持ち場を離れてマンション周辺を見てまわったが、不審な人物を認めることはなかった。

午前六時。空が白みを帯び始めた。新聞配達のバイクが通り過ぎて行く。

三月三十日という日が始まった。

今日、桐原は襲われるのか。そこに舛木は現れるのか。

いや、そもそも桐原長官の狙撃を依頼したのが、舛木と決まったわけではない。この張り込みが無駄に終わる可能性もある。むしろ、そうなってほしいと願っている。

眉間のあたりを指でもみほぐしていると、〈集中しているか〉と加辺の声が飛んだ。

〈もう一度、皆に伝えておく――〉

八時に所轄の警備車両がマンション周辺の警備に当たる。八時二十分に長官専用車がマンション前に到着する。長官はその十分後にマンションを出て車に乗り込む。

七時を過ぎた。斉賀は周囲に目を配り続けた。マンションのエントランスから大きめのスポーツバッグを背負ったブレザー姿の男子高校生が出てきた。

勤め人らしき男性や女性がエントランスから次々出ていく。小学生の姿を見ないのは、今が春休みシーズンだからだろう。

時折、強い風が吹き始めた。明るかった空は少し灰色がかっている。もうじき雨が降るかもしれない。天気予報を見ようと、懐のスマートフォンに触れたときだった。

本体が震えて着信を告げた。表示を見た瞬間、指先が硬直した。――舛木だった。

すぐに通話ボタンは押さず、〝桐原チーム〟全員に無線をつないだ。

「こちら斉賀。舛木さんから入電。今から電話に出ます」

〈よし。無線はこのままで〉と加辺。

画面の通話ボタンに触れ、スピーカーフォンに切り替えた。

「斉賀です。おはようございます」

〈おう。元気か〉

いつもと変わらない舛木の声。背後から聞こえてくる音すべてに神経を集中させた。

「今、どちらに」普段どおりの声を心がける。

〈昨日から熱海の温泉に来てるんだ。ゆうべはたらふく酒を飲んで、寝ちまってな。今朝、目が覚めて着信に気づいたんだ。申しわけない〉

舛木の声以外は何も聞こえてこない。

どこの旅館に泊まっているのか尋ねると、舛木は、有名な旅館の名前を挙げた。

斉賀は空を見上げて、「熱海の天気はどうですか」と尋ねた。

〈昨日はいい天気だったけど、今朝は雨が降ってるし、風も強そうだ。今からひとっ風呂浴びに行くんだが、露天風呂は無理だな〉

熱海は雨か。こっちは曇り空で雨までは降っていない。

〈で、何の用事だったんだ〉

「舛木さんの送別会です。加辺補佐から、どうして企画しないんだって怒られまして」

〈やらなくていいって前にいったんだけどな。加辺補佐に、もう一度、いっといてくれよ〉

「そんなわけにいきません。自分が怒られてしまいます。やる、ということでご了解いただけますか」

〈うーん、わかった。それでいいよ〉

「ありがとうございます。これで、ほっとしました」

〈じゃあ、もういいか。風呂に行ってくるからよ〉

「すみませんでした。では、ごゆっくり」

電話を切った。

「聞こえていましたか」と加辺に確認する。

〈うむ……〉

加辺の言葉が続かない。判断の早い加辺にしては珍しかった。

ややあって、よし、と加辺の声がした。

〈〝舛木チーム〟は撤収して、いったん庁舎に戻れ。〝桐原チーム〟は長官専用車が来るまで引き続き監視を続行〉

斉賀はスマートフォンで熱海の天気を調べた。

『午前七時。一時間あたりの降雨量は六ミリ。風速は七メートル』

緊張の糸が緩んだ。自転車置き場のフェンスに背中を預けて、目をつぶった。

——ゆうべはたらふく酒を飲んで、寝ちまってな。

退官まで二日残すも、舛木はもう警察官の鎧を外してしまった。

そんなものなのか。まるで父とは真逆だ……。

なぜか死ぬ間際の父、征雄の顔が脳裏をよぎった。征雄は、退官しても死ぬまで警察官だった。

警察手帳を持たなくても、事件を追い続けた。解決しなかった事件がずっと気になって頭から離れなかった。

解決しない事件。舛木は、桐原が襲撃された事件のことも、斉賀が今どこで何をしているのかも、尋ねてこなかった。

そんなことはあるだろうか。長く公安部の一線にいた舛木なら、退官間際とはいえ、現在進行中の事件のことが気になるのではないか。全く触れないのは、不自然ではないか。

そのとき、ブーンという蜂の群れが飛びまわるような音が聞こえた。

羽音は次第に大きくなり、斉賀の鼓膜を震わせた。

音のするほうを見上げて、斉賀は息をのんだ。

ドローンだった。マンションよりも高い位置を飛行している。本体の下部には黒い箱が取り付けられている。

あれは銃のたぐいには見えない。もしかしたら、小型の爆弾かもしれない。

斉賀はピンマイクを口にあてながら道路に飛び出した。

「マンション付近の上空にドローン発見！　不審物を積んでいます。爆弾の可能性もあるので、今すぐ住民に退避の指示を！」

周囲に身を潜めていた捜査員が、路上に続々と姿を現した。

ドローンはゆっくりと高度を落としていく。羽音がいっそう大きくなった。

近くで見ると、黒い箱はやはり爆弾のように見える。以前、テロ対策の研修で、同じような形をした箱型の爆弾を見た記憶があった。

空中でドローンが静止した。二階のバルコニーの前だった。

斉賀は戦慄した。あそこは桐原の部屋。ドローンがあのまま突進したら――。

「早く長官に避難連絡を！」

ドローンがゆっくりと動き出し、マンションから徐々に距離を空けていく。

このまま離れていくのかと思いきや、ドローンは羽音のボリュームを上げながらマンションに向かって急発進した。

ドローンがバルコニーを越えた。何かがぶつかるような激しい音が聞こえた。

次の瞬間、バーンという爆発音が耳をつんざき、バルコニーから黒い煙が噴き上がった。

斉賀はマンションのエントランスに駆け込んだ。なかは、けたたましい非常ベルの音が鳴り響いている。エレベーターには停止のランプ。非常階段から住民の声と無数の足音が聞こえた。

ワイシャツ姿の男性、パジャマの子供、ノーメイクの若い女性……。住民たちが雪崩のような勢いで、階段を駆け降りてくる。

「みなさん、ゆっくり降りてください！」

斉賀が声を張り上げるも、住民たちの勢いは収まらなかった。

階段の上のほうから、焦げ臭い匂いが漂ってくる。果たして桐原は無事なのか。住民の群れに割り込んで上階へ向かいたいところだが、無理に階段を登ろうとすれば、将棋倒しが起きかねない。

階段の途中で壁に手をついている老人男性がいた。小さな体を丸めて、ひと足ずつ階段を降りている。その足取りは頼りなく、誰かと体が少し触れるたびに、立ち止まっていた。

斉賀は階段を上り、老人に近づいた。

「摑まってください」と両手を差し出した。

誰かが老人の肩にぶつかった。前によろけた老人を斉賀がとっさに受け止める。

振り返って目で追った。グレーのスウェット。ボサボサ頭。一瞬、横顔が見えた。

今のは桐原長官ではないか？

斉賀の位置から、もう姿は見えなかった。だが、もしあれが桐原なら、無防備なまま外に出てしまうことになる。

老人を抱えて、急いで階下まで降りた。

老人から手を離すと、前を行く住民を押しのけて先に進んだ。

玄関口にボサボサ頭が見えた。

ピンマイクで「長官らしき人物が外に出ます」と大声で伝えた。

〈長官の位置……〉〈警護……どこに……〉〈大混雑……早く……〉

逃げる住民たちと無線の声が錯綜して、全部は聞き取れない。

斉賀は押し出されるようにして建物の外に出た。

マンションの前は人であふれていた。

〈長官は見つかりません！〉〈早く見つけろ！〉

周囲をぐるりと見渡した。

人の群れが途切れた場所——敷地内の駐車場に一人だけ、人が立っていた。

スウェット姿のボサボサ頭がマンションを見上げている。桐原だった。

「駐車場で長官を発見！　駐車場で長官を発見！」
そのとき、駐車場に停めてある車の間から、人影がヌッと現れた。
斉賀は瞬きを止めた。
舛木だった。小型拳銃を桐原に向けている。
斉賀は駆けだした。桐原までの距離は二十メートルほどある。
舛木の指先が動いた。だめだ、間に合わない。
ダーン。
轟音と同時に白い煙が舞った。
桐原が身体をくの字に折って、数歩後退する。
「やめろっ」
舛木と桐原の間に入ろうとしたが、間に合わなかった。
ダーン。
無数の叫び声が上がった。
白煙のなか、桐原があおむけに倒れた。斉賀はすぐに桐原に覆いかぶさった。
視界は白くかすんで何も見えない。硝煙の匂いが鼻に差し込んでくる。
「どけ」
顔を上げると、白い靄(もや)から銃口が伸びてきた。
かすんだ景色のなかに舛木が立っていた。
風が吹き、靄が消えていく。

斉賀は息をのんだ。目が据わっている。見たことのない顔の舛木がそこにいた。

舛木がもう一度、「どけ」といって、拳銃を握り直した。

妻と息子の顔が、突然、斉賀の脳裏に浮かんだ。

――撃たれる。

ダーン。

次の瞬間、コラアという怒声と、ゴンと何かがぶつかる音がした。

再び視界が白く染まり、硝煙で息がまともにできなくなった。

無理矢理、目を凝らすと、地面でバタつく足が見えた。

もみ合っていたのは、舛木と加辺だった。

すぐに加辺班の捜査員が二人を取り囲んでいく。

身体に痛む箇所はなかった。撃たれずに済んだ……。

大きく息を吐くと、ウウッと声がして、腕を強くつかまれた。

青白い顔をした桐原が薄く目を開けていた。その弱々しい姿とは反対に、桐原の指は斉賀の腕にめり込むほど力強かった。

第四章

『発砲の警察官を逮捕』

XXXテレビニュース

三月三十日、午前七時半ごろ、東京都内のマンションの敷地内で、警察庁長官の桐原蓮氏が男に拳銃らしきもので撃たれ、救急搬送されました。

マンションの近くに住む目撃者の話によりますと、現場では、ドローンのような飛行物体がマンションに衝突し、爆発。その後、各部屋の住民が外に避難していたところに、男が現れ、桐原長官を拳銃らしきもので撃ったとのことです。

男はその場ですぐに取り押さえられました。撃たれた桐原氏の怪我の程度は、わかっていません。

撃った男の名前や素性について、まだ正式な発表はありませんが、警察関係者の話によると、男は警視庁所属の警察官とのことです。

桐原氏は、二十日に東京メトロ霞ケ関駅近くでも、ドローンに搭載した自家製の銃で狙撃されていますが、このときは被弾していませんでした。

警察は二つの事件の関連を調べています。

斉賀速人

捜査会議の空気は鉛のように重かった。

ひな壇に座る丹下、高科、二人の顔には絶望感のようなものが貼りついている。

公安部にしてみれば、再びの狙撃事件で犯人を現行犯逮捕したことで、溜飲の下がる思いかといえば、そうではなかった。刑事部にしても、一本返されたとは思っていないだろう。

警視庁の警察官が犯人だったという事実が、ここに集まったすべての警察官を打ちのめしている。

公安部所属の捜査員のなかには、うつろな目をしている者もいる。同僚の逮捕に、気持ちの置き場所を失っているようにも見えた。

唯一の救いは、桐原が致命傷を負わなかったことだ。桐原はスウェットの下に防弾チョッキを着けていた。一発目は胸部、二発目は左の上腕部を撃たれたが、腕の怪我だけで済んだ。霞ケ関駅の近くで襲われてから、外出するときはおろか、自宅でも防弾チョッキを着けていたという。

「では、取調官から説明を」

守屋の声に、右田（みぎた）という公安部所属の捜査員が立ち上がった。

「被疑者の精神状態は穏やかで、取り調べには協力的な態度を見せています。霞ケ関駅近くでの桐原長官を狙った事件についても、井関に依頼をしたのは自分だと認めています――」

ここ最近は、有給休暇を取得して桐原長官殺害の計画を練っていた。桐原が、毎年、現場に黙とうを捧げていることを新聞記事で知っていたので、霞ケ関駅で狙った。できるなら、自ら手を下さず、闇サイトで募った別の人間に襲わせようと考えたが、作戦は失敗に終わった。だが、失敗は半ば想定していたことであり、やはり自らの手で実行するしかないと覚悟を決めた。桐原長官の警護体制が少しでも緩くなるよう、真のターゲットは桐原長官ではなく別にある、国会議員が標的といった印象を与える犯行声明文を警察へ送りつけた。桐原長官のマンション爆破は単独で行った。マンションへの侵入は難しいので、爆発騒ぎを起こして、外に出たところを狙撃する計画を立てた。爆弾は手製。ドローンは自分で操作した。

「――使用した拳銃は闇サイトで購入したものだそうです。肝心の被疑者が長官を狙った動機ですが」

それまでよどみのなかった右田の声が、急に途絶えた。

「どうした、続けろ」と刑事部長の高科がいう。

右田は戸惑いの表情を浮かべつつ守屋を見た。斉賀は右田の内心に気づいた。Uメモの件をありのまま話してもいいのかという確認だろう。

先を促した高科が、Uメモのことや舛木と宇津木の関係について、どこまで知っているのか定かではない。だが、加辺班以外の捜査員には何も知らされていないはずである。

右田のアイコンタクトを受けた守屋が、丹下のほうへ顔を向けた。

丹下はぶぜんとした表情をしていた。おそらく、右田からすでに取調内容を聞いて全部知っているにちがいない。

どこまでつまびらかにするのか。話すなら、全部、明らかにするしかないだろう。

丹下が表情を変えずにいった。「すべて説明しろ」

顔を引き締めた右田が、ひとつ空咳を入れた。

「父親のことで桐原長官を恨んでいたのが犯行の動機とのことです」

室内がにわかにざわめいた。

「二十八年前に発生した海江田長官狙撃事件で、事件当時、警備にあたっていたのが、被疑者の父親、宇津木巡査部長でした」

ざわめきが、どよめきに変わった。

二十八年前、桐原は公安部の理事官として海江田長官狙撃事件の捜査に関わっていた。事件現場にいた警備担当の宇津木は犯人を目撃していた。宇津木は桐原から、逃走した犯人が公安部のマークしていた光宗会の信者に似ていたと証言するよう、強く圧力を受けた。宇津木はいわれたとおりに証言したが、あとになって、嘘の証言をしたことを当時の刑事部長に文書で上申した。しかし、宇津木の告白は警察上層部で握りつぶされ、挙句、宇津木は奥多摩の交番へ不本意な配置転換をさせられた。

右田が語った内容は、青井沙月の原稿に書かれていたものと一致していた。

「――宇津木巡査部長は、精神を患い、警視庁を辞職しています。その後、酒浸りとなって、自ら命を絶ちました。一人息子の舛木は、父親が死んだあとに母の旧姓に変えています」

胸の奥がささくれだっていく。斉賀は気持ちを静めようと、大きく息を吐いた。宇津木の話は、何度聞いても、やりきれない思いと当時の上層部への憤りが、ないまぜになってこみあげてくる。

右田の説明が終わると、沈黙が場を支配した。進行役の守屋もすぐには口を開かない。

重い空気のなか、丹下が「続けろ」といった。

守屋が各班に裏付け捜査の分担を割り振った。

会議が終わると、捜査員らがぞろぞろと部屋を出て行った。斉賀は、彼らの表情を眺めていた。どの表情も硬い。おそらく思いも同じだ。目の前の事件は、身内の犯行。だが、どんな事情があれ、証拠を固めて仕事を仕上げなくてはいけない。そう自分にいい聞かせている顔だった。

父親のことでずっと桐原を恨んでいたのが犯行の動機……。

斉賀は目をつぶった。加辺と〝想定ゲーム〟をしたときに浮かんだ疑問が、今もひっかかっている。事件から二十八年たった今、なぜ舛木は桐原の命を狙ったのか。

この一年、舛木を近くで見てきた。本庁に来たばかりで慣れない斉賀を気にかけてくれた。何度も助けてもらい、励ましてくれた。温かい人柄が内面からにじみ出ていた。長年の恨みから他人に殺意を秘めていたようには、到底、見えなかった。

しかし、人というのはいろいろな顔を持っている。感情もひとつに定まっているわけではない。

それでも、舛木に限って……。

――俺は優先順位を考えるようにしてきた。

有楽町の飲み屋で聞いた舛木の言葉は、胸に染みた。そこには実感がこもっていたからだ。

では、舛木にとって優先されるものとは何だったのだろうか。

斉賀の運転する覆面パトカーは、千葉にある食品の加工工場へと向かっていた。

その工場は、舛木の元妻、水谷敦子（みずたにあつこ）の勤務先だった。事件の直後、ある捜査員が敦子の自宅アパートを訪れて話を聞こうとしたが、家族でもないので話すことはない、と玄関口で追い返されたという。

加辺からは、成果は期待してないから一人で行ってこいといわれた。斉賀はあえて敦子にアポをとらずに、勤務先の工場を訪れることにした。

車は、小さな工場が密集するエリアに入った。トラックやバンが頻繁にすれ違っていく。

やがて敦子の勤務する食品会社の看板が見えてきた。

玄関横の駐車場に車を停めた。受付の事務員に、名字だけを名乗り、「水谷敦子さんがいらっしゃれば、呼んでいただきたいのですが」と頼んだ。

五分ほど待つと、白いクリーンウェアで身を包んだ小柄な人物が現れた。

唯一露出している顔の上部から、いぶかしむ目をのぞかせている。どうやら敦子のようだ。

斉賀が警察手帳を見せると、敦子のまなざしが険しくなった。

「職場まで押しかけてきて、いったい、何ですか」

「少しでいいので、お話をする時間をいただけないでしょうか」

「この前、話すことはないと申し上げました。あの人とはもう関係ありませんから」

「お願いします」

思わず大きな声になった。敦子は周囲に目を配りながら、「やめてください」といった。

「すいません、つい」と謝りながらも、ひくつもりはなかった。

斉賀がじっと敦子を見つめていると、敦子はあきらめたように肩を落とし、

「三十分後に休憩時間に入ります。それまでお待ちいただけますか」といった。


車内で待っていると敦子が現れた。マスクを外した敦子は細面だった。たしか年齢は舛木と同じ四十六歳。薄く化粧はしているが、肌につやはなく、実年齢よりも上に見える。

斉賀は車を降りて、「立ち話というのも、なんですので、車に乗りませんか」といった。

敦子は斉賀の誘いに素直に従い、助手席に座った。

「あの、何でしょうか」敦子は斉賀と目を合わせない。

「舛木さんの起こした事件の内容はもうご存知ですよね」

「私もニュースくらいは見ますので。でも、あの人とはもう関係ありませんから」

斉賀は敦子の様子をじっと観察した。視線が小刻みに動いている。関係ないという言葉とは裏腹に、何か隠しているようにも見える。

面と向かって問われたら、嘘はつけない。捜査員による聞き取りを強く拒否したのは、それが理由だったのではないか。

「別れて十年たつんです。何もお話しすることはありませんから」

「では、私の話を聞いてください」

公安部で新入りの自分は、舛木に世話になった。二人でよく飲みにも行ったし、ことあるごとに、家族を大事にしろといわれた――。

斉賀が話す間、敦子は目を伏せていた。

「ついこの前、こんなことがありました。居酒屋で代金を払うとき、舛木さんの財布から何か落ちたんです。舛木さんは、そのことに気づかなくて、私が落ちたものを拾いました。それは何だったかというと、あなたとお嬢さんの古い写真でした」

敦子がきゅっと目を細めた。感情が顔に出ないよう、こらえているようにも見える。手袋を握りしめる指先は真っ白だった。

「あの、もうよろしいですか」

敦子が、急にドアを開けて車を降りた。

「お待ちください」

慌てて車を降りて、敦子の前にまわりこんだ。

本当はおっしゃりたいことがあるんじゃないですか。そういおうとして、喉がふさがった。

敦子の両目は真っ赤だった。

「話していただけますか」

敦子が両手で顔を覆った。その指の隙間から、ああ、という声が漏れた。

取調室に入り、机を挟んで舛木と向き合った。

長時間にわたる取り調べのせいか、舛木の顔には疲労の色が濃く貼りついていた。

舛木が「よう」といって目じりを下げる。

「どうした？　取調官交代か」

「少しだけ時間をもらいました」

「今回の真犯人逮捕の立役者だからな」

普段どおりの舛木の口調に、警察官と被疑者という関係を忘れそうになる。

吹っ切らなくては、と斉賀は腹に力を込めた。

「桐原長官を狙った動機は何なのか、お聞きしたくて会いに来ました」

「なんだ、そんなことか。もう聞いただろ。恨みだよ、恨み。親父に無理矢理圧力をかけて、挙句、俺の家をめちゃくちゃにした桐原がずっと許せなかった」

「本当にそうですか」

ああ、そうだと舛木がうなずく。

「Uメモの話を聞いたとき、自分もひどい話だって思いました。だけど、三十年近くもたっているのに、どうして今なんですか。桐原長官への恨みが動機なら、これまで、いくらでも狙うチャンスはあったはずじゃないですか」

「警察官になったときから復讐を果たしてやろうと胸に秘めてた。それが今になったってだけだ」

「ずいぶんと長い間、待っていたんですね」

「いつ、どうやって復讐しようかとずっと考えていた」舛木は落ち着いた声でいった。「去年、桐原が長官になって、このタイミングがもっともふさわしい、ようやくチャンスが訪れたと思った。だから実行した」

「本当に動機はそれですか、ほかに何かきっかけがあったんじゃないですか」

「そうだな……」舛木が指先であごをかいた。「きっかけとまではいえないが、斉賀から刺激を受けたのはたしかだ」

「私から、ですか?」

「おまえが親父さんから引き継いだ7330の真犯人捜しの話を聞いてよ、宿命ってあるんだなとつくづく感じた。で、俺の場合は、桐原への復讐が宿命だってことを改めて認識したんだ。それで、いつまでももたもたしてらんねえ、そろそろやんなきゃって思ったわけよ」

舛木の言葉は半分も胸に落ちてこなかった。

「警察官が長官に銃を向けるなんて、警察組織にとって、どれだけ重い恥になるかとは考えなかったんですか」

「恥?」

舛木の声が硬くなった。

「なあ、斉賀。本気で恥と考える矜持なんて、この組織が持ち合わせていると思うか。もし、そんなものがあったなら、俺の親父は警察をやめずに済んだはずだろ。二十八年前の事件で桐原は、刑事部に負けたくないというくだらないメンツのために、親父に偽証しろといったんだ。そんなやつが、今は警察のトップだなんて、それこそ恥じゃないのか」

舛木の声に初めて感情がこもった。だが、それさえも芝居がかっているように感じられた。おそらく舛木が口にした言葉の数々は決して嘘ではない。しかし、桐原長官を狙った真の動機は別にあるはず。

斉賀は軽く息を吸った。

「警察官になりたての頃、ある先輩にいわれました。犯罪は被害者だけでなく、加害者の家族も不幸にすると。舛木さんは、長官に銃を向けるとき、そう考えませんでしたか」

「家族がいれば、考えたかもしれんが、俺の場合は、一人だからな」

「たしかに戸籍の上では、一人かもしれません。でも、実際は違う」

舛木の目に戸惑いの色が映る。

「今も、別れた奥さんやお嬢さんと家族の絆があるんじゃないですか」

「ばかなことというな。もう家族じゃねえよ」

「奥さんやお嬢さんとは、今もつながっている。そうですよね」

「何いってんだ、おまえ」

「会ってきましたよ、別れた奥さんに。初めは、なかなか話してはくださりませんでしたけど」

舛木の瞳がわずかに泳いだ。

もし警察が来たら、聞き取りは拒否しろ——。敦子は舛木からこういわれていた。おまえたちには何の関係もないことだ。わかったな。

舛木夫婦の離婚の原因は、嫁姑の諍いと耳にしたことがある。だが、敦子から直接聞いた話によると、嫁姑の単なる不仲が原因ではなかった。

夫を失った舛木の母は、亡き夫が乗り移ったかのように、毎日、酒を飲むようになった。初めは、それほど量も多くなかったし、舛木もそばにいた。だが舛木が結婚し、一人暮らしになると、酒の量が増え、アルコール依存症に陥った。

このままでは、身体を壊して廃人になる。誰かが近くで見ていたほうがいい。そんな医師の助言もあって、舛木は敦子に事情を話して、母を呼んで同居を始めた。

当時、舛木夫婦には女の子が生まれたばかりだった。初孫の面倒を見ることで、母のアルコール依存症は以前よりも軽くなった。しかし、舛木の娘が小学校に入ると、アルコール依存が再び強くなり、そのころ発症した認知症と相まって、家庭内で誰彼構わず暴力をふるうようになった。

敦子のか細い声が斉賀の耳によみがえってくる。

「お義母さんは病気だと頭で理解しようとしても、私には限界でした。もう一緒には住めないとあの人に伝えました」

舛木は、母親を施設に入れたが、それで解決というわけではなく、夫婦は離婚という選択をした。疲弊した敦子の心はすでに舛木から離れていた。舛木の母親が死去したあとも、舛木と敦子が復縁することはなかった。

ここから本題だ。斉賀は舛木を凝視した。

「お嬢さんのことも聞かせてもらいました」

瞬間、舛木から表情が消えた。

二年前、舛木の娘は商業高校を卒業して民間企業の経理部門に就職した。ところが、昨年の春に体調を崩して会社を休むようになった。病院で検査をするも原因はわからなかった。回復の兆しが見えないので、あるとき都内の大学病院で精密検査を受けたところ、原因が判明した。免疫性の希少疾患。医師によれば、日本では症例が少なく、治療法も確立されていない難病だという。

免疫性の難病とはどんなものなのか、斉賀は想像できなかった。

「体内の免疫システムに異常が起きて、本来、自分の体を守るはずの抗体が体を攻撃してダメージを与えるんです」

敦子は、ためらいがちに写真を差し出した。

「娘です」という言葉に斉賀は息をのんだ。そこに写っていたのは、顔全体が異様に腫れあがった年齢不詳の女性だった。

人によっては、国内で認可されているステロイド薬の投与で、治療の効果が期待できた。しかし、舛木の娘にその効果は得られなかった。ほかに唯一期待できるのは、アメリカでのみ行われている最新式のステロイド療法だった。継続的な治療が必要で、費用は五千万円以上。治療期間が長期に及べば、さらに金がかかるといわれていた。

食品工場で働く敦子には、到底用意できる金額ではなかった。ネットで呼びかけて出資を募る方法がある、手助けしてくれる支援団体もあると病院で教わった。だが、世間の人たちに自分の病気が知られるのが嫌だと娘が拒否した。

舛木に頼ろうかと思ったが、舛木が用立てできないのはわかっていた。離婚する際、養育費など金銭を受けとらなかったのは、母の介護と治療費ために、舛木が貯金を使い果たしていたのを知っていたからだ。

それでも頼れるのは、元夫しかいなかった。敦子は、舛木に娘の病気のことを打ち明けた。舛木は、自分が何とかするといった。一か月ほどして、舛木から敦子へ、治療費を援助してくれる団体が見つかった。近々、警察をやめるから退職金も入ってくると連絡があった。

「敦子さんの銀行口座に三千万円が振り込まれたそうです。入金元は南郷物産という会社でした」

舛木は表情を変えず、斉賀の話にじっと耳を傾けている。

「南郷物産は一応、商社ということになっていますが、ここ数年はほとんど取引のない、いわばペーパーカンパニーに近い会社です。この会社にどうして三千万円もの金があったのか。金の出どころを調べたら、サイバークロスの関連会社から南郷物産へ三千万円の入金があったんです。サイバークロスは、もちろんご存じですよね？」

舛木が、「そら、知ってる」とこたえた。

サイバークロスは電子部品の開発と製造を主な事業としているＩＴ系のベンチャー企業だ。社長は祖父江（そぶえ）信行（のぶゆき）。光宗会の元幹部信者である。

「舛木さん。あなた、祖父江とつながってますよね」

斉賀が語気を強めると、舛木のほうは、一拍遅れて、ハ？　と声を出した。

「桐原長官を襲ったあなたの背後には、祖父江がいるんじゃないですか」

「何をいうんだ、急に。バカも休み休みにいえ」

「じゃあ、祖父江の息のかかった会社が、どうして三千万円もの大金をわざわざほかの会社を経由して、あなたの元奥さんに送るんですか」

「そんなの、俺の知ったこっちゃない。第一、俺と祖父江に接点でもあったか」

斉賀は言葉に詰まった。実際、舛木のいうとおり、現時点で舛木と祖父江のつながりはつかめていない。だが、長年、公安部で〝作業班〟としてターゲットとなる人物の情報集めを生業としてきた舛木なら、カルト団体の元信者と接点が、どこかであってもおかしくはない。

二十八年前、地下鉄サリン事件から二か月後、教祖の徳丸宗邦は逮捕された。光宗会は解散に追い込まれたが、熱心な信者は教祖の教えを信じて宗教活動を続けた。純粋な信仰心をよりどころにしていた信者ばかりではなく、なかには、警察への敵対心から群れをなす信者もいた。

今でこそ祖父江は、教団を脱会してＩＴベンチャー企業の社長におさまっているが、徳丸の洗脳から抜け出しているのかは不明だ。もし、今も徳丸を心のよりどころとしているなら、警察組織への報復を考えていたとしても不思議ではない。二十八年前、公安部で光宗会と対峙していた桐原は現在の警察庁長官、うってつけのターゲットともいえる。

社会的に成功した祖父江は、いつか桐原を殺そうと目論んでいた。そのために、自らが手を下さずに誰か実行役となる人間を捜していた。

舛木には、警察への、とりわけ桐原への恨みはたしかにあったのかもしれない。だが、殺意まではなかった。ところが、娘のことで大金が必要になった。祖父江と舛木、二人の間に秘密の取引が成立し、舛木は大金と引き換えに桐原殺害を請け負った。そんなシナリオがあったのではないか。

「父親の恨みを晴らすために桐原長官を襲ったというあなたの動機は、祖父江にすれば、自分に疑いが向かない格好の理由になる。そうでしょう？」

「いやあ、すごい想像力だ。おそれいる」

舛木が唇の片側をつり上げた。

「いろんな話をくっつけて、よく考えたもんだ。だけどな、俺は親父の恨みを晴らすためにやったんだ。女房や娘のことも祖父江のことも関係ない」

「じゃあ、敦子さんの銀行口座に南郷物産から入金された三千万円は何なんですか」

「別れた女房の金の出入りなんて、何にも知らん。何度もいうが、俺はずっと警察を恨んでた。死んだ親父の無念を晴らしたかっただけだ」

「舛木さん……」

手札は出し尽くした。だが、舛木の仮面は剝がれなかった。

取調室のドアが開き、取調官の右田が姿を見せた。「もういいか」

斉賀と入れ替わって右田が席に着く。

舛木は斉賀の存在を忘れたかのように右田を見て、よろしくお願いします、と頭を下げた。

斉賀の胸を切なさが駆け抜けていく。舛木がシラを切り続けるのは、長官の命を狙った真相を娘に知られたくないからではないのか。

唇をかみしめて部屋を出た。

体の芯で何かがくすぶっていた。

思わず壁を肘で叩いた。乾いた音がむなしく廊下に響いた。


舛木と面会した翌日――。

疲れがたまっているせいか、朝の陽ざしが目にまぶしかった。今日も、丸の内署前の歩道は、通勤者がなかなか前に進めないほど、マスコミ関係者でごった返している。

テレビ局のリポーターが庁舎をバックにテレビカメラの前でマイクを握っていた。

マスコミは勢いづいている。桐原長官を自宅前で狙撃した犯人が、二十八年前の海江田長官狙撃事件で、警備を担当していた警察官の息子だったというニュースが、今朝からテレビで流れていた。

興奮するマスコミ関係者を斉賀はどこか冷めた目で見つめていた。メディアは事件の表層だけをなぞり騒ぎ立てている。それはそれでいい。彼らの仕事だからだ。しかし、警察はメディアと同じというわけにはいかない。

現在、捜査本部は、舛木と祖父江の関係洗い出しに全力を注いでいる。

舛木は、桐原個人への過去の恨みが犯行動機という主張を、訳あって貫いている。一方で、舛木の背後にいるとの疑いが浮上している祖父江は、光宗会を潰した警察への恨みから、舛木に桐原を襲わせた疑いがあり、捜査本部はこの線に主眼を置いて捜査を進めようとしている。

最初は、斉賀もそう考えた。だが、今は、祖父江の動機に疑問を感じている。見立てどおりに祖父江が絡んでいるとしたら、舛木同様、今さら行動を起こすのは、どうしてなのか。

斉賀は公安部にまだ一年しかいない分、〝公安思考〟に完全に染まっていない。そのせいか、今回の桐原長官への襲撃が、カルト団体の警察組織への怨念に起因して起きたとの筋立てに、どこか釈然としないものを感じ始めていた。

マスコミ陣をかき分けるようにして庁舎に入った。外の喧騒は遮断されたはずだが、今日に限ってなかも騒々しかった。険しい顔で廊下を走り抜けていく者、顔を寄せ合って立ち話をしている者。署員の間にいつもとは違う緊張感が漂っている。

斉賀は、顔見知りの署員に、何かあったんですかと尋ねた。

「勾留されていた被疑者が、さきほど救急車で病院に運ばれたんです」

「その被疑者とは誰ですか」

「舛木警部補です。留置室のなかで……」

背中に冷たいものが走り、すぐに駆け出した。

留置室の前の人だかりを押しのけて前に進む。

加辺の姿を見つけて「何があったんですか」と尋ねた。

「衣類を使って首を吊ったそうだ」

頭の中が真っ白になった。

「留置室の巡視役が、わずかな時間、目を離した隙にやったらしい。おそらくタイミングを狙っていたんだろうな」

「容体は?」

加辺は苦々しい表情を浮かべていった。「発見されたとき、息をしていなかったそうだ」

自分だけが背負って、墓場に持っていくつもりか……。

取調室での舛木を思い返した。斉賀の質問をのらりくらりとかわしていった。サイバークロス社長の祖父江との関連を認めず、ただ個人的な恨みで桐原を狙撃したという主張を貫いた。

しかし、内心では、不安と焦りを抱いていたのではないか。捜査が進めば、いずれ真相が明らかになる。娘の難病治療費の対価として桐原長官の殺害を請け負ったことが、白日の下にさらされる。当然、別れた妻と娘もそれを知ることになる。

だが、自分が死ねば、公判は開かれず、真相にはたどり着けなくなる。警察にしても、身内の人間が命を代償に収束を図ったとなれば、武士の情けで矛を収める。

留置室のなかを署員が現場検証していた。ねじれたシャツが床に落ちているのが目に入ったとたんに、視界が暗くなり、首に布を巻き付けた舛木の幻が現れた。

「そんなの、だめですよ!」

皆の視線が一斉に斉賀のほうへ向いた。

「おい、行くぞ」と加辺に腕を引っ張られた。

だが、斉賀はその場を動かなかった。

「ここにいたって、どうにもならんだろ」

いつもなら怒鳴るはずの加辺が、諭すような声でいった。


朝の捜査会議は、舛木の自殺騒動を引きずって、落ち着かない空気のまま進行した。各班から捜査の進め方について説明があると、いつもは小言を並べるひな壇の幹部からも特に意見はなく、会議は早々に終了した。

斉賀は捜査本部にとどまって、書類の整理や電話番などの雑務に追われた。舛木に関する情報が一時間おきにもたらされたが、内容は同じだった。心肺はかろうじて動いており、意識不明の状態が続いているという。

夜の捜査会議でも、会議の冒頭、丸の内署の署長から舛木の容体についての説明があり、そのあと、進行役の守屋の指名で佐山（さやま）という捜査員が立ち上がった。

佐山は四十歳前後。細面で鋭い目をしている。公安部でエース格といわれる捜査員の一人だ。

「現在の祖父江は、光宗会の後継団体やほかの元信者との接触はないようです」

「それはこっちが情報をつかんでいないだけじゃないのか」とすぐに丹下が問う。

「祖父江は、二十八年前、逮捕されなかった有力信者の一人です。担当部門の監視は、長年、徹底していました。行動確認に穴があったとは考えにくいです」

「なら、祖父江は、光宗会の影響から完全に脱していたということか」

「その可能性が高いと思われます。教団を潰した警察への復讐が動機という点は慎重に判断すべきと考えます」

佐山はそうこたえて席についた。光宗会と安易につなげるべきではないという意見が、公安部の捜査官から出てきたのは、斉賀にとって意外だった。だが、それ以上に驚きだったのが、そうした声に、丹下を始め、ひな壇の幹部から異論が出なかったことだ。Uメモの件や、舛木の自殺に至る経緯が、ここにいる警察官全員に意識の変化をもたらしたのかもしれない。

「祖父江とサイバークロスについて詳しく調べた結果を申し上げます」

次に立ち上がったのは、知らない顔だった。捜査員は「丸の内署、刑事二課の庭田(にわた)です」と名乗った。

手元の書類に視線を落としながら庭田が語り出した。

光宗会解散後、祖父江はシステム関係の会社に就職。似たようなIT系の企業を二社渡り歩いたあと、十年前に、企業向けの通信システムをてがける会社を創業。それがサイバークロスだった。

会社は右肩上がりの業績で、近年は、高付加価値の電子部品の開発、製造にも事業分野を広げていた。

「祖父江が、最近、もっとも力を入れているのが、6Gと呼ばれる次世代通信市場への参入です。祖父江の会社に限らず、5G関連の製品開発で外国のメーカーにおくれを取った日本のIT企業は、5Gの次世代通信、6Gに狙いを定めて開発を進めています。この6Gが実用化されると、ひとつの例ですが、遠隔監視のセキュリティシステムで監視の精度が格段に向上するといわれています。すでにいくつかの会社では、6Gタイプの新型セキュリティシステムの開発を進めており、なかでも特に力を入れているのが、サンライズセキュリティです」

サンライズセキュリティは、業界一位の大手警備保障会社だ。そのサンライズセキュリティを傘下に置くサンライズ本体は、医療や保険の分野でも事業を展開している日本有数の大企業である。

「祖父江は、サイバークロスで開発した6G向けの電子部品を、サンライズの次世代型遠隔セキュリティシステムの基幹部品として売り込もうと考えているようです。サンライズに部品を納入できれば、サイバークロスにとってはこれまでにない莫大な収益が見込め、国内分だけでも、少なく見積もって百億円はくだらない額になります。サンライズセキュリティは、近年、インドネシアやシンガポールなどにも進出して業域を拡大していますので、将来的にはさらなる売り上げも見込めます」

庭田が一呼吸置いた。

「ただ、こうした6G関連の電子部品を開発しているのはサイバークロスだけに限ったことではありません。セキュリティシステム関連の開発を進める有力なIT企業が国内にもう一社あります。エイキ電子という会社です」

エイキ電子？　最近、どこかで聞いた名前だった。

「会社の代表者は英元喜一（ひでもときいち）。英元氏は桐原長官の妹の夫。つまり、義理の弟にあたります」

思い出した。桐原のマンションへ向かっているときに加辺から教えられた。

しかし、どうしてエイキ電子の社長と桐原の関係がここで語られるのか。捜査員はみな同じ疑問を感じているのか、場に微妙な空気が流れた。

「サイバークロスとしては、サンライズからの大型受注を是が非でも取りたい。だからこそ、競合するエイキ電子の存在が目障りでした。しかも、エイキ電子の社長と桐原長官は親せき関係でもありますから」

「ちょっと待て」

丹下が庭田の説明を止めた。

「桐原長官とエイキ電子の社長が親せきだからといって、それがサンライズがらみの大型受注にどう関係してくるんだ」

「ここからは憶測になりますが、発言してもかまわないでしょうか」

「続けろ」

「現在、サンライズセキュリティには、警察庁ＯＢの上杉（うえすぎ）元長官が顧問として在籍しておられますが、今年の六月での退任が決まっています。上杉元長官の後釜には、桐原長官が収まると噂されています」

昨年の夏に元首相を襲撃する事件があり、当時、警察庁ナンバー2の次長だった桐原は、急きょ、長官に就任した。だが、年齢と年次を考えると、桐原は一年で退官するのが既定路線である。

「桐原長官がサンライズセキュリティへ再就職すれば、大型受注の獲得は、桐原長官の義弟が代表者を務めるエイキ電子が有利になる。そう考えた祖父江は、強い危機感を持ったのではないでしょうか」

「要するに」丹下が太い声を発した。「祖父江が舛木に長官の殺害を依頼した動機は、光宗会を潰されたとか、徳丸を死刑にされた恨みではなく、企業競争のためってことか」

「断言できませんが、その可能性はあると思われます」

百億円超のビッグビジネス——祖父江としては何としてもこの仕事を取りたかった。そのためには、桐原長官のサンライズセキュリティへの再就職を阻止する必要があった。そこで祖父江は、桐原長官の殺害という禁断の策に打って出た。公安部の捜査員である舛木が金に困っていることを知り、桐原殺害を持ちかけた。

庭田のいうとおり、これはあくまで憶測の域を出ない。もし事実なら、祖父江にしても、かなり危険な橋を渡ることになる。果たして、そこまでやるだろうか。

動機の裏付け捜査はまだ始まったばかりで、わからないことが山のようにある。舛木と祖父江をつなぐ線も見つかっていない。

だが、舛木が本当のことを喋ってないのは確かだ。そうでなければ、自殺などしないだろう。

ただ——別の疑問が脳裏をよぎる。もし、舛木が祖父江の依頼を受けたのだとしたら、祖父江は舛木に、教団潰しの恨みと信じ込ませて犯行を依頼したのか。いや、そんなことはない。舛木のことだ。祖父江の真意を知ったうえで、引き受けたのではないか。

つまり、舛木と祖父江にとって、桐原襲撃は7330にひっかけた別の目的の事件だった。

さらに、その事実が表に出ないよう、舛木は自らの命を賭した。

「祖父江を任意で引っ張れ。裏取りにも全力を注げ」

丹下の命令に、捜査員が一斉に、ハッと力強く返事をする。

彼らの熱気で室内の温度はさらに上昇しているはずが、斉賀だけは、見えない膜に隔たれて、冷たい空気のなかにいるようだった。

青井圭一

腹を壊したという矢部が、急きょ店を休んだので、一人で店番となった。

今日は週に一度の納品の日でもあった。普段は、矢部に店番を任せてバックヤードで届いた商品の確認をするところだが、一人なので店を空けるわけにもいかず、出入りを繰り返しながら仕事をした。ところが、こんな日に限って、予定していた商品のひとつが届いておらず、客に謝罪の連絡をしたり、納入元の代理店へ納品時期を確認したりと、日中は何かと忙しかった。

夕方になると、スタジオ借りの客が一斉に押し寄せてきた。ラストの客がスタジオに入ってようやく一息ついたときには午後八時をまわっていた。

昼食を食べる暇もなかったので、一階の事務机で握り飯を食べながら、スマートフォンでネットのニュースを眺めていた。

ある見出しに目が留まった。『長官狙撃の犯人が救急搬送』

桐原長官を撃った舛木篤郎が、今朝、留置場で自殺を図り、救急車で病院へ運ばれたという。

すぐに斉賀のことが頭に浮かんだ。沙月のメモで舛木の名前を目にしたとき、斉賀は珍しくうろたえていた。舛木という警察官は知り合いかと尋ねたら、同僚だといっていた。その翌日、桐原長官狙撃の容疑者として舛木が逮捕されたとニュースで報じられた。斉賀からは何の連絡もなかったが、沙月のメモが逮捕につながった可能性はある。

救急搬送のニュースは午前十一時ごろの配信だった。その後の舛木の容体について新たな情報はないかと、ニュースサイトをくまなくチェックしたが、何も報じられていなかった。

店を閉める時間となった。スタジオの点検を終えて一階に戻ると、ガラスドアの向こう側に見覚えのある人影が見えた。

「斉賀さん、どうしたんですか」

店のドアを開けて、斉賀をなかに入れた。

「急に来てすみません」

酒を飲んできたのか、目のまわりがうっすらと赤い。

「この前はありがとうございました。奥様のメモのおかげで逮捕できました」

手柄をあげたはずだが、斉賀はさえない顔をしていた。無理もない。逮捕されたのは同僚で、しかも、今朝、その人物は自殺を図ったのだ。

青井はバックヤードの冷蔵庫からミネラルウォーターのペットボトルを二本取り出して、一本を斉賀に渡した。

「いただきます」

斉賀は、ボトルの半分ほどを一気に飲むと、大きく息を吐いた。

「逮捕された犯人が自殺を図ったとニュースで見ましたが」

「かろうじて心肺は動いています。ただ、意識はない状態です」

「しかし、どうして自殺なんて……」

「まだ、はっきりしたことはいえませんが、真相を隠すためだったんじゃないかと。舛木が桐原を襲った本当の動機は、父親の恨みではなく金のためだった可能性があります」

「金のためですか？」

ここだけの話にしてくださいと前置きしてから、斉賀は重いものを吐き出すように語った。

舛木の娘が難病にかかっていたこと。治療には数千万円レベルの金が必要だったこと。その金を得るために、光宗会の元信者から殺しの依頼を引き受けた疑いがあること。娘の治療費が犯罪の対価によって支払われたものとわかれば、舛木の娘は苦しむ。そうならないよう、元信者との関係が表に出てしまう前に、自殺しようとしたのではないか——。

「私は、舛木の別れた妻に会いに行って、娘の重い病気のことを聞き出しました。でも、今はそのことを……後悔しています」

「後悔？」

「掘り起こす必要はなかったんじゃないかと。そんなことしなければ、舛木は」

グシャ。言葉に詰まった斉賀が、ペットボトルを握りつぶしていた。

圭一には、わかった。自分が自殺のきっかけを作ってしまったと斉賀は感じているのだ。

「警察官としても、人間としても、私は舛木を尊敬していました。舛木だって、好きで事件を起こしたわけじゃない。胸の内では誰にもいえない葛藤があったんだと思います」

どこかの店の灯りが消えたのか、ガラスドアに映る光が瞬いた。明々と照り映えていたはずの商店街も、この時間になると徐々に灯りの数が減っていく。

「お邪魔しました」斉賀がすっと立ち上がった。

「また来てください」斉賀の背中に声をかけて見送った。

誰にもいえない葛藤――斉賀が発したその言葉が、圭一の耳に残っていた。

斉賀から舛木の話を聞いているうちに、舛木と友康を自然と重ね合わせていた。友康にしても圭一に本当のことがいえずに悩んでいたのではないか。カルト団体に入信した幹子の死。妻の死から立ち直れなかった修の死。両親の死んだ理由を伝えるべきか否か。伝えれば傷つけやしないか。圭一のためには何が正解なのか。

だが、圭一の前では悩む様子を見せることもなく、明るく振る舞い続けた。一人、スタジオでドラムを叩いていたのは、葛藤を忘れたいがためだったのかもしれない。

口ひげからのぞく白い歯。陽気な声。

――ドラムってのは、力を抜くほどいい。覚えとけよ。

鼻の奥がつんとなった。そして、ドラムが無性に叩きたくなった。

圭一はドラムスティックを摑むと、地下のスタジオに降りた。そして、深夜までドラムを叩き続けたのだった。


翌日、事務仕事をしながら、修のギター演奏をラジカセで聴いていた。

昨晩は久しぶりにドラムを叩いているうちに、友康がやっていたように、自分もカセットテープのギターにあわせて演奏してみたくなった。今日も店が終わったら、スタジオでドラムを叩くつもりだ。その前に、ギター演奏をしっかり記憶しておこうと、三本のテープを繰り返し聴いていた。

うち二本のテープには、「The Rolling Stones」、「Guns N' Roses」と手書きされたラベルが貼ってある。圭一はネットの無料動画でロックバンドの原曲を見つけて、ドラムの叩き方を細かいところまで確かめた。

ただ、あとの一本だけはラベルがはがれていて、どのバンドの曲なのかわからなかった。おそらく、曲の雰囲気から、ほかのテープと同じで海外の古いロックバンドの曲だろうというのは予想がついた。

「おはよっす」

矢部が店に現れた。長髪をポニーテールに縛り、オーバーサイズの軍用コートを羽織っている。コートを脱いだ矢部が「昨日は、すんませんでした」と頭を下げる。

「おなかは治ったの」

「もう、大丈夫っす」

「矢部君、ちょっと教えてほしいんだけど」

「何すか」

「どのバンドの曲か、わからないときって、どうやったら調べることができる？」

「そんなの、ネットで簡単に検索できますよ」

「ネットで？　どうやって検索するの？」

「曲を鳴らしてスマホに聞かせるんですよ。人の声を拾うのと同じようにして検索してくれます」

「このラジカセに入ってるテープの曲なんだけど、わかるかな」

矢部がスマートフォンを取り出し、「曲を鳴らしてみてください」といった。

圭一はテープを再生した。

矢部がスマートフォンをラジカセに近づけた。三十秒ほどたって、矢部はスマートフォンの画面を見て、うーん、と首をひねった。

「ヒットしませんでした。たぶん、原曲にアレンジを加えてるからかも」

「それだと、わかんないよね」

「いや、そうでもないっす。たぶん、俺、この曲知ってますから……これじゃないかな」

矢部のスマートフォンから音楽が鳴り出した。

ところどころ音が外れているところもあるが、たしかにこの曲だった。

「これです」と矢部が、圭一に動画サイトの画面を見せた。

『Live Forever / Oasis』

曲はリヴ・フォーエヴァー。演奏はオアシス。有名なバンドだが、曲は知らなかった。

「ありがと、助かったよ。アメリカンロックは全然わからなくて」

「店長。違いますよ」矢部がニコッと笑った。「オアシスはUK、イギリスっすよ」

矢部と店番を替わって、圭一は昼の休憩に入った。

二階の自宅に戻ると、動画サイトでオアシスが演奏する『リヴ・フォーエヴァー』を再生した。オアシスの原曲と比べると、修のものと思われる演奏は音のキーが少しずれているところがある。

ほかの二本のテープの演奏では、こういうことはなかった。考えられるのは、この『リヴ・フォーエヴァー』だけは、楽譜なしの、いわゆる〝耳コピー〟で演奏したものだからかもしれない。

思えば、友康は海外のロックをよく聴いていた。兄の修にしても弟と同じジャンルが好みで、オアシスはお気に入りのバンドのひとつだったのかもしれない。
カップ麵の封を切る。やかんに水を入れ、コンロに火をつけた。
お湯が沸くのを待つ間、圭一はスマートフォンでオアシスを検索した。

フリー百科事典
オアシス（Oasis）は、イギリス・マンチェスター出身のロックバンド。一九九一年結成。二〇〇九年解散。
メイン・ソングライターの兄ノエル・ギャラガーとボーカルの弟リアム・ギャラガーのギャラガー兄弟を中心に結成され、全世界でのトータルセールスは七千万枚以上を記録している。

兄弟で結成したバンド。兄のノエルはギター。弟のリアムはボーカル。なるほど、と思った。パートこそ違うが、修と友康は、兄弟で結成したこのイギリスのバンドに憧れていたのかもしれない。

一九九三年
十月、クリエイション・レコーズと契約。
一九九四年
二月、ザ・ヴァーヴのギグに参加するためにアムステルダムへ船で移動中、ノエル以外のメンバーが乱闘を起こし、強制送還される。

口元が自然と綻んだ。決してお行儀のいいバンドではなかったらしい。


四月、シングル『スーパーソニック』でデビュー。ＵＫチャート三十一位。

八月、サードシングル『リヴ・フォーエヴァー』をリリース。ＵＫチャート十位。


『リヴ・フォーエヴァー』は、デビューした年に発表した曲のようだ。

圭一は曲のリズムにあわせて鼻歌を歌った。やかんの口が甲高い音をたて始めている。スマートフォンを置いて、圭一はカップ麺の封を外しにかかった。

不意に手が止まった。え、どういうこと？

カップを置き、スマートフォンを手に取った。オアシスの来歴をもう一度目でなぞる。

修が亡くなったのは一九九三年の秋。だが、この『リヴ・フォーエヴァー』は一九九四年にリリースされている。修がこの曲をコピー演奏できるはずがない。

では、演奏しているのは、修ではないほかの誰か。あるいは――。

やかんの甲高い音が鳴り響き、ボーカル、リアム・ギャラガーの声をかき消した。

ありえない。絶対にありえない……。

圭一は、火を止めるのも忘れて、しばしの間、スマートフォンの画面を見続けた。

最寄りの駅で降りてタクシーに乗った。

十分ほど走ると、この前、斉賀と一緒に訪れた施設が見えてきた。

四階のフリースペースに入ると、岩滝と利美がすでに待っていた。

「急にご連絡して申し訳ございません」

「毎日、暇を持て余していますから、こうして来ていただけるのは、大歓迎です」

岩滝は笑顔でこたえた。車いすの利美も圭一を見上げて微笑んでいる。

「警察の方、斉賀さんでしたか、あの方はいらっしゃらないのですか」

「今日は斉賀さんがいないほうが、岩滝さんもお話ししやすいかと思いまして」

岩滝が怪訝そうな表情をしたが、圭一はかまわず話を続けた。

「光宗会をめぐる両親の話は衝撃でした。岩滝さんから話を聞いたあと、しばらくの間は、本当のことを話してくれなかった叔父を恨めしくも思いました」

「そうですか。今さら話す必要などなかったのかもしれませんね」

「いいえ、そんなことはありません」と圭一は首を振った。

「本当のことを話してくださって感謝しています。叔父にしても、僕に何もいわずにずっと胸のなかに秘めていたのは辛かったんじゃないかと。だから、叔父を恨んだり責めたりするのは違うと今は思っています」

「それなら、よかった」

「といっても、気持ちが晴れたわけではありません。父のことがずっとひっかかっています。幼い僕を置いて自殺同然で亡くなったというのが、どうしても解せなくて」

圭一は岩滝を正視した。

「岩滝さん。父が死んだというのは、嘘なんじゃないですか」

「そんなこと、あるはずがありません」

岩滝が首を横に振った。

「父が亡くなったのは一九九三年の十月ですよね。戸籍にも記録がありました。だけど、そのあとも父が生きていた証拠らしきものが見つかったんです」

圭一は、ラベルの剝がされたテープに残っていた修のギター演奏のことを話した。その原曲は、一九九四年の八月に発表されたものであること。前の年に亡くなっていたら、コピー演奏は絶対にできないこと。

だが、圭一の言葉に、岩滝はさして驚いた様子も見せなかった。

「そのテープですが、修さんの演奏ではない、ということはありませんか」

「もちろん、その可能性もあります。ですが、父の演奏のように思えるんです。なぜなら、そのテープは、父らしき人物と叔父の会話が録音されていたテープと一緒に保管してありましたし、どのテープのギター演奏を聴いても、音の特徴や弾き方の癖が同じでしたから」

岩滝は腕を組んで思案顔になった。

圭一は、「岩滝さん」と呼びかけた。

「実は、父の死は偽装だった。あなたはそれをご存じだったのではないですか」

岩滝は、床の一点をじっと見据えて、口を結んでいる。

広い空間のどこからか、入所者の笑い声が聞こえた。

「ごめんなさい。そのとおりです」

声の主は岩滝ではなく利美だった。柔らかい声のなかに、覚悟を決めたような響きがあった。

「もう、全部話してあげましょう」

利美の言葉に、岩滝がしばしの間、目をつぶった。やがて目を開くと、こういった。

「圭一君のいうとおり、修さんの死は偽装でした」

胸の鼓動が、ドンと音を立てて跳ね上がった。

「では、父は生きているのですが」

「その前に、どうして修さんの死を偽装しなくてはいけなかったのか、まずは、そこからお話しします」

岩滝は硬い面持ちで「私は……息子の仇を討ちたかったんです」といった。

「息子は教団施設で死亡しました。調べた結果、修行中に体調を崩して亡くなったというのも、どうやら本当でした。それでも、私は、教祖の徳丸宗邦が何の罪にも問われないのはおかしいと思い、何度も警察に相談しました。しかし警察は、事件性がないので捜査はできないの一点張りでした。あきらめきれない私は、マスコミにも訴えましたが、そのときはまだ、光宗会のカルト化をマスコミは重く受け止めていなくて、私の訴えに真剣に耳を傾けてくれませんでした。息子の死が、まるで息子本人のせいでそうなったと思われているようで、とても悔しかった。何より徳丸が何の罰も受けずにのうのうと生きているのが、許せませんでした。こうなったら、自分の手で徳丸に罰を与えたい。息子の復讐のために、徳丸を殺さなくてはと思うようになっていったんです。それで、私と同じように家族を失った修さんに、一緒に家族の仇を討とう、徳丸宗邦を殺そうと誘ったんです」

徳丸を殺さなくては――。現実離れした話とは思えなかった。岩滝の真剣な口調がそれを物語っている。

「修さんに声をかけたのは、同じ境遇だからという理由だけではありませんでした。元自衛官の修さんなら、私よりも確実に徳丸殺しを達成できるとも思ったのです」

修が自衛官。すっかり忘れていた。そういえば、酒に酔った友康が、修が楽器店を始める頭金を貯めるために、三年間、自衛隊に入っていたという話を、一度だけしていたことがあった。

「しかし、修さんは私の誘いを拒否しました。たしかに徳丸宗邦のことは、殺したいほど憎い。だからといって、自分は人殺しになりたくないとおっしゃっていました。それだけじゃない。頭に血が上って周りが見えなくなっていた私に、そんなことを考えるのはやめましょうとも諭してくれたんです。修さんの言葉に、私も一時は冷静さを取り戻していきました。ですが……」

岩滝がいいにくそうに口をつぐんだ。すると――。

「私です。私が修さんにお願いしたんです」利美が強い口調でいった。「何としても、娘の仇を討ってほしいと」

「息子さんではなくて、娘さんの、ですか？」

「ちゃんとお伝えしていませんでしたが、私と岩滝さんは、正式な夫婦ではありません。私の苗字は樋口(ひぐち)といいます。岩滝さんには息子さんが、私には娘がいました。〝家族会〟で知り合うまでは赤の他人でした」

利美は両手を膝に置いて、圭一を見据えた。凜としたたたずまいに、これまでとの印象が変わって見えた。

「警察の記録には、光宗会の信者で亡くなったのは、青井幹子さんと岩滝さんの息子さんのお二人ということになっていますが、実はもう一人亡くなっています。それが私の娘です」

利美が問わず語りに話した。利美の実家は三鷹市にあり、代々、不動産業を営んでいた。商才のあった利美の父は、家業を法人化し、開発事業を手掛けて大きく成功した。一人娘だった利美は、父が跡を継がせたいと考えていた社員と結婚し、やがて娘が生まれた。ところが、夫が会社の金を私的に使い込んでいることがわかり、怒った利美の父は夫を会社から追い出した。夫には愛人がいたらしく、会社を辞めたと同時に利美とも離婚した。

子供は利美が引き取って育てた。父に命じられるまま、利美は会社の役員になった。生活に困らないようにという父の恩情であることはわかっていた。ただ、単純にそれに甘えてはいけないと、利美は不動産や経営の勉強をして、父の会社を盛り立てた。一方で、忙しさのあまり、娘への目配りは足りなかった。高校生だった娘は、学校でのいじめがきっかけで不登校になっていた。だが、引きこもりというわけではなく、ときどき一人で街に出かけていた。

「あるとき、街で光宗会の信者から勧誘を受けてセミナーに参加したんです」

それから頻繁にセミナーに参加するようになった。娘が前より明るくなったので、初めは光宗会に悪い印象はなかった。ところが、そのうち、娘はセミナーへの参加にとどまらず、教団施設にいりびたるようになり、家に帰ってこなくなった。

気になって光宗会のことを調べたら、あやしげな教義を掲げる宗教団体ということを知った。利美は娘に、光宗会と距離を置くよう伝えたが、そのころには手遅れだった。娘は利美の言葉に耳を貸さなくなり、教祖の教えが絶対と口にするようになっていた。どうすることもできなかった利美は、〝家族会〟に参加したが、状況は好転しなかった。

「ある日、娘が久しぶりに家に帰ってきたんです」

娘はひどく疲れた顔をしていた。何を聞いてもぼうっとして、心ここにあらずという感じだった。その日から光宗会の施設には行かなくなり、部屋にこもるようになった。

「それから一週間後に、娘は自分の部屋で首を吊ったんです」

夜、仕事から帰った利美が見つけたときには、すでに手遅れだった。部屋には遺書があった。利美への謝罪の言葉、さらには、光宗会に騙されたという内容が記されていた。

だが、それだけでは終わらなかった。娘は検視で妊娠していることが判明した。

娘がどうして身ごもるのか。利美は教団関係者のところへ行き、何があったのか、説明してほしいと訴えた。

教団は、セミナーに参加していたが、プライベートなことは何も知らないと主張した。それどころか、教団とは別のどこかで、ふしだらなことをしていたのではないかとまでいった。

そんなはずはない。遺書にあった光宗会に騙されたという文章は何だったのか。真実はわからずじまいだったが、あとになって教団を脱会した元信者が教えてくれた。

「娘は教祖の徳丸宗邦にもてあそばれていたんです」

そのことを警察に相談したが、立証する材料が乏しく、岩滝の息子のときと同じで、刑事事件として扱うのは難しいといわれた。どうして娘はこんな目にあったのに、徳丸を罪に問えないのか。怒りと悲しみで利美は気が狂いそうだった。利美自身、生きる気力を失い、〝家族会〟に参加することもなくなった。

そんな利美を気にかけて、岩滝がときどき電話をかけてくれた。電話口では、毎回、感情があふれて止まらなくなった。あるとき、「徳丸を殺したい」と口走っていた。すると岩滝がこういった。「実は私も殺したいと考えて、青井さんに協力を仰いだんです。だけど、それはだめだと青井さんから諭されました」

その話を聞いた利美は、気持ちが収まるどころか、むしろ仇を討ちたいという思いが強くなった。教団によって家族を失った者同士、似たような気持ちを抱いているなら、力をあわせて復讐を果たすべきだと岩滝に訴えた。

そのころ、利美は父から引き継いだ会社の社長になっていた。事業は成功して、金は潤沢にあった。どうにかして娘の仇を討ちたい。だが、常に信者に囲まれている徳丸を殺すのは、個の力では無理だった。他人の力がいる。しかも、誰でもいいというわけにもいかない。頼れるのは、同じく家族を失った境遇で、自衛隊にいたこともある青井修だった。

修は妻を亡くしただけではなく、幼い息子はてんかんを患っている。治療のための手術はアメリカでしかできないし、かなり高額な費用がかかるという話も、岩滝から聞いていた。

「それで私は、意を決して修さんに伝えました。息子さんのアメリカでの手術費用を援助するから、あなたの力で徳丸宗邦を殺してくれないかと。修さんは、そんなことはできないと拒みました。ですが、私も引き下がりませんでした。強い言葉で修さんを何度も説得しました。いえ、あれは説得なんかではなく、脅しといってもいいものでした。息子さんがかわいそうじゃないのか、親ならどんなことをしてでも自分の子供を救うべきじゃないかと、責めるようにいいました」

利美さんだけじゃありません、と岩滝が口を挟んだ。

「一度は、修さんの説得で殺意を胸の奥に収めようとしていた私も、利美さんの思いを聞くうちに、徳丸殺しに再び気持ちが傾いていきました。それで修さんに、力を貸してほしいと頼みました。ただ……この前は、徳丸殺しを修さんに依頼したことを隠していたのでいえませんでしたが、私が圭一君のアメリカでの手術費用を援助したというのは嘘です。当時、私の病院は経営が苦しくてお金を出せる状況ではありませんでした。圭一君の手術費用をすべて負担したのは、利美さんです」

そうだったのか。利美が――。

理由はどうあれ、てんかんの治療ができたのは、利美のおかげだ。思わず「ありがとうございます」という言葉が出たが、いいえ、と利美が首を振った。

「感謝されることなんて何もしていません。金で人を動かそうだなんて、卑怯な真似をしたと思っています」

「卑怯なのは私も同じです。脅かすような言葉を使って修さんに迫りました」

岩滝の表情が歪む。

「医師という立場を利用して、不安をあおる言葉で修さんを脅したのです。てんかんを患う子供は、いつどこで失神して不慮の事故にあうかもしれない、そうなると命はいくつあっても足りない。奥様を亡くして、子供まで失っていいのかと」

「それで、父はどうしたんですか」

「悩んでおられましたが、最後は、徳丸殺しを承諾してくれました」

殺しを承諾した――。胸のまんなかが冷えていく。

「ただし、自分に人は殺せない。直接、手を下すのは無理だから、渡米して殺しを請け負ってくれるプロの人間を見つけてくるとおっしゃいました」

「じゃあ、父はアメリカに行ったんですか」

「ええ」

「死亡したと偽ったのは、どうしてですか」

「修さんからの提案でした。別の人間になりすましたほうが、万が一、犯行がバレても、ほかの人に迷惑をかけないで済むからと。修さんは、ご自分で別人名義の偽造パスポートを準備なさいました。アメリカでかかる費用は利美さんが用意しました」

「だけど、死んだと偽装するなんて、そう簡単にできるものじゃないでしょう」

「もちろんです。そのあたりは慎重に準備をしました」

「叔父は、そのことを知っていたんですか」

「友康さんには、徳丸殺しの計画は一切知らせていません。親族の協力があったほうが偽装はうまくいくと修さんにお伝えしたのですが、弟には秘密にしてことを進めたいというのが、修さんの強い希望でした。それで、私が、修さんが死亡したとする計画のたたき台を作り、利美さんと修さんの二人に意見を聞いて完成させました――」

計画はこうして実行された。週末、〝家族会〟の会合の帰り際に、修が体調不良を訴える。その場にいた岩滝の指示のもと、岩滝の病院へ搬送される。修の体調は病院でいったん落ち着くも、岩滝の判断で病院に一泊する。

「私の病院は、入院施設こそありましたが、息子が光宗会の信者になってからは、息子の奪還を優先していたので、患者の入院は受け入れていませんでした。週末になると、院内には誰もいない状況でした」

病院では岩滝が修の様子を見守る。ところが、深夜になって修の体調が急に悪化。急性の心不全で息を引き取る。岩滝が死亡を確認し、死亡診断書を書く。

「計画どおりにことは進みました」

「でも、死体はどうしたんですか。第一、叔父がおかしいと気づくでしょう」

「そうならないよう、海外旅行が趣味だった友康さんが日本を離れている時期に実行したんです。遺体も実際に準備して火葬しました」

「遺体を準備？　そんなことできるんですか」

「葬儀業者の遺体保管庫には、身寄りがなくて直葬する予定の遺体がいくつも保管されています。そのなかの一つを修さんにして、友康さんが帰国する前に火葬したんです。友康さんが帰国したときに、『ほかの遺体と順番を間違えて先に火葬してしまった』と説明することにして」

岩滝がいうには、当時はバブル経済が崩壊した直後で、自殺者が急増していた。葬儀業者の遺体保管庫には、普段以上に遺体が多く安置されていた。なかには、親族が引き取りを拒否して放置されたり、葬儀業者のうっかりミスで、本来、まだ火葬されるべきでないのに火葬場へ送られたりする遺体もあった。

「しかし、葬儀業者が、わざと遺体を間違えたりすることはないでしょう」

圭一の声は自然と大きくなった。「バレたら警察に逮捕されますよね」

「だから、確実に引き受けてくれる訳ありの業者を選んだんです」

その葬儀業の社長は、バブルの時期に株の投資で儲かっていたが、バブル崩壊後にやめどきを見誤って、ずるずると投資を続けた。その結果、儲けは消え、借金だけが残った。

葬儀業の経営は安定していたが、ノンバンクや怪しげな金融業者からの借金は返済のめどが立たず、資金繰りに窮していた。葬儀業者が経営するセレモニーホールの土地は、利美の不動産会社からの賃貸物件だったが、一年以上、賃料は滞っていた。金額は五百万円以上。その状況を知っていた利美は、葬儀業の社長をひそかに呼び出して、ある企てに協力してくれたら、これまで溜まっていた賃料を棒引きすると提案した。

借金のせいでヤクザまがいの連中に脅しをかけられていた社長は、一も二もなく利美の依頼を受け入れ、直葬される予定の身寄りのない遺体を修に見立てて火葬したのだった。

「結局、その社長は、ほうぼうからの借金を返済できずに夜逃げしました」

修は自分が急死したことを友康が不審に思わないよう、病死とはいえ、限りなく自殺に近い印象を残すような工夫もした。幹子が亡くなってからの辛い気持ちを吐露した内容の日記や、抗不安薬を大量に服用していた痕跡を残しておいた。

「帰国した叔父は、父が死んだと知ってどんな様子でしたか」

「ショックというより信じられないといった様子でした。修さんが亡くなったときの状況や葬儀業者のミスを私が友康さんに説明しました。初め友康さんも、葬儀業者のミスに憤っていましたが、亡くなったことに変わりはないからと、強く責め立てるようなことはしませんでした。それよりも、幼い圭一君を引き取って面倒を見なくてはいけないという強い義務感のほうに意識が向いていたんだと思います」

果たして、偽装死の計画は成功した。そして、修は徳丸殺しの実行犯を雇うためにアメリカに渡った。

「しかし、父は、わざわざ別人になりすます必要はあったんでしょうか」

「私も、死んだと偽装するのは、やりすぎではないか、そこまでしなくていいのではないかと思いました。ただ……私たちと修さんとは、もうひとつ約束を取り交わしていました。徳丸殺しを請け負ってくれる人間が見つからない場合は、修さんに徳丸を殺してもらうという約束です」

ほんと、ひどいですよね、と岩滝が自嘲気味につぶやく。

「修さんは、もし、自分が直接手を下す役目を担うなら、残された友康さんや幼い圭一君に万が一でも、悪い影響が及ばないようにしたい。ひとつは世間の目、人殺しの家族と後ろ指をさされないように。もうひとつは、教祖殺しの犯人の親族とわかれば、光宗会の信者から報復される可能性もある。そのためにも、自分は別人になったほうがいいとおっしゃいました」

修がいなくなってからおよそ三か月後、圭一のてんかん治療の手術のために、友康と圭一はアメリカへ行き、手術は無事に成功した。

「私から修さんに、手術の成功を伝えました。そのころ、修さんは西海岸で実行役を探していましたが、徳丸殺しを請け負ってくれそうな人物は、なかなか見つからなかったようです。修さんは、ご自身で射撃の練習をしているとおっしゃっていました」

修がアメリカに渡って、およそ一年が過ぎたころ、徳丸殺しを請け負ってくれる人間が見つかったと、岩滝らのもとへ連絡があった。

岩滝の表情に影が差した。「加藤充治という男です」

ひゅっと喉が鳴る。修と加藤がここでつながった。

「二十八年前、当時の警察庁長官を狙撃した事件で、容疑者と目された人物ですよね」

岩滝が黙ってうなずいた。

「父はどういう経緯で加藤に依頼したんでしょうか」

「射撃クラブで知り合ったとうかがいました。加藤は長くアメリカにいて、武器や拳銃に詳しかった。加藤は修さんから、徳丸宗邦の暗殺を実行できるスナイパーを捜していると聞き、ぜひ自分が引き受けると名乗り出たようです」

加藤充治に関しては、沙月の原稿にもたしかに名前が挙がっていた。だが、それはあくまで警察庁長官狙撃事件の有力な容疑者としてだ。

「二十八年前の事件で、加藤が自分のことを長官狙撃の実行犯だと供述したのは知っています。でも、今、岩滝さんがおっしゃった、徳丸宗邦を狙っていたという話は、初めて聞きました」

「知らないのは当然です。警察やマスコミも知りません。なぜなら、すぐに立ち消えになりましたから」

「どうしてですか」

「私たちが拒否したのです。理由は、そもそも加藤とは話がかみ合わなかった、それどころか、話すうちに、これは関わってはいけない類の人間だと気づいたんです」

加藤は愛国心が強く、カルト団体などを嫌悪していた。それは理解できたが、日本の警察機構は頼りにならない、いずれ軍隊を復活させなくてはいけない、だが、今の憲法でそれは無理だから、自ら義勇軍を創設しておかしな組織は全部つぶすのだと熱心に説いた。岩滝と利美には、加藤の説は誇大妄想も甚だしいとしか感じられなかったという。

さらに加藤は、自分は二十代の頃に警察官を殺したと自慢げに語った。

「衝撃でした。人を殺した、しかも警察官をだなんて。それを聞いたせいもあってか、加藤の話ぶりから、徳丸殺しだけでは済まない、この男はもっととんでもないことを本気で考えている。万が一、徳丸の暗殺が成功したとしても、英雄気取りで誰にでもしゃべってしまうかもしれない、あるいは、依頼した我々を脅して大金を要求するかもしれないという不安も感じました」

岩滝と利美は、加藤への徳丸殺しの依頼は断ったとアメリカにいる修に伝えた。

「お恥ずかしい話ですが、加藤という強烈な存在を目の当たりにしたことで、目が覚めたというか、徳丸を暗殺すること自体に迷い始めたんです」

「ほかにも、理由がありました」と利美がいった。「ちょうどそのころ、神戸で震災があって、母方の叔母が被災して大けがをしたんです。叔母は独り身だったので、しばらく、私は神戸に行って、身の回りの世話にかかりきりになっていました。加藤という人物に怖さを感じたことと、震災によって目の前のことにも忙しくて。それで、岩滝さんと話し合って、徳丸殺しはやめにしようという結論になったんです」

「父には、そのことを？」

「私から伝えましたが」と岩滝がいった。「修さんは戸惑っている様子でした。本当にそれでいいのか、もう何もしなくていいのか、と何度も訊かれました。私は、もう終わりにするとはっきり伝えました」

「加藤に依頼されて武器の確保にも取りかかっていたので、その後始末にしばらくは時間がかかる、それが全部片付いたら、時期を見て帰国するとおっしゃっていました。友康さんには、自分の口から話すので、それまでは何もいわないでくれと。あとは……」

岩滝の視線が下に落ちていく。

「もう連絡を取り合うのをやめようとおっしゃって。それ以来、修さんとは連絡を取らずに、今日に至りました」

「では、父がいつ日本に戻ってきたのかは、わからないのですか」

岩滝と利美は、申し訳なさそうな表情をして首肯した。

修の消息はわからない——。圭一は重い息を吐きながら、思考をめぐらせた。修は無事に日本に戻れたのだろうか。それと、友康には連絡したのだろうか。おそらく連絡していないのではないか。もし友康が連絡を受けていれば、友康は自分に何かしら伝えたはずだ。

岩滝が、そういえば、こんなことがありました、といった。

「修さんと連絡を取り合わなくなってしばらくしてからだったと思います。友康さんから、兄は本当に死んだのかと訊かれたことがありました。自分が話すからと修さんに口止めされていたので、友康さんには、修さんは亡くなったとだけこたえました。ただ私も気になって、どうして急にそんなことを訊くのかと友康さんに尋ねたのですが、特に深い意味はないとおっしゃるだけで」

もしかしたら、そのころの友康は今の自分と同じように、オアシスの曲が入ったカセットテープの存在に気づいたのかもしれない。

「この前、ここにおうかがいしたとき、叔父が拳銃や銃弾を密輸していたのでは、とお訊きしたかと思います」

「あのときは、内心、びっくりしていたんです。拳銃や銃弾なんて言葉が急に出たものですから、もしかしたら徳丸殺しの計画のことを何かご存じなのかと。ただ、友康さんが、というお話でしたので、おそらく違うだろうと。でも、どうしてそんな話をなさるのかという疑問は感じていました」

「実は、あれには理由がありました。二十八年前に警察庁長官が狙撃された事件で使われた銃弾と同じものが、当時、うちの店に密輸されていたようなんです」

「友康さんが密輸していたということですか」岩滝が双眸を開いた。「まさか、あの事件に関わりがあったと？」

「はっきりとしたことはいえません。しかし、もし叔父が拳銃や銃弾の密輸に関わっていたとしても、叔父に拳銃を撃てるとは思えません。叔父から武器を受け取った人間が、二十八年前の狙撃事件の犯人ではないかと僕は考えています」

「だとしたら……やはり、加藤充治ですかね。昔、雑誌で、加藤が狙撃事件の容疑者かもしれないという記事を目にしたとき、あの加藤ならありうると納得しました。何せ、過去に警察官を殺したこともある人物でしたから」

「しかし、叔父と加藤がつながっていた、武器が渡っていた可能性はない気がします。もし、二人がつながっていたなら、叔父は加藤を通じて、父が生きていることを聞いていたはずですから」

「たしかにそうですね」と岩滝がうなずく。「もし、友康さんと加藤が知り合いなら、友康さんが私に、修さんは本当に死んだのかと尋ねるはずもありませんしね」

友康は加藤とつながっていない。ただ、それだけの理由で、友康が二十八年前の事件と関係ないといえるだろうか。たとえば、青井楽器店には拳銃や銃弾が密輸され、それが加藤ではない別の人物に渡っていた可能性はないか。となると——。

菊池から聞いた話を思い返した。本当の実行犯は——。

「キムミンソン、あるいは金井という人物をご存じないでしょうか」

岩滝は少し首をかしげて、「いや、聞いたことはありませんね」といった。

利美も、知らないと首を振った。

圭一たち三人のすぐそばを、年配の女性がゆっくりと通り過ぎて行った。その女性が岩滝と利美のほうに顔を向けた。「あら、お孫さん?」

岩滝と利美は笑みをたたえるだけで、女性をやり過ごした。

三人の間に沈黙が落ちた。

高齢の内縁夫婦は疲れた表情をしていた。知っていることはすべて話したという様子だった。修の行方。家で見つかった銃弾との関係。いくつか謎は残ったままだが、修が死んだのが嘘ということだけはわかった。

「ずっと罪悪感を覚えていました」利美は少し涙声だった。「それなのに、この前いらしたときは、本当のことを話す勇気はなくて。本当にごめんなさい」

圭一は利美の前でしゃがみ、利美の手に自分の手を重ねた。

どんな理由があったとしても、この人は自分の恩人だ。

「あなたのおかげで、僕は助かりました。本当にありがとうございます」

うう、と利美が声を出す。その両眼から涙があふれ出した。


圭一は電車のシートに背中を預けながら、流れる景色をぼんやりと眺めていた。

修は死亡したと偽装し、別人になってアメリカに行った——。

岩滝たちから聞いた話をもとに、修のとった行動を改めて想像してみることにした。行方のわからなくなった修がその後、どうなったのかを考えるヒントが見えてくるかもしれない。

修はアメリカで徳丸殺しを請け負ってくれる人物を捜していた。ガードの硬い徳丸を確実に狙うには武器が、拳銃と銃弾が必要だった。あるとき修は加藤充治という日本人と出会った。修から事情を聞き、徳丸殺しを請け負った加藤充治はアメリカから帰国する。一方、修は加藤のためにアメリカから日本へ武器を送る準備をしていた。だが、加藤と岩滝らとの面談で、加藤への徳丸殺しの依頼は取りやめとなった。

修の行方がわからなくなったのは、このあとだ。

岩滝によると、修は加藤に依頼された武器の後始末があると話していたというが、果たして、このときの修の言葉は真実だったのだろうか。加藤は二〇〇二年に銀行強盗で逮捕されている。その際、拳銃を所持していた。アジトでは大量の拳銃と銃弾が見つかっている。岩滝と利美から徳丸殺害計画は中止したと告げられた修だが、加藤へ武器を送っていた、つまり何度も密輸が行われていたのではないか。

もしそうなら、この密輸の受け取り場所として使われたのが、当時、板橋にあった青井楽器店の倉庫だったのかもしれない。理由は、前科のある加藤に直接送るより、商品として青井楽器店を経由して送るほうが、税関で梱包物を開けられるリスクは低いからだ。

では、青井楽器店の主である友康は密輸に関わっていたのか。

伝票に記された配送の時期は一九九五年の二月。徳丸殺しの中止を聞かされた修の行方がわからなくなったのもこのころだ。加藤の依頼で、アメリカにいた修から日本の友康へ銃弾が送られた可能性は大いにある。

だが、ここで大きな疑問が生じる。岩滝の話だと、友康は、修が生きていたことを知らされていなかった。友康が関与せずに、青井楽器店の倉庫を受け取り場所として武器の密輸が成立することなどありえるのだろうか。

修が青井楽器店を利用したとして、友康に知られずに送るには……。

送り先は板橋の倉庫。圭一はその場所に行ったことがない。十条の店舗兼住宅に移ってから、数年後に友康が引き払ったのだ。

友康から、引き払った理由を聞いたことがある。新しい店では商品を店内のスペースで保管できるようになった。昔より小口注文が多くなり、在庫を長く持つ必要もなくなったと。

たしか友康はこうもいっていた。「いちいち倉庫まで行くのがホント面倒で——」

そうか、わかったぞ。

倉庫は、常時、誰かがその場所にいるわけではない。発注元から商品が届く時間はあらかじめ決まっているので、その時間に商品を受け取りに倉庫を訪れればよい。

おそらく、修はこれを利用したのではないか。友康が確実に倉庫に来ない日を狙って配達日に指定し、倉庫の前で店員のふりをして待っていた加藤が武器を潜ませた商品を配達業者から受け取った。

もしそうであれば、銃弾だけをどうして友康が持っていたのか。考えられるのは、配送に手違いがあった、つまり、指定したのとは別の日に届いたという可能性だ。海外便、特に船便は、到着日が遅れることがある。実際、ついこの前もあった。

では、間違って届いたという仮定を前提に、友康になって考えてみる。

正規の商品が倉庫に届く日に、友康は、（本当は違うのだが）仕入れた商品のアンプのなかから、銃弾を偶然に見つけた。アンプに銃弾が紛れ込んでいるなどとは思っていなかっただろうし、それが自分の店あてに届いたのだから、相当驚いたはずだ。

ところが友康は、銃弾が見つかったことを警察に届けず、持ち続けていた。

その理由は何だ？　おそらく、あのリヴ・フォーエヴァーのギター演奏が入ったテープが関係しているのではないか。友康は銃弾発見の前後に、カセットテープを聴いて、修の死に疑問を抱き始めていた。さらには、店に届いた銃弾と修の生存に何かしら関係があると予想したのではないか。だからこそ、警察へ届けることなく、銃弾を家に隠しておいた。

今、圭一が想像したことと、友康が当時考えていたことがどこまで一致するかわからない。だが、銃弾が送られて来たのだから、もしも、兄が生きていたとしても、何か物騒なことに巻き込まれているくらいは友康も考えたはずだ。

とはいえ、届いた銃弾と海江田長官狙撃事件の関係性までは想像しなかったのではないか。なぜかといえば、沙月の原稿にあったが、事件に使用された銃弾の詳しい情報が公表されたのは二〇〇二年だ。銃弾が密輸されたと思われる一九九五年の時点では、事件の前後に例の特殊な銃弾が店に届いたとしても、友康がその銃弾と海江田長官狙撃事件を結びつけたとは考えにくい。

兄は生きているのか。もし生きていたとしたら、自分の知らない何かとんでもないことが起きているのではないか。二つの疑問は友康のなかでいつまでも解消しなかった。友康が圭一に、両親の死を交通事故と偽り、嘘をつきとおしたのは、友康自身が兄の死に疑念を抱きつつも、真実にまでたどり着けなかったからではないのか。

では、行方のわからなくなった修は、いったい、どうなったのか。

今もどこかで生きているのか。あのカセットテープは、いつどうやって友康のもとに届いたのか。銃弾が海江田長官を狙撃した事件と同じものだったのは、単なる偶然か。それとも、修か友康のどちらかが事件に関係しているのか。

頭のなかを整理しようとしたはずだが、いくつもの疑問がいまだ頭のなかに居座っている。

気づいたら電車が停まっていた。新宿駅のアナウンス。乗客がごっそりと降りていく。視界が広がり、向かい側のシートに座っていた中年の男性が雑誌を閉じて慌てて立ち上がるのが見えた。男性が手にしていたのは沙月が記事を書いていた週刊誌だった。

沙月はどうだったのか。修のことにも何か気づいていたのだろうか。

情報集めに抜かりのない沙月のことだから、銃弾と船便伝票だけでなく、三本のカセットテープもその中身まで把握していた可能性はある。音楽雑誌の記者をしていた沙月なら、オアシスの曲から修が死んでいない可能性に気づいていたかもしれない。

取材旅行に行くと家を出て行った沙月は、どう動いた？　取材を進めるなかで、元大学教員の菊池尚樹にたどり着いた。真犯人かもしれないキムミンソンの存在を教えられ、長野へ向かった。長野では、キムが富山へと移って急逝したと知り、富山へと向かったのではないか。

そして、富山を訪れたあと――。

沙月が遺体で見つかった七尾港は、富山の隣に位置する石川にある。長野、富山、石川と沙月は移動していったと考えるのが自然だ。ただし、修がここまでの間に登場する余地はなさそうである。

もう一度原点にたち返る。沙月が目指していたもの。それは――。

原稿の一文がまぶたの裏に浮かんだ。


海江田長官を狙撃した実行犯は加藤ではなく別にいる――。


取材の目的は、二十八年前の事件の真犯人にたどりつくことだった。だが、当の加藤は、自らが二十八年前の事件の実行犯だと取り調べで語り、現場にいた人間しか知りえない秘密の暴露もしている。

しかし、現場にいた人間しか知りえないというなら、菊池の挙げたキムミンソンも決定的な情報を披露している。

加藤とキム。この二人に関係はあるのか。もし、菊池のいうようにキムが真犯人なら、キムは、希少性の高い拳銃や特殊な銃弾をどうやって準備したのか。

加藤には、武器の確保ルートとして修とのつながりがあった。キムにも、やはり武器の確保ができるルートがあったのか。たとえば、キムも修から武器を得ていたとか？

青井修とキムミンソン。どこかに何か二人の関係は見出せないか。つながるとしたら、何だ。

車内に次は神田のアナウンスが流れる。京浜東北線に乗り換えなくてはいけない。

立ち上がったそのとき、不意に圭一の脳内に火花がほとばしった。

根拠は何もない。だが、もし、そうだったとしたら……。

圭一はつり革をぎゅっと握りしめた。

沙月も、今の自分と同じことを思いついていたとしたら……。


翌日、北陸方面行きの新幹線に乗った。

当面、時給を二割増しにするという条件で矢部に店を任せた。

斉賀には、電話で長野へ行くことを伝え、キムミンソンが働いていた旅館の名前を教えてもらった。

〈それにしても急ですね。何か気になることでもあったのですか〉

「妻が取材したのと同じ経路をたどれば、何かわかるかもしれないと思いまして」

修が偽装死だったという話はいわなかった。

「長野のあと、富山にも行くつもりです」

〈それなら、富山県警に一人、知り合いがいます。富山で何かお困りになったら、頼ってみてください〉

斉賀は、富山中央警察署の西郡（にしごおり）という名前を告げた。圭一は斉賀に感謝しつつ、疑問を感じてもいた。警察は縦割り意識の強い組織と聞いたことがある。西郡という富山県警の警察官は、警視庁の職員の頼みに、しかも、現在捜査中の事件でもないのに、易々と協力してくれるものだろうか。

「西郡さんというのは、どんな方なんですか」

〈どちらかというと、昔気質の警察官です。私から青井さんのことは話しておきますので〉

東京から一時間半で長野駅に着いた。

在来特急に乗り換えて、松本駅からタクシーで旅館へ向かった。旅館に着いたのは、午後一時半を過ぎたころだった。ロビーに客の姿はなく閑散としている。

今朝、電話であらかじめ、話を聞かせてほしいとは伝えてあった。フロントで名前を名乗ると、六十歳くらいの女将が、客を迎えるときのような笑顔で現れた。

圭一は、時間を作ってくれたことの礼を伝え、青井楽器店の自分の名刺を差し出した。

「何か訊きたいことがあるとうかがいましたが」女将の表情に何かをいぶかしむ様子は見えない。

「先月、青井沙月という女性が来ませんでしたか。僕の妻なのですが」

ああ、と女将が目を大きく広げた。

「雑誌の記者さんですね。覚えていますよ。しゅっとして、お仕事ができそうな感じの方でした」

思わず強く息を吸った。やはり沙月はここを訪れていた。

「実は、妻が亡くなりまして」

女将は、えっと短い声を上げて、口に手を当てた。

「お元気そうだったのに。事故か何かですか」

女将の両目には、すでに涙が光り始めている。

「こちらにお邪魔したあとに、石川県の七尾市というところで事故に遭いまして」

女将は取り出したハンカチで涙をぬぐうと、居住まいを正して、「それはお悔やみ申し上げます」と上体を折った。

「事故に遭ったときの様子をドライブレコーダーで見たんですが、そのときの妻の様子が気になりまして」

かすかに首をかしげた女将に、自分から車の前に飛び出したように見えたんです、と告げた。

「でも、妻が命を絶つような理由が僕には思いつかなくて。それで、こうして生前の妻の足取りを追っているんです」

「そうでしたか」と女将が硬い表情でうなずく。

「ここへ来たときの妻の様子で、何か思い当たる節はありませんでしたか」

女将は、そうですねえと、しばしの間、視線を少し上に向けた。

「お元気そうでしたし、特に気になる点はなかったように見えましたが」

「妻とは、どんなお話をなさいましたか」

「昔、ここの従業員だった人のことを教えてほしいといわれました」

「もしかしてキムミンソンという人物のことではないですか」

「ええ、そうです」

「妻にした話を、僕にも教えていただけますか」

女将は「大した話はしていないんですけど」と前置きしてから語り出した。

十年ほど前まで、キムは金井春夫という日本名でこの旅館で働いていた。主に客室の布団敷きや、館内の掃除をこなしていた。当時、年齢は四十歳くらい。暗い性格というわけではなかったが、自分のことはあまり話したがらなかった。それは特に珍しいことではなく、温泉街で働く人間には多いという。

「当時、うちの旅館に狩猟の免許を持っている料理人が一人いまして。休みの日になると、金井さんと二人でよく山に出かけていました」

狩猟。菊池から聞いた話が頭に浮かんできた。菊池は、長野で狩猟をしているときに山中でキムと出会ったといっていた。

「金井さんも猟で銃を撃ったりしていたんでしょうか」

「どうでしょう……奥様にも同じことを訊かれましたが、そんなことはないとは思いますよ。だって、猟銃を所持したり撃ったりするのは、免許を持ってる本人しかだめなはずですしね」

女将はやんわり否定したが、菊池は、長野で知り合ったキムの射撃技術の高さに驚いたと語っていた。おそらくキムは、料理人の銃を借りて撃っていたのだろう。

その料理人はいるのかと尋ねると、女将は、五年前に関西のホテルに引き抜かれた、とこたえた。

「旅館の仕事は、人の出入りが多いんです。金井さんも三年ほどでやめましたし」

「やめた経緯を教えていただけますか」

「ほかの従業員に誘われて一緒にやめたんです」

その従業員の名前は清野義邦（きよのよしくに）。関西出身の男だったという。

「歳は金井さんと同じくらいでした。ただ、二人の仕事ぶりは正反対で、金井さんはまじめでしたけど、清野のほうは、そうでもなくて。結局、清野がうちで働いていたのは半年ほどだったんじゃないかしら」

「やめて次は何をするとか、二人からお訊きになりましたか」

「土木の現場で働くといってました。北陸新幹線の関係で、日本海側の工事現場はどこも人手不足だったみたいです。賃金がいいので、富山あたりに行って仕事を探すと話していたのを覚えています。清野はがっちりした体で、元々現場仕事をしていたようなので、そっちのほうが性に合っていたのでしょう。だけど、金井さんのほうは……。清野について行くと聞いたときは、思わず、大丈夫なの？　と訊いてしまいました」

「大丈夫とは、どういう意味ですか」

「金井さんは、清野と違って細身でしたし、激しい肉体労働なんてできるのかしらって。たしか、うちで働く前は入院していたって話も聞いていたので」

「金井氏は病気か怪我でもしていたんですか」

「詳しくは知りませんが、前に大病を患ったと本人から聞いたことがありました。ですから、亡くなったと警察から連絡があったときは、体の調子がよくないのに無理して清野についていったんじゃないか、ついていかなければ、亡くならなかったかもしれないのにと思いました」

女将は当時を思い出しているのか、悲しそうな目をした。

「連絡があった警察というのは、富山県警ですよね」

「そうです。ご遺体の引き取り先を捜していたようです。金井さんの家族の連絡先を知らないかと訊かれたのですが、ご家族はいないと聞いていたので、そのとおりにこたえました。身寄りのない場合は、役所が直葬の手配をするという話で。かわいそうだと思ったんですが、うちの旅館で何かするっていうのも、なかなかできなくて」

玄関のあたりが急にざわついた。いらっしゃいませ、と活気のある声が聞こえてくる。

「あら」と女将の視線が玄関のほうへ向く。「そろそろ、よろしいでしょうか」

「最後にお願いがあります。金井氏の履歴書を見せていただけないでしょうか」

見たいのは経歴ではなく顔写真だった。

履歴書ですか、と女将がいった。

「奥様からも同じことを頼まれました。でも、それはお断りいたしました。やめたとはいえ、従業員の個人情報が書かれたものをお見せするのは、さすがにちょっと」

そういいながら、女将は商売用の隙のない笑顔を見せた。

長野駅に引き返した。これから北陸新幹線で富山へ向かう。富山駅近くのホテルも予約した。

沙月は、温泉旅館で清野のことを知り、清野に会うためにおそらく富山へ向かった。今、自分は、沙月が動いたのと同じ経路をたどっているはず。

清野はどこにいるのか。どうやって捜せばいいか。

キムが富山で急死したとき、清野は一緒にいたはずだ。そのとき警察は、亡くなったキムだけでなく、清野のこともいろいろと訊いたに違いない。それは、圭一も同じ経験をしたからよくわかる。沙月の遺体が発見されて警察へ行ったとき、沙月だけでなく圭一のことも詳しく質問を受けた。

富山県警にキムが死亡した際の記録がまだ保存されていれば、一緒にいた清野に関する情報も残っているのではないか。しかし、そうした記録がたとえあったとして、一般人の求めに応じて、開示してもらえるとは思えない。

だが、手はある。斉賀から教えられた富山県警の西郡に頼んでみれば、何とかなるかもしれない。

長野駅で富山方面行きの新幹線を待つ間に、富山中央警察署に電話をかけた。

「西郡さんをお願いします」と告げると、電話に出た女性の職員は、あからさまに警戒した声で、西郡にどんな要件かと尋ねてきた。

「個人的な用事です」とおそるおそるこたえた。

〈もう一度、お名前をフルネームで教えてください〉

相手の強い口調になんとなく不快感を抱きつつ、名前を伝えた。

少し待つと、〈西郡です〉と太い声が聞こえてきた。

「青井圭一と申します」

〈あ、うん。速人君から話は聞いてる〉

ぶっきらぼうな物言いだった。圭一は、ひるみそうになりながらも、今長野にいることと、清野義邦を捜すためにこれから富山へ向かうが、手がかりが全くないことを伝えた。

「――キムミンソンが死亡した当時の記録が警察に残っていれば、そこに清野氏のことも何か書いてあるのではと思いまして」

うーん、と考え込むような唸り声が聞こえてきた。

無理な頼みなのはわかっている。それでも何とか力を貸してほしい。心で祈っていると、

〈わかった。調べて折り返し連絡するから〉というこたえが返ってきた。

〈ただ、あまり期待しないでもらえるかな。事件や事故でない場合は、詳しい記録は残さないから〉

忙しいのか、電話は一方的に切れた。面倒な仕事を引き受けたという思いがあるのだろう。西郡本人がいうように、あまり期待しないほうがいいのかもしれない。


午後四時過ぎ。富山駅に着いた圭一は、駅近くのビジネスホテルにチェックインした。

疲れがどっと出て、ベッドで仰向けになった。

テーブルで震えるスマートフォンの音で目が覚めた。

いつのまにか、寝入っていたらしい。ベッド脇の時計を見るともう六時近かった。

表示は０７６――。知らない番号。いや、これは……。

〈西郡だけど、もう富山には着いた？〉

圭一は、ぼんやりした頭のまま、はい、とこたえる。

〈さっきの件だけど、キムミンソンと清野義邦。調書に情報が残ってたから〉

「ほ、本当ですか」

情報が残ってた――その言葉で、一気に眠気が覚めた。

〈ただね、青井さん。話す前にいっとくけど、今回は特別だと思ってよ。原則、警察内部に記録

している情報はどんなものであれ、外に漏らさないのが決まりだから〉

話し方は横柄でお世辞にも好感の持てるものではないが、この西郡という警察官が融通の利く人物であることはたしかだ。

〈まずキムが亡くなったときの話だけど――〉

西郡がメモらしきものを棒読みし始める。平成二十五年六月十九日、キムミンソンと清野義邦は、富山のビジネスホテルに泊っていた。夜十時ごろ、キムが胸の苦しさを訴え、清野がフロントに連絡した。すぐに救急車で運ばれたが、病院に着いたときにはもう心肺停止状態だった。死因は急性の心筋梗塞で、心臓付近の血管が詰まったのではないかというのが医師の見立てだった。

〈それと、青井さんが知りたがっていた清野のことだけど、市役所が富山市内で直葬して、合祀墓に埋葬した。キムに家族はいなかったので葬儀は行われず、携帯電話の番号がわかったよ。当時、働く予定だった富山市内の土木建設会社もね。まだその会社にいるかとか、携帯電話が今も使われているかどうかまでは、わかんないけどね〉

西郡が会社名と携帯番号を告げたので、圭一はメモした。

〈ざっとこんなところだけど、いいか〉

「助かりました。ありがとうございます」

圭一は、目の前に西郡がいるかのように頭を下げた。

「西郡さん、あの……」

ぜひ、尋ねてみたいことがあった。

〈何?〉

「いろいろ詳しく教えていただいて感謝しています。ただ、どうしてこんなによくしてくれるのかと思いまして」

〈一時期、警視庁に出向していたときがあって、そのときに速人君の親父さんにずいぶん世話になったんだ。富山に戻ってからも、たまに連絡を取りあったりしてね、お互い忙しくて、会うことはできなかったけど〉

西郡の声が柔らかくなった。

〈親父さんの葬儀のときに久しぶりに速人君と会って、何か困ったことがあったら、相談してって伝えたんだ。こっちは挨拶みたいなつもりだったんだけど、ついこの前だったか、力を貸してほしいって連絡があったのよ。青井さんって人から連絡があったら、頼みを聞いてやってほしいっていわれてね。こっちも口に出した手前、断れねえしさ〉

西郡が楽しそうに話す。その声を聞きながら、圭一は、出世コースに乗れなかった人情刑事という姿を想像した。

〈じゃ、忙しいから切るよ。何かあったら、また連絡して〉

「あと、ひとつだけいいですか」

西郡の所属している課名を知っておきたかった。富山中央署に電話をしたとき、職員からひどく警戒されているように感じたからだ。課名さえ聞いておけば、今後何かあったときに、すんなりつないでもらえる気がした。

「西郡さんの所属している課の名称を教えていただけませんか」

〈課の名称？　俺、どこにも所属してないから〉

「え？」

〈だって、俺、署長だから。これでも一応、富山中央署で一番偉いの〉

がはは、と笑う声が電話の向こうから響いてきた。


翌朝、圭一はタクシーで清野の勤め先へと向かった。

富山市内の道は碁盤の目状でどの道も幅が広かった。渋滞もなく車はスムーズに進んでいく。

取り出したメモに視線を落とす。貫名（ぬきな）工業。富山市××町――。

昨晩のうちに、西郡から聞いた携帯電話の番号に電話をかけたが、番号は使われていなかった。

会社も、すでにやめている可能性もある。だが、やめていたとしても、会社へ直接行けば、その後の清野がどこへ行ったのか教えてもらえるかもしれない。そう考えて会社を訪れることにした。

貫名工業という縦長の看板が見えてきた。資材が置いてある敷地は、それなりに広いが、会社の事務所はプレハブ造りの二階建てで、青井楽器店とさしてかわらない大きさだった。

ドアを開けると、すぐ目の前に小さなカウンターがあった。室内には、中年の女性事務員が一人いるだけで、ほかは誰もいない。

女性の事務員は大きめの声で「おはようございます」とあいさつするも、誰、この人？　という目をあからさまに向けてきた。

「社長さんにご用がありまして」

「今、出かけていますが、すぐ帰ってくると思いますよ」

「待たせてもらってもいいですか」

「では、こちらへどうぞ」

事務員に案内されて、ソファセットに腰を下ろした。

間を置くことなく、外から車のエンジン音が聞こえてきて、軽トラが事務所の前に停まった。

「戻ってきたみたい」お茶の準備をしながら事務員がいう。

ドアが開き、髪を短く刈った男が現れた。作業着にスラックス。年齢は五十歳くらい。固太りの体型をしているが、目はクリッとして、どこか愛嬌のある顔だった。

事務員が「社長にお客さんですよ」と声をかけた。

圭一が立ち上がって頭を下げると、社長が「貫名です」と、にこやかにこたえた。

「どんなご用？　ウチで働きたいとか」

「いいえ。実は人を捜していまして。清野義邦さんは、こちらで働いていますか」

「清野？」貫名の表情が急に険しくなった。

事務員の女性もお茶を淹れる手を止めて、圭一を見ている。

「そういやあ、昔いたね」貫名が愛想のない声でいった。

「今は、いない、ということですか」

「とっくにやめたよ」

「やめたあとは、どちらで働いているか、わかりますか」

「さあね。ええと、用件はそれだけ？　こっちは現場に行かなきゃいけないから」

貫名は事務所の奥に入っていく。大きめの封筒に書類を詰め込むと、そそくさと事務所を出ていった。

軽トラが甲高いエンジン音を上げて勢いよく発車していく。

その様子に圭一は呆気に取られた。貫名はあっという間にいなくなってしまった。しかも、清野の名前が出たとたん、急に機嫌が悪くなったように見えた。

女の事務員が、テーブルに茶を置いた。

「せっかくお茶淹れたから、飲んでって」

事務員は圭一の前に座ると、「社長、失礼な態度でごめんなさいね」といった。

その表情は、申し訳ないというよりも、笑いをこらえているように見えたので、圭一は少しほっとした。

「僕のほうこそ、何かまずいことでもいったでしょうか」

「社長はね、清野さんのことを弟のようにかわいがっていたの。あれから、もう七、八年たつけど、いまだに根に持ってるみたいね」

「何があったんですか」

「コレを清野さんに取られたの」事務員が右手を握って小指だけ立てた。「といっても、元々、社長の片思いだったんだけど」

「貫名社長が好きだった女性を清野氏が奪ったってことですか」

「そうよ」実は話したくて仕方なかったのか、事務員の女は勝手に話し始めた。

真面目な清野は、働き始めてすぐに貫名に気に入られた。貫名は清野をよく飲みに連れていったが、そんな店のひとつ、行きつけのスナックに貫名が入れあげていたホステスがいたという。

「社長はバツイチで、まあ、本気だったんだろうね。そのホステスにプロポーズまでしてたらしいから。ところが、社長の知らないうちに、ホステスと清野さんができちゃってて」

事務員の話しぶりに勢いがついてきた。貫名がホステスと清野の関係を知ったのは、ホステスが仕事をやめて故郷に帰るときだった。清野のほうも会社をやめて、女の故郷についていった。

「社長は清野さんのこと、ドロボー呼ばわりしてたわ。だけど、ホステスをしてた女性からしたら、社長なんて最初から相手にしていなかったと思うわ。だって、どう見たって清野さんのほうが男前だったもの。ほっそりしてて髪も少し長くて。女が十人いたらみんな清野さんを選ぶと思うわ。私だってそう」

事務員の話にひっかかりを覚えつつ、求めていたこたえが目の前に迫っている予感があった。

「そのホステスをしていた女性の故郷というのは、どこですか」

「石川県の能登のほうよ。たしか……」

「もしかして七尾ですか」

「そう。七尾よ」

心臓がドクンと飛び跳ねた。

興奮を抑えようと圭一が深呼吸をしていると、ねえ、ねえと事務員が身を乗り出した。

「あなた、清野さんのことを訊きにきたって、どういう関係なの？　もしかして探偵とか」

「いいえ、ちがいます」

変に興味を持たれても困ると思い、圭一は言葉を選んで説明した。

「個人的な事情があって、ある男性について調べています。その方はもう亡くなっているのですが、生前、その方と清野さんには接点があったらしくて、それで清野さんに会って話を聞けないかと思い、捜しているんです」

「あら、そういうことね。もしかして調べている男性って、金井って人のこと？」

「そ、そうです」驚きに声が上ずった。「金井氏について何かご存じなのですか」

「いいえ。そうじゃないの。今、思い出したの」

「何を思い出されたのですか」

「あれは、先月の初めごろだったかしら、事務所の外で掃き掃除していたときに、清野さんと金井さんのことを知りませんかって、訪ねてきた人がいたの」

圭一の鼓動が、再び強く打ち始める。

「清野さんは知ってるけど、金井さんって人は知らないってこたえたわ。それで名前を憶えていたの。あのときは社長がいなくて、私と外で立ち話しただけだったけど」

あの、いいですか、と圭一は事務員の話に割り込んだ。

「訪ねてきた人というのは、女性だったのではないですか」

「そうよ。たしか雑誌の記者っていってたかしら」

第五章

斉賀速人

サイバークロスの祖父江は、弁護士同席のもとで任意の聴取を受けたが、桐原長官が襲撃された二つの事件への関与を一切否定した。

祖父江と舛木の仲介役を疑われる人物への取り調べも始まっているが、ひな壇に常駐している幹部のやり取りから察するに、こちらも有力な証言は引き出せておらず、難航している様子がうかがえた。

祖父江にしろ仲介役を疑われる人物にしろ、かりに捜査本部の見立てどおりに事件に関与しているなら、証拠になるようなものは、まず残していないだろう。

それより斉賀にとって気がかりなのは舛木の容体だった。今朝の会議では、いまだに意識不明の状態が続いていると守屋から説明があった。

午後、斉賀のスマートフォンに西郡からメールで連絡があった。青井圭一から、調べものを頼まれたので手を貸したという内容だった。

メール文の結びには、笑い顔の絵文字がついていた。署長という肩書がついても、こういう茶目っけのあるところは、西郡らしい。

征雄の葬儀のときに久しぶりに西郡と会った。名刺をもらったときは、富山中央警察署の署長になっていたと知って驚いた。

青井から富山へ向かうと聞いたとき、すぐに西郡のことが思い浮かんだ。もし青井が富山へ行ったときは助けてやってほしいと西郡に頼んだ。青井の抱える事情も簡単に話しておいた。ライターの妻が二十八年前の長官狙撃事件を調べていた。その妻が、能登半島の七尾港で遺体で発見された。青井は妻が七尾へ行った理由を調べていると。

斉賀は廊下を奥へと進んで、バルコニーに出て西郡に電話をかけた。

〈はい、西郡〉とワンコールでつながる。

「斉賀です。メール拝見しました。お忙しいところ、ご協力ありがとうございました」

〈なあに、たいした話じゃなかったよ。ただ、生活安全課長に署長室まで資料を運ばせたときは、何があったんですかと真剣な顔で訊かれて、困ったけどな〉

がははと西郡が笑う。斉賀は西郡に、青井からどんな頼みがあったのかと尋ねた。

〈キムミンソンと一緒に富山へ移ってきた清野のことがわかれば、教えてほしいと頼まれてね。キムの調書に記録があったから、教えたよ〉

西郡が清野について語った。清野もキムと同じで身寄りがなかった。実入りのいい土木の現場で働こうと、清野はキムを誘って長野から富山へと移ることにしたという。

〈青井さんには、警察から聞いたとはいわないでくれと伝えたけど、そこは速人君も念押ししといてよ。俺、クビになっちゃうから〉

再び、がははと笑う声が聞こえてくる。本気で心配しているようには感じられない。

もう一度、礼をいって斉賀は電話を切った。

青井にも連絡してみようと思った。もし清野と会えたなら、キムミンソンに関して、何か新たな情報を得ているかもしれない。

電話をかけると、青井はすぐに出た。どこにいるのかと尋ねると、富山から移動して今、七尾のホテルにチェックインしたところだという。

〈妻が七尾にいた理由が、ようやく見えてきました〉

清野が働いていた富山の土木建設会社を訪れたところ、その会社をとうにやめた清野は、富山で知り合った女性と七尾に移住していた移住していたと青井は語った。

〈おそらく妻は、その清野という男性に会うために七尾へ行ったんじゃないかと思います〉

沙月が七尾に行った理由がわかったのは、青井にとって大きな収穫だろう。

「清野と連絡は取れたんですか」

〈これからです〉

斉賀はなんとなく青井の声に違和感を覚えた。沙月の足取りがつかめたはずなのに、さきほどから興奮した様子は、みじんも伝わってこない。むしろ妙に落ち着いているように思えた。

「青井さん、どうかしましたか」

問いかけてから、数秒、間があった。

〈これは僕の思いつきなんですが〉

しかし、青井の声はそこで途絶えた。口にするのを迷っている。そんな様子が伝わってきた。

〈清野義邦は……もしかしたら、キムミンソンかもしれません〉

意外な言葉に、斉賀はすぐに反応できなかった。

「どういうことですか」

〈富山で急死したのは清野義邦で、キムは今も生きているのではないかと〉

「それはつまり、二人が入れ替わったということですか。何か根拠はあるんですか」

〈根拠といえるほどではないのですが、温泉旅館で聞いた清野の印象が、富山の会社で聞いたものと違うんです。長野での清野は、どちらかというとやさぐれた雰囲気の人物だったらしいのですが、富山で話を聞く限り、そんな感じではなかったようです。体型にしても、がっちりした体型だったはずなのに、富山ではほっそりとしていたというんです。痩せ型というのは、キムの外見とも一致しますし〉

「しかし、それだけで入れ替わったというのは。第一……」

家族が気づくでしょう、といいかけて斉賀は、ハッとした。キムと清野。二人には身寄りがないという共通点がある。そうなると、たしかに入れ替わりは可能かもしれない。

キムは、死んだ清野をキムだといい、自分は清野義邦だとまわりに説明した。富山では、清野になりすましたキムの言葉以外に、亡くなった男性をキムだと確認する方法はない。二人を知る人間がいない土地で入れ替わりを誰かに気づかれることもなかった。

ありうる。しかし、そんなことをする動機は何だ。二十八年前の狙撃犯だからか？　だが、清野が亡くなった二〇一三年の時点では、公訴時効はとうに過ぎている。わざわざほかの人物になり替わる必要はないはずだ。

〈あまり深く考えないでください〉という青井の声で思考を止めた。

〈僕の思いつきですから、たぶん間違っていると思います。とりあえず、清野と名乗る人物を捜して会ってきます〉

清野の居場所を知っているのかと青井に訊くと、一緒に七尾に移り住んだ女性が経営する飲食店がわかっているので、そこへ行ってみるつもりだと青井はこたえた。

「私のほうで、一応、キムミンソンについてもう少し調べてみます」

〈よろしくお願いします〉

やはり何か変だった。青井の様子がいつもと違う。斉賀と距離を置きたがっているようにも感じられる。もしかして青井は、斉賀には伝えていない何か別のこと、入れ替わりよりも重大なことに気づいたのではないか。

「青井さん。ほかに何か変わったことはありませんか」

〈いいえ。何も〉青井が少し笑った。

「なら、いいですが」

やはり、おかしい。斉賀は違和感をぬぐえないまま、電話を切った。

青井圭一

久しぶりに脳内に靄がかかり、量感を失いそうになった。目をつぶって意識を集中すると、しばらくして頭のなかがすっきりしてくる。

斉賀には入れ替わり説だけを伝え、もうひとつのひらめきは、圭一の心のうちにとどめた。

青井修、キムミンソン、加藤充治。この三人と二十八年前の狙撃事件との関係――。

修と加藤にはつながりがある。しかし、キムは、修とも加藤ともつながりが見えない。第一、キムはどうやって拳銃や銃弾を入手したのか。

解決する推論――頭に浮かんだのは、キムの正体が修ではないかということだった。

アメリカにいた青井修は、キムミンソンとして帰国した。

もしそうなら、キムを名乗る修こそが二十八年前の狙撃事件の有力な容疑者ということになる。

これを思いついたとき、圭一はそれほど動揺しなかった。気持ちのなかでは落胆のほうが大きかったといってもいい。なぜなら、キムミンソンはすでに死んでいる。つまり、行方不明だった修はもうこの世にはいないことになるからだ。

ところが今は、胸のなかがざわざわと波立っている。もし、富山で清野とキムが入れ替わっていたなら、そしてキムの正体が修であるなら――修は今も生きていることになる。

おそらく、沙月も――。

沙月の足取りをたどり、この推論にたどり着いた。沙月も今の圭一と同じで、修が生きているかもしれないという想像を胸に七尾へと向かったのではないか。

発端は、友康の遺品箱から見つけた特殊な銃弾と古い船便伝票だった。二十八年前の長官狙撃事件に友康が関与しているのではないかと考え、さらには、友康が狙撃犯かもしれないとも予想した。

だが、その可能性はないとの結論に至った。もしも友康が事件に関与していたなら、証拠を残したりはしないはず。銃弾や船便伝票が残っているのは、友康が無関係だから。ただ、同じ遺品箱にあったカセットテープから、圭一の父である修の死に疑問を感じていた。

二十八年前の狙撃事件の取材を進めていくなかでは、海江田長官を撃った実行犯として、韓国籍のキムミンソンという人物が浮上した。長野、富山で関係者に話を聞くうちに、清野義邦の存在を知り、圭一と同じように、キムと清野の入れ替わりを疑った。七尾に住んでいる清野は二十八年前の事件の容疑者の可能性がある。しかも、死んだはずの圭一の父、修ではないかと推理した。これこそが能登半島の港町、七尾を沙月が訪れた理由だった。

取材旅行に行く前日、沙月は離婚届を圭一に渡した。あの時点で、沙月はどこまで情報を得ていたのか、定かではない。だが、二十八年前の狙撃事件を追及していけば、必ず、青井修か青井友康のどちらかと関わりがあると確信していた。その証拠をつかんで記事にする。そうなれば圭一とは、もはや夫婦としてやっていけなくなる。その覚悟を示すため、離婚届を置いて家を出た。

では、沙月はこたえにたどり着けたのか。

七尾にいたのは本物の清野だったのか。それともキム、いや、修だったのか。

不意に、沙月の声がよみがえる。――このまま家に帰ったら、許してくれる？

あの電話の意味は、何だったのか。

七尾にいたのが本物の清野で、キムが富山で亡くなっていたのであれば、真犯人捜しの記事のインパクトは小さい。亡くなったキムが修だったとしても、記事自体の掲載をあきらめさえすれば、夫を傷つけずに済む。何もなかったことにして家に帰ることもできる。だが、沙月の性格を思うと、無難な着地に至ったからといって、電話をかけてくるだろうか。

では、七尾にいたのは、清野に扮したキムであり、その正体は圭一の父、修だったのか。それこそ沙月にとって、離婚を覚悟してまで取材を続けて到達した究極の結末だったはず。しかし、そうであれば、電話の言葉の意味が読み取れなくなる。

七尾にいるのは、清野なのか、あるいは修なのか。会えば、こたえは出る。

清野と一緒に七尾に移り住んだ女の名前は佐竹登紀江。貫名工業の女性事務員が教えてくれた。スナックを営んでいた母が亡くなり、店を継ぐため七尾に戻ったという。

登紀江が母親から引き継いだスナックは、駅前の商店街から一本折れた飲み屋街にある。ホテルから歩いて五分ほどの距離だ。

サイドボードの時計をちらりと見た。午後四時五分。今から登紀江の店に行き、清野の居場所を訊く。清野に会いさえすれば、何もかもわかる。しかし——。

やめておけ、清野に会う必要などないだろう、と誰かが圭一の耳にささやきかけてくる。そこにいるのがキムなら、二十八年前の狙撃犯である可能性が高い。そしてキムが修だとしたら、自分の父親が平成最大の未解決事件の容疑者ということになる。

そんな事実を受け止めて何になる？　これからの人生に必要か？　この場から去れ。清野が本物か、そうでないのか、それを知ったところで何になる？

だが、それでいいのか。

聞こえてきたのは別の声だった。同時にまぶたの裏には、沙月がトラックの前に飛び出した映像がよみがえってくる。

清野とキムが入れ替わったのかを確かめるためだけに七尾に来たわけじゃない。沙月がどうして死んだのか、その手がかりを得るためでもあるのだ。

おそらく、あの晩、沙月は、清野に会っているはず。そこで何かがあった。もしかすると、命を絶ちたくなるような何かが。あるいは——。その反対でもいいと淡い期待も抱く。沙月に死のうとする意志などなかったと証明できる材料が見つかるかもしれない。

やはり、清野と会わなければいけない。

商店街の入り口が見えてきた。信用金庫とリサイクルショップが両脇に店を構え、「お買い物はリボン通り」と表示された赤い看板がかかっている。

ブロックタイルが張られた通りはモダンな印象だが、通りに人の姿はなく、営業していない店ばかりが目につく。

少し進んでタバコ屋の角を左に折れた。細い路地には飲み屋の看板が並んでいる。まだどの看板にも灯りはともっておらず、店内から人の気配は感じられなかった。

スマートフォンが、ズズッと震えた。目的地に到着。

——ここか。

目の前にあるのが、登紀江の店「喫茶&スナックあかねどき」だ。ドアの前には準備中の看板がぶら下がっている。ステンドグラスの窓は真っ暗だった。

建物を見上げた。三階建てのモルタルづくり。むき出しの配管がところどころ赤くさびついている。三階部分は住居なのか、軒下の洗濯ハンガーに干した二枚のタオルが揺れている。

二階の窓には黒地に白抜きの看板が掲げてある。「Music Bar K」

建物の左側に目をやると狭い階段があった。壁には「2階　ミュージックバーK」と太字のペンで記された小さな看板がかかっていた。

もしかして、二階は清野がやっている店だろうか。

背後で戸を引く音がした。振り返ると、向かい側の寿司屋から、七十歳くらいの女が出てきた。店の女将らしい雰囲気だ。

目が合うと女は会釈をした。圭一が「ここは佐竹登紀江さんのお店ですよね」と尋ねると、女は「そうよ」と愛想よくこたえた。

警戒されていないようなので、安堵した。スマートフォンを手にしていたので、店を捜して訪れた客と思われたかもしれない。ならば、と思い切って訊いてみることにした。

「二階のバーは、清野さんのお店ですか?」

「清野さん?」女が怪訝そうな顔をした。

予想は外れたかと思いつつも、「清野義邦さんです。佐竹登紀江さんと一緒に暮らしているはずなんですけど」と続けた。

すると、ああ、といって女がうなずいた。

「トキちゃんの旦那さんのことね。うん、そうよ。二階がずっと空き店舗だったから、そこで店を始めたの。何か御用？　でも今は二人ともいないんじゃないかな。この時間、佐竹さんはいつもパチンコだし、トキちゃんも少し前に買い物に行ったから」

女は、「ごめんね。私も買い物に行かなきゃ」といって、その場を離れていった。

もう一度、二階の「Music Bar K」の看板を見上げた。ここが清野の店。

いったん出直そうと「リボン通り」のほうへきびすをかえした。

通りの入り口付近に、買い物袋をぶら下げた女が立っていた。女は圭一のほうへと近づいてくる。

「こんにちは」と女が微笑んだ。

歳は四十過ぎ。色白で、茶色の髪を後ろで無造作に束ねている。

「お店の前に、お客さんがいらしてるって聞いて」

向かいの寿司屋の女が話したのだろう。

目の前にいるのが登紀江だとわかると、耳のあたりが急に熱くなった。

「二階のバーに行きたかったんですけど、また来ます」

「店は七時からです。たまに遅いときもありますけど」

圭一は小さく会釈をして、リボン通りとは逆方向に路地を進んだ。

連なる飲み屋の前を通り過ぎ、広い通りに出た。目の前に川が流れている。この風景に見覚えがあった。七尾署の大崎が案内してくれた場所だ。沙月が車にはねられたのは、この川沿いの道だった。

港のほうへ向かって歩いた。夕日で薄赤くなった空は、東京よりも何倍も大きかった。

〝能登食祭市場〟の脇を抜けて公園のベンチで腰を下ろした。

耳はまだ熱かった。胸はいつのまにか早鐘を打っている。

清野本人が現れたわけではない。登紀江と遭遇しただけ。それなのにひどく動揺した。この港町に清野が、いや、修がいるのかもしれないと実感して、平静ではいられなくなった。

海を眺めた。水面の波は緩やかに揺れている。目の前の防波堤では、カモメが一列に並んでいた。ときどき飛び立つカモメもいるが、すぐに列に戻って来る。すると、交代で別のカモメが少しだけ宙を舞う。

カモメの動きをぼんやりと見ていた。赤い空は、徐々に周囲が青く縁どられていく。

スマートフォンの震えに気づいたときには、すでに周囲は薄暗くなっていた。

斉賀からの電話だった。今は出たくない。だが、着信音はなかなか途切れなかった。

仕方なく電話に出た。

〈清野と接触しましたか〉

責めるような声に、圭一はとっさに「まだです」とこたえた。

〈では接触を控えてください。お願いします〉

斉賀の強い口調に、圭一は妙な不安を覚え、「どうかしたんですか」と尋ねた。

〈キムミンソンのことで、重大な事実が判明したんです〉

興奮を抑えきれない斉賀が、まくしたてた。

〈一九九五年四月から二〇〇八年六月までの間、キムは国外にいました。この期間を差し引くと、

事件発生から今日までキムが日本にいたのは、十四年と十か月になります〉

「それが、どうかしたのですか」

〈容疑者が海外にいる間は、時効経過の時間から除外されます〉

二十八年前に起きた長官狙撃事件の公訴時効は十五年。もしキムが生きていたら、まだ十五年には到達していない。つまり――。

「時効は成立していないってことですか」

〈そうです。キムが清野と入れ替わろうとした動機はこれだと思います〉

圭一は、自分の内側で何かが爆ぜるのを感じた。

「じゃあ、もし清野がキムだったら、キムは逮捕されるということですか」

〈すぐに逮捕ということはないでしょう。昔の事件ですし、慎重に動かなくてはいけません。まずは身柄を押さえてじっくり聴取するところから始めます。ここでへたに接触すれば、逃走の可能性があります。私が到着するまで青井さんには接触を控えてほしいのです〉

「斉賀さんは、今、どちらに」

〈東京駅で北陸新幹線に乗ったところです。今日中に、七尾に着く予定です〉

寒気がサーッと背筋を伝っていく。

「到着は何時ごろの予定ですか」

〈あと三時間はかかります。おそらく十時くらいになるかと〉

ここへ向かう斉賀はおそらく一人ではないだろう。警視庁は、二十八年前の犯人逮捕へ向けて本格的に動こうとしているのかもしれない。

七尾に着いたら連絡します。動かないでください、と念押しされ、電話は切れた。腕時計は六時五十五分を指していた。

胸に残っていた、わずかなためらいは失せていた。耳の熱ももう感じなかった。いかなくては。圭一は海に背を向け、風に背中を押されるようにして歩き出した。

ネオンや看板に灯りがともり、細い路地を照らしていた。

「喫茶&スナックあかねどき」の前に立つと、店内から笑い声や話し声が漏れてくる。二階を見上げると、「Music Bar K」の窓には、淡いオレンジ色の光が映っていた。

圭一は意を決して階段を上がった。淡い照明に照らされたドアが近づいてくる。

鼓動が胸を強く打ちつけていた。ドアの向こうを見たときに、こたえは出る。そこにいるのは修なのか。もし修なら、二十八年前の事件の狙撃犯なのか。

ドアを開けた。

ジャズピアノのしらべ。いらっしゃいませ、と男の声。カウンターのなかで立つ店主らしき男性に目を向けた。黒いシャツにジーパン。中肉中背。少なくともやせ型には見えない。白髪交じりの髪はまんなか二つ分けで、少し耳にかかっている。この人物が清野になりかわったキムであり修なのか、それとも本物の清野なのか、一目では判断できなかった。

お好きな席へどうぞ、といわれてテーブル席についた。圭一以外に客はいなかった。

店主が水とメニュー表を持ってテーブルに近づいてきた。

どう尋ねる？　あなたは佐竹さんですか。清野さんですか。金井さんですか。キムさんですか。

いくつもの名前が頭のなかに浮かんでは消えていく。心臓は周りに音が聞こえそうなほど強く打ち続けていた。

そのとき、友康から聞いた修の特徴をひとつ思い出した。

たしか、下唇とあごのまんなかに、ほくろがあったのではなかったか。

顔を上げて店主の顔を見ようとしたが、あきらめた。あごのあたりはひげに覆われて、ほくろの有無はわからなかった。

圭一はメニューを見ずに、ビールを注文した。店主はカウンターに戻っていく。圭一のことを特に意識している様子はなかった。

店内を見渡した。カウンターの奥には、大型スピーカーが壁にはめ込まれている。店の奥には、小さなステージがあり、マイクスタンドとシンプルなドラムセットが中央に置いてあった。

今夜、警察はここへ来る。時間にあまり余裕はない。かといって、ぶしつけに、あなたは僕の父ですかと問いただす勇気もなかった。

「どうぞ」店主が細長いビールグラスをテーブルに置いた。

もう一度、店内を見渡した。

「あれ、叩いてもいいですか」と圭一はドラムセットを指さした。

「いいですよ」と店主が真顔でこたえる。「スティックはドラムのところにあります」

ビールを一口飲んでから、圭一はドラムセットの前に座った。

ジャズピアノの音がフェイドアウトして、ステージの照明が少し明るくなった。店主は新しいタバコに火をつけて、ぼんやり宙を見ている。

スティックを手に取った。肩がひどく強張っているのがわかった。目をつぶり、腹からゆっくり息を吐き出すと、両肩の力が抜けていった。

圭一の四肢それぞれがまるで圭一とは別の意志を持っているかのように動き始めた。

シンバル、バスドラム、ドラム。はやる気持ちを抑えて、脱力奏法を心がけた。

――ドラムってのは、力を抜くほどいい。

――わかるか、スティックは叩くんじゃなくて、振るんだ。

友康を思い、友康になり切った。いつのまにか、耳の奥からギターの音が聞こえていた。

まぶたの裏でカーテンが揺れている。

カーテンの向こう側では、ドラムを叩く友康とギターを弾く修がいた。

やがてギターの音が徐々に消えていくと、圭一の手足も自然と動きを止めた。

店主がこっちを見ていた。口にくわえたままのタバコは灰と化している。

「うまく叩きたかったら――」

圭一はステージを降りた。「肩の力を抜けって。トモさんによくいわれた」

店主の瞳に驚愕の色が映り、タバコの灰がパッと弾けた。

刹那、胸の奥で何かが走り抜ける。

父がいる。二十八年前、警察庁長官を撃ったかもしれない父が目の前にいる。もっとやりきれない思いに支配されるかと思ったが、ドラムを叩いた高揚感がそれを阻止していた。

「今演奏したのは、オアシスのリヴ・フォーエヴァー」

「……」

「家にあったテープを何度も聴いたよ」

「圭一……なのか」その声は震えていた。

「父さん、だよね」

「どうして、ここに」

修が言葉を続けようとしたのを、圭一は手で制した。頭はもう冷静だった。

「どこかに行こう。たぶん、警視庁の捜査員がここへ来る」


修は、ドアにぶら下げた看板を「CLOSED」に裏返すと、圭一を伴って店を出た。

夜の商店街をひた歩く間、二人に会話はなかった。修は圭一より少しだけ背が高かった。

十分ほど歩いて七尾港の船停まりにたどり着いた。

修と圭一は歩道沿いのベンチに腰かけた。さきほど来たときよりも港は暗さを増していた。ウッド調の遊歩道を照らす灯りの明度は低く、足元は闇に包まれているような感覚だった。

目の前では、ロープにつながれた漁船や小型のボートが微かに揺れ動いていた。防波堤では赤いランプがゆっくりと点滅している。左手に見える〝能登食祭市場〟の窓には、橙色の光がぼんやりとともっていた。ここなら警察にも、すぐには見つからないだろう。

「どうして俺が生きてるってわかった？」

「家にホローポイントっていう銃弾と、リヴ・フォーエヴァーのテープがあったから」

「ホローポイントが？」

「間違って届いたんじゃないの」

修は少し顔をしかめると、新しいタバコに火をつけた。

何から話そうか……。友康が亡くなったこと。沙月のこと。二十八年前の狙撃事件のこと。伝えたいこと。訊きたいことがありすぎて迷っていると、

「モントレージャズフェスティバルって知ってるか?」と修がいった。

「いや、知らない」

「毎年、梅雨が明けると、この港で行われる音楽フェスだ。同じ名前のジャズフェスがアメリカにもあるんだけど、そっちが本家で、ロスにいたころ車を飛ばして、モントレーまで見に行ったことがある。潮風の漂う海辺でのライブは、ほんと、最高だった」

修が〝能登食祭市場〟へと視線を向けた。

「この港で行われるフェスは出演アーティストは少ないし、ポップスやロックなんかも混じってて本場とは全然違う。だけど、一つだけ同じところがある。何だと思う?」

圭一に問いかけているようで、修は一人で語り続ける。

「夕方の空の色だ。フェスは昼に始まって夜まで続くんだけど、港で見る夏の夕陽っていうのは赤じゃなくて真っ白なんだ。それが時間とともに少しずつ金色に輝いていく。これだけはモントレーで見たのと同じだった。それを見て思った。ずっとここに住んでもいいってな」

金具がこすれあう金属音が船停まりから聞こえてきた。帆を外したプレジャーボートの鉄柱がかすかに揺れている。

「警察が来るってことは、ただ会いに来たってわけじゃないだろ」

「二十八年前――」

暗闇が後押ししたのか、思ったよりもはっきりと口に出せた。

「警察庁長官を拳銃で撃ったのは、父さんなの？」

修のほうは、すぐにはこたえなかった。

緩い風が吹き抜けていった。歩道の下は空洞なのか、波が側壁に打ちつける音が不規則に鳴り響いている。

波がひき、わずかな時間、静けさが生じた。

「ああ、そうだ。俺が撃った」

「今日までのこと、全部、教えて」

修はひとつ煙を吐くと、「わかった」といってタバコを携帯灰皿に押しつけた。

青井修

今思い出しても、圭一が、てんかんを発症するのは、見ていて本当につらかった。生きていく限り、これがずっと続くのか。いつかどこかで事故にあって、命を落とすのではないか。何とかできないものか、といつも感じていた。

だけど、これだけはいっておく。圭一の病の治療ができるからといって、徳丸殺しの計画にすぐに乗ったわけじゃない。いくら徳丸が憎くても、その殺人に加担するなんて、一線を越えるわけだし、簡単には決められなかった。

たしかに岩滝さんや利美さんの説得はあったが、あの二人に無理矢理アメリカに行かされたわけでもない。よく考えて、最後は自分の意思で決めた。

しかし、やっぱりアメリカに行くのは不安だった。俺の役割は、徳丸を殺してくれる人間を見つけることだったが、もし、そんな依頼を引き受けてくれるヤツがいたとしても、まず、まともな人間じゃないだろうからな。

それでも、アメリカに行けば行ったで、なんとかなる、殺しを請け負ってくれる人間はすぐに見つかると安易に考えてた節もあった。

アメリカに着いてからは、拳銃を扱う店に行ってみたり、危なそうな連中が集まる酒場にも出入りしたりした。そこで口が堅そうな人間を捜して、徳丸殺しを依頼しようと考えていた。元軍人が理想だったけど、簡単にはいかなかった。これは、と思うヤツには、何人か声をかけてみたが、誰も本気にしてくれなかったし、日本に行くのを嫌がった。

ロスでは、声をかけては断られるってことが何度も続いた。やがて、ロス市警に目をつけられた。怪しげな日本人がいるって話が巷で広まっていたらしい。そのころは、出国のときに使った別人のパスポートの名前を騙っていたが、逮捕されてはまずいので、俺は慌ててロスを離れてアリゾナへと移った。

アリゾナでは、ロスでの反省から、慎重に殺しの請負人を探すことにした。射撃クラブに入ったのは、請負人を探すだけでなく、射撃の訓練という目的もあった。請負人が見つからなければ、自分が実行犯にならなくてはいけないという約束もしていたからな。自衛隊にいた経験もあったから、基本的な銃の使い方はわかっていたし、撃つのは嫌いじゃなかった。

その射撃クラブで日本人の男と出会った。それが加藤充治だった。クラブにいた日本人は、俺と加藤だけだったから、加藤は俺によく話しかけてきた。加藤の射撃の技術はすごくて、射撃のコツをいろいろと教えてくれた。そのおかげで、俺はクラブが主催する大会で入賞するくらいの腕前になった。

だからといって、加藤への警戒心を解いたりはしなかった。日本人には、殺しの依頼はしないと決めていた。万が一、実行犯が逮捕されたときに、依頼元がバレやすいと思ったからな。

加藤の前では、殺しの請負人を探しているなんて話はしなかったし、そぶりも見せなかったが、加藤のほうは、俺には何かあると勘づいていたらしい。

ある晩、二人で飲みに行ったときに、何かでかいことをやろうとしているんだろ、と訊かれた。そんなことはないとシラを切ると、加藤は急に真顔になって、俺は銃で人を撃って殺したことがある、とぼそっと口にした。しかも相手は警察官だと。

驚いて声も出ない俺に、加藤は昔話をした。京都大学の学生だったが、二年で中退した。その後、大阪で警察官を射殺して逮捕された。二十年近く服役したあと、アメリカに渡り、いろいろな場所を転々として生活してきた。以来、日本には帰っていないが、今も日本のことが好きで、いつか国に戻って力を尽くしたいと思っていると。

加藤は、日本の警察を毛嫌いしていた。頼りないし、気にくわない。弱者を叩くだけで、巨悪と戦おうとはしない。だから、自分はいつか日本に戻って、警察や自衛隊とは別の義勇軍のようなものを作って国に貢献しようと考えているなんてことまで語っていた。

そのとき、加藤が口にした「巨悪」って言葉が妙に胸に響いてな。巨悪イコール徳丸と連想した俺は、この男にならなら伝えてもいいと思い、加藤に本名を名乗り、アメリカに渡った経緯を打ち明けたんだ。

それまでアメリカで一人、徳丸殺しの請負人探しをしていたのは、精神的に辛かったんだろう。話し出すと止まらなかった。

俺の話を聞き終えた加藤は、真剣な表情で、じゃあ俺が徳丸を殺してやる、といった。加藤ならやれると思った。射撃の腕はすごいし、胆力もある。その場で俺は、加藤に徳丸殺しを頼むことに決めた。

加藤はすぐさま帰国の準備にとりかかった。俺は岩滝さんに、請負人を見つけた、徳丸暗殺計画はいよいよ実行できると伝えた。すると岩滝さんから、加藤とはどんな人物なのか、本当に実行できそうか見極めたいので、一度、会いたいと連絡があった。

岩滝さんがいうのも一理あるので、加藤が帰国したら会えるよう、俺が間に入って調整した。そのころは、加藤の口利きで、拳銃などの武器を確保できるめどが立ち、日本に送れるところまでこぎつけていた。

ところが、加藤が日本に行ったあと、しばらくして岩滝さんから、加藤とは一緒にやれないと連絡があった。

どうしてかと尋ねると、岩滝さんはこういった。加藤は、国家権力そのものに強く不信感を抱いている。徳丸暗殺にとどまらず、もっと大きなことをやろうとしているように思える。危険な感じがするし、そういうことには関わりたくない、加藤とはつながりを持ちたくないと。

加藤とは相いれないという岩滝さんの気持ちは理解したが、俺は、岩滝さんの態度にも違和感を覚えた。前ほど徳丸殺しに身が入っていないというか、岩滝さんの心に変化が起きているように思えたんだ。

それを岩滝さんに問うと、神戸で震災があって気が滅入っているというこたえが返ってきた。利美さんにしても、親せきが被災して、その世話にかかりきりという話だった。実際、利美さんとも電話で話したが、徳丸殺しどころではないというのが伝わってきた。挙句、岩滝さんと利美さんから、徳丸殺しの計画は中止にしようと告げられたんだ。

俺は、自分の気持ちをどう整理すればいいか、わからなくなった。徳丸殺しをあきらめるなら、それはそれで仕方ないという思いと、死んだと偽装してまでアメリカに渡った自分は何だったのかという、やるせなさもあった。

加藤からも、岩滝さんたちと決裂したと連絡があったが、加藤の士気は高いままだった。日本で志のある人間を集めて義勇軍を作り、徳丸個人ではなく、光宗会を倒すつもりだとぶち上げた。そのために、義勇軍で使用する拳銃をとりあえず確保したい、俺に、アメリカに残って日本へ武器を送る役割を担ってくれと頼んできた。

浮遊していた俺の気持ちは、加藤の言葉で着地した。アメリカから加藤をサポートすると決めて、拳銃を送る手配をした。

船便での密輸を思いついたのは加藤だった。船便の検査は緩いから、怪しげな送り先でさえなければ、税関でひっかかることはないと自信ありげに語った。

肝心なのは、加藤が武器を安全に受け取る場所と時間だった。

受け取り場所は青井楽器店の倉庫にしようと俺が提案した。元々、青井楽器店には商品を輸入するルートがあった。商品仕入れのコストを押さえたり、ほかでは手に入らないレアな楽器を取り寄せるために、代理店を通さずにアメリカから直輸入で楽器を仕入れていたんだ。

だからといって、うまくいくと安易に考えたわけではなかった。加藤から依頼された拳銃は、そのまま商品箱に入れたりはせず、アンプの中に潜ませた。知ってると思うが、アンプの中ってのは空洞で、結構ものを詰め込むことができるからな。

受け取り時間も何とかなると思った。俺がまだ日本にいたころ、青井楽器店が船便の商品を受け取るのは、週に一度毎週火曜日で、倉庫から商品の出し入れを行うのは午前中と決まっていた。おそらく、それは変わっていないだろうから、その時間帯さえ外せば、倉庫の外で待つ加藤が、拳銃や銃弾の入った船便を受け取れるはずだったし、実際それでうまくいった。

拳銃と銃弾を船便で何度か送った。どの配送もうまくいったと思っていたんだが、まさかホローポイントの入ったアンプのひとつが、店の正規の受取日だった火曜日に届いていたとは思いもしなかった。拳銃の数は管理していたが、銃弾のほうは拳銃ほどしっかり把握してなかったから、輸送に手違いがあったなんて気づかなかったんだろうな。

密輸によって武器を確保できた加藤だったが、すぐには戦えなかった。義勇軍を作ろうにも人が集まらなかったらしい。急がなくてもいいんじゃないかと、俺は焦る加藤をなだめた。加藤のほうも、俺の言葉に感じ入った様子で、そのときは、素直にわかったといっていた。

ところが、ある日、加藤の態度が急に変わった。きっかけは、光宗会が起こした地下鉄サリン事件だった。

国際電話で加藤は、警察が本気で光宗会を摘発しないからこんなことが起きた、警察は何をやっているんだとひどく怒っていた。さらに、興奮しながらまくしたてた。こうなったら、狙いを光宗会から警察に変えると。

どうして警察なのかと尋ねたら、警察相手に何か事件を起こして光宗会のしわざと見せかければ、警察も本気になって光宗会倒しに動くだろうと加藤は力説した。

警察を標的にするという加藤の言葉には説得力があった。俺も今までは徳丸と光宗会だけを憎いと思っていたが、幹子を亡くしたとき、事件性があるんじゃないか、もっと捜査してほしいと何度も頼んだのに、警察は相手にしてくれなかった記憶がよみがえった。

しかし、加藤がやろうとしていたのは、とんでもないことだった。

警察組織のトップ、警察庁長官を襲うと、加藤はいったんだ。

それを聞いたときは、さすがに耳を疑った。どうやって襲うのかと尋ねたら、長官の住居にダイナマイトを仕掛けて建物ごと破壊するつもりだという。

その建物は警察の官舎ではなく、民間のマンションだった。建物を爆破したら、同じマンションに住む一般人にも被害が及ぶ。爆破なんてやり方はやめたほうがいいと伝えたが、地下鉄サリン事件のあとだから、一般人を巻き込んだ犯罪のほうが光宗会らしく見えるだろうというのが加藤のいい分だった。さらに加藤は、一人でやるにはこれしか方法はないとも語った。

俺は猛烈に反対した。一般人を巻き込むのは絶対にだめだと説得した。しかし加藤のほうも、建物を爆破するしかないと譲らなかった。激しく言い争った最後、俺は、こういった。マンションを爆破するくらいなら、拳銃で海江田一人を狙えばいいだろうって。

そのときの俺の感情は高ぶっていた。売り言葉に買い言葉という面があったことは否定しない。加藤のほうも、俺の吐いた言葉にすぐに反応した。じゃあ、おまえがやれよ、今すぐに日本に帰ってきて、海江田を撃て。それができるなら、マンションを爆破したりはしないと。加藤の気持ちを静めるために、電話口では、「ああ、わかった」と加藤の提案を承諾したふりをした。もしもそこで拒否したら、確実にマンションを爆破する気でいる覚悟が加藤から伝わってきたからだ。

俺は急き立てられるように、日本に帰国する手続きをした。日本を出るときに使った偽造パスポートは使わなかった。一時期、ロス市警にマークされていたので、出国の際、ひっかかる不安があった。できれば日本人のパスポートが欲しかったが、急いでいたので入手するのは無理だった。手っ取り早く用意できたのが、キムミンソンという日本での在留資格を持つ韓国人のパスポートだった。

日本に向かった俺だが、警察庁長官を撃つ覚悟は全くなかった。

帰国してすぐ、加藤のいる新宿のシティホテルに向かった。

ホテルの部屋で俺は加藤に、電話では、ああいったが、警察庁長官を撃つなんてことはしたくない、別の方法で警察に打撃を与えることを考えてみないかと伝えた。

すると加藤は、「なら、これを見ろ」といってスーツケースを開いた。そこにあったのは大量のダイナマイトと時限装置だった。

加藤は俺に冷たい声でこう告げた。もし、狙撃をやめたければそれでもいい。ただし、そのときは、これを使ってマンションごと爆破するだけだと。

電話のとき以上に、加藤の本気がひしひしと伝わってきた。これはもはや説得できないと思った。俺は加藤に、「わかった、俺が警察庁長官を撃つ」というしかなかった。

やるしかないと本気で考えたのも、そのときが初めてだった。

それからホテルで加藤と丸一日打ち合わせをした。長官狙撃の決行は、明後日、三月三十日の朝。使用する拳銃はコルトパイソン。元々は徳丸を撃つつもりで加藤あてに密輸したものだったが、ここで使うにふさわしいと加藤にコルトパイソンを勧められた。

加藤は俺が帰国する前に入念に現場の下見をしていたらしく、海江田長官の出勤時間と警備体制のことにも詳しかった。出勤時間は八時三十分。警備を担当する警察官は七時五十分からマンション周辺の道路を巡回している。長官の専用車両は八時二十分に到着して、八時二十五分に秘書が車を降りてマンションの一階まで迎えに行くという。

当日の場所と逃走経路を確認するために、決行前日の夜明け前に、加藤と二人で海江田長官の住むマンションへと向かった。

敷地内にはマンションが七棟あり、長官が住んでいたのはEポートだった。本番では、Eポートと広場を挟んだ向かい側のFポートの植え込みに潜み、Eポートの正面玄関を出てきた海江田を拳銃で撃つという段取りだった。

加藤が盗んできた自転車が、マンションの敷地の外にある雑居ビルの陰に二台用意してあった。マンションの周辺は一方通行の狭い道が多いから、自転車で逃げるのが一番つかまりにくいというのが加藤の読みだった。

狙撃が成功したとの想定で、予定の逃走経路を通って合流地点まで向かった。計画のなかで、気になる点は何もなかった。

あとは、翌日の本番を待つだけとなったが、海江田長官を銃撃することへの不安と葛藤は消えなかった。アメリカで射撃の訓練をしていたとはいえ、人を撃った経験は一度もない。実際、その場面になったときに引き金を引けるのか。何より、警察庁長官を撃つことが果たして、光宗会撲滅の後押しになるのか疑問だった。

海江田長官を狙撃する大義とは何だと、俺は加藤に改めて問いかけた。

すると加藤は、そんなこともわからないのか、と怒気を含んだ声でいった。警察がしっかりしていれば、光宗会なんてとっくになくなっていた。おまえの奥さんだって死なずに済んだはずだし、地下鉄サリン事件も起きなかった。こんなことになったのは、警察の責任だ。警察のトップを狙撃して、警察の目を覚まさせてやるんだ。俺たちが日本を変える、いや、守るんだ。

加藤は何かにとりつかれたように熱く語った。そんな加藤が怖いと思った。同時に俺の胸のなかで、ある思いがよぎった。殺すべきは、この加藤ではないか。そうすれば、警察庁長官を撃つ必要もなくなるんじゃないかと。

だが、加藤はこれもお見通しだった。あの男、俺の様子から何かを感じ取ったのか、急に、「北区十条……」と、どこかで聞いた住所を口走った。そして、ダイナマイトの入ったスーツケースをさすりながらこういった。

「俺に何かあったら、楽器店がどうなるか、わかってるよな」

その住所がどこなのか気づいて、背筋が凍った。もし、俺を殺そうとしたら、息のかかった奴らが、トモと圭一の住むあの店を吹っ飛ばす。加藤はそう匂わしたんだ。

これでは、トモと圭一を人質に取られたも同然だった。もう逃れる道はない、海江田長官を拳銃で撃つしかないと、俺はそのとき真に覚悟した。

それでもまだ、迷いがすべて払しょくできたわけではなかった。俺は、心を無にしようとアメリカから持参したウォークマンでカセットテープを聴き続けた。ロックミュージックを大音量で流し、脳内を埋め尽くした。

その晩は、一睡もできないまま、決行の日を迎えた。

明け方、加藤と一緒に始発の電車に乗った。拳銃は大きめのバッグに入れて運んだ。

海江田長官の住むマンションから一駅手前の駅で降りた俺たちは、駐輪場に停めてあった逃走用の自転車に乗ってマンションへ向かった。

マンションに着いたのは、午前六時頃だった。明け方からずっと弱い雨が降っていた。俺は黒っぽいレインコートを着て、Fポートの植え込みに身を隠してそのときを待った。

加藤は、Bポートの植え込みに隠れた。その位置からはEポートとFポートを一望でき、狙撃が成功したかどうかを確認できる場所だった。

風はほとんどなかった。風の強さや向きは、射撃の命中率を左右するが、心配はなさそうだった。

撃つしかない、だが、撃ちたくない。そんな思いが俺の頭のなかで交錯し続けていた。

七時五十分ごろ、警備の車が現れた。その三十分後には、長官専用車がマンション前の道路に停車した。すべて加藤から聞いたとおりだった。

八時二十五分。俺はバッグからコルトパイソンを取り出し、Eポートの正面玄関に向けて構えた。それでようやく、撃つことだけに意識を集中できるようになった。

車を降りた秘書が、海江田を迎えにEポートに入った。俺は神経を研ぎ澄ませた。出てきた海江田長官を狙撃する。それだけを思って、正面玄関を見据えていた。

だが、そこで想定外のことが起きた。海江田長官と秘書は、正面玄関ではなく、建物横の狭い通用口から出てきた。しかも、俺のほうに向かってくるように見えた。

もしかしたら、こっちの存在に気づいているのかと一瞬焦ったが、そうじゃなかった。傘を差した彼らは長官専用車に向かっていった。

通用口から出てきたことで、俺と海江田長官の距離は想定していたより十メートルほど近くなった。

俺は、海江田長官の背中に向けて、コルトパイソンの引き金を引いた。狙ったのは心臓。一発で仕留めるつもりだった。だが、心のなかでは、海江田長官の死を願いながらも、死なないでくれとも祈っていた。おかしいと思うだろ？　でも、本当にそう思っていたんだ。

そのせいか、銃弾は狙ったところからほんの少し外れた。まだ立っていた海江田長官に、俺は夢中で二発目を撃った。海江田長官が倒れ込むと、さらにもう一発撃ちこんだ。

海江田長官は、もう死んだと思った。

秘書が海江田長官の上体を起こして引きずっていく様子を、俺は拳銃を構えてじっと見ていた。途中、秘書のスーツの袖がめくり上がり、右手首あたりに包帯を巻いているのが見えた。秘書の必死の形相と彼の白い包帯。その二つが妙に目に焼きついてな。今でも手に包帯を巻いている人を見かけると、自然とあの日のことを思い出してしまうことがある。

海江田長官と秘書が植え込みの陰に隠れたときにもう一発撃ったが、二人を狙ったのではなく、反撃させないための威嚇だった。

合計、四発撃った。俺は、持参していたバッグに拳銃を突っ込み、自転車が置いてある場所に急いだ。背後から大声が聞こえたので、警察官が追いかけてきたのかと思ったが、実際は誰も追いかけてこなかった。

加藤は俺より早く逃げたようで、自転車は一台しかなかった。あのときは死ぬ気でペダルをこいだ。心臓は破裂しそうなほどに脈を打ち鳴らしていた。

マンションから二キロほど離れたところにある大きな橋の高架下で加藤と合流した。雨はいつの間にかやんでいた。顔と体から汗が噴き出したが、悪寒がして震えが止まらなかった。

肩で大きく息をする俺を、よくやったといって加藤は抱きしめた。俺の背中を何度も叩き、あいつはこういった。これでおまえもこっち側に来たなと。

それを聞いた瞬間、俺の体は硬直し、汗も震えもぴたっと止まった。

そして気づいたんだ。加藤はマンションを爆破する気などなかった。俺に長官を狙撃させるのが、そもそもの目的だったんじゃないかってな。

加藤を払いのけた俺は、あんたとは違う、これ一回限りだと叫んだ。

すると、加藤は、もう俺と一緒にやっていくしかない、それがおまえの運命だといい返してきた。

押し問答のようなやり取りが続いた末、俺は、今すぐアメリカに戻る、あんたとは金輪際、かかわらないと宣言した。

加藤は強くいい返してくるだろうと思ったが、なぜか急に黙り込んだ。そして、こういったんだ。もしアメリカに行くなら、海江田を狙撃したのは、俺ということでいいなと。

どういう意味だと尋ねると、加藤はふふっと微笑んで、今、義勇軍に入らないかと何人かに声をかけている。俺の本気度が十分に伝わっていないのか、なかなかいい返事をくれない。だからそいつらに、近いうちに海江田長官を射殺すると話した。今日の事件をニュースで知ったら、俺が本気だったと伝わるだろうと語った。

話を聞くにつれ、怒りよりも後悔のほうが大きくなっていった。加藤に殺しの請負人になってもらうはずが、俺のほうが加藤の駒にされていたんだ。

あんたの好きにすればいい、といい残した俺は、コルトパイソンの入ったバッグを加藤に押しつけて、その場を立ち去った。

一人になると、人を撃ったという実感が徐々に大きくなり、俺は不安と恐怖で押しつぶされそうだった。どこかに隠れているより、つねに動いているほうが気持ちが紛れた。その日は一日中、都内を歩きまわった。体はずっと浮遊したようで足元はおぼつかなかった。イヤフォンで大音量の音楽を聴くことで、かろうじて正気を保っていた。

街頭のテレビでは、警察庁長官が狙撃されて意識不明の重体というニュースが流れていた。あれで死んでいないなんて嘘だろと思ったが、もし、本当に生きているなら、海江田長官には何とか助かってほしいと願った。

だけど、海江田長官の容体が悪化して亡くなったら、俺も死ぬしかない、死んで詫びるしかないという気持ちもあった。ただし、そのときは、死に場所は日本であってはいけない。日本で死ねば、俺が犯人だと知られるかもしれない。死ぬにしても、トモと圭一、岩滝さんと利美さんには、迷惑はかけられないと思っていた。

もし死ぬんなら、その前に、トモと圭一に会いたかった。しかし、無理なこともわかっていた。それならせめて、十条にある青井楽器店を目にしておきたかった。十条に移ってからの店を俺は見たことがなかったら、気になっていたんだ。

元々、青井楽器店は、板橋のテナント物件で営業していたのを、トモが店を引き継いでから、十条に移った。利美さんの不動産会社がトモに売り込んだってことになっているが、実は、俺がアメリカへ行く前に、利美さんと俺とで話がついていた。利美さんがいろいろと手を尽くしてトモのために格安で譲ってくれたんだ。

長官を撃った日の深夜、俺は、ひとけのない十条銀座商店街のアーケードを進み、青井楽器店にたどりついた。

あの夜のことは今でもよく覚えている。二階の灯りは消えていたが、ここにトモと圭一が住んでいる。そう思うと、ひどくせつない気持ちになって涙があふれだした。

本当に後悔した。拳銃で人を撃ち、再び日本を出て行くなんて、どうしてこんな人生になってしまったのか。帰国したとき、すぐに警察へ出頭し、死んだと偽って渡米したことを告げて自首してれば、やり直せたのに。それが、加藤にそそのかされて大事件を起こしてしまった。今さら、もう取り返しのつかないことになった。そう思うと涙が止まらなくてな。

嗚咽しないよう口を押さえて俺はじっと店を眺めていた。ガラス越しにいくつものエレキギターがぶら下がっていた。それを見ているうちに、トモとのいろんな思い出が頭に浮かんできた。

俺とトモは、親の事情でずっと施設で暮らしてた。子供のころから二人とも音楽が好きだった。施設には古い楽器が置いてあって、俺がギターを弾き、トモがドラムを叩いた。二人でよくロック談義もした。大人になって店を構えてもそれは変わらなかった。今、アメリカやヨーロッパではこんな曲が流行ってる、俺たちも真似してやってみようかって。

あいつは今どんな音楽を聴いているだろうか。店が忙しくてドラムを叩く暇なんてないんじゃないか。そんな想像をしているうちに、俺がよく聴いてるテープをひとつ置いていきたくなった。トモがテープを聞いて俺のことを一瞬でも思い出してくれたら、なんて感傷的な考えが頭をよぎったんだ。

背負っていたバックパックには、カセットテープが何本か入っていた。たまたま取り出したのは、片面十分の短いテープだった。それはアーティストのアルバムを録音したものではなく、俺が演奏した曲が入ったものだった。気に入ったアーティストの曲を覚えて自分で演奏するのが昔から好きで、出来ばえを確認するためによく録音していた。そのテープは日本に持ってくるつもりはなかったが、ほかのテープに紛れて持ってきていたらしい。

だが、このテープだけは、だめだと思った。だって、俺が弾いてるんだから、トモはすぐに気づくだろうって。

ラベルには、「Oasis　Live Forever」と記してあった。

リヴ・フォーエヴァー。直訳すれば、「永遠に生きる」だ。

海江田長官のこと。アメリカへ逃げる自分のこと。店に住む弟と息子のこと。後悔と不安でボロボロだった俺には、「永遠に生きる」って言葉が救いのように思えて、たまらず、その場でカセットテープをウォークマンにセットした。

イヤフォンからは、俺のギター音しか聞こえないはずなのに、それまで何度も原曲を聞いていたせいか、耳の奥にはボーカルの声も届いてきた。

Wanna live, I don't wanna die.（生きたいんだ。死にたくはないぜ）

Maybe I just wanna breathe.（たぶん、息をしたいだけなんだ）

You and I are gonna live forever.（あんたも俺も、ずっと生き続けるんだ）

どの言葉も、俺の心にぐさりと突き刺さった。頭の芯が揺れ、体には激しい衝動が走った。

海江田長官が死んだら、自分も死ぬ気でいる。だけど今はまだ生きている。俺はここにいる。

そのことをトモも圭一も知らない。もちろん伝えるわけにもいかない。理屈ではわかっている。

だが、抑えきれなくなっていった。俺は今ここにいると伝えたかった。

心のなかは、せめぎあっていた。カセットテープをウォークマンから取り出した俺は、明らかに俺の字とわかる手書きラベルだけは引きはがして、カセットテープを店のポストに突っ込んだ。

そして、深夜の商店街から立ち去った。

翌日、ロス行きの飛行機に乗った。

海江田長官に助かってほしいと、飛行機のなかでずっと祈り続けた。

祈る間、オアシスのリヴ・フォーエヴァーが脳内で鳴り響いていた。

Wanna live, I don't wanna die.

Maybe I just wanna breathe.

You and I are gonna live forever.

アメリカに着いて海江田長官が一命をとりとめたと知ったとき、祈りが通じたと思った。

人殺しにならずに済んだ俺は、誰もいない場所で泣いた。

青井圭一

暗い港には、時折、強い風が吹くようになっていた。

顔に当たる風は、冷たいはずが何も感じなかった。

修が何かを確かめるように、もう一度、オアシスの歌詞を口ずさんだ。

風に吹かれて、修の言葉はすぐに消えていく。

難病の高額な治療費を得るため……。加藤の脅迫、圭一と友康の住む場所を守るため……。

自分の知らぬ間に修は自分を守ってくれていた。

頭はぐらぐらと揺れていたが、いつものあれではなかった。修の言葉の一つ一つが重い響きを持って圭一の脳をきしませた。

偽装して渡米したのも、警察庁長官に銃を向けたのも、追い詰められての決断だった。それ以外の選択肢を選んでいたら、自分はこの世にいなかったかもしれない。修が背負った過酷な半生と引き換えに、今の自分はあるといっても過言ではない。そう思うと、おのずと熱いものがこみ上げてきた。

父にかける言葉はすぐには見つからなかった。何を伝えようとしても足りない気がした。

「海江田長官が一命をとりとめたからといって、気を緩めたわけじゃなかった」

修が再び語り始める。

「もし、俺が捕まれば、狙撃のことだけじゃなく、偽装死のこともバレてしまうかもしれない。

そうなると、偽装死を手伝った岩滝さんや利美さんも警察に引っ張られる。それは絶対に避けたかった。そのためには、ずっとアメリカでキムミンソンとして生きて行く。そのほうが、日本にいるよりは安全と考えた。そんな俺がどうして日本にまた帰ってきたのか――」

青井修

しばらくは、一か所に長くとどまらずに、西海岸を転々としたが、最後はロスに落ち着いた。マリナデルレイっていう港町だ。そこはロスにしては治安がよくて、ハリウッドスターやミュージシャンが別荘を構えていた。リゾートホテルやコンドミニアムなんかもあって、そのひとつで俺は、キムミンソンとして働いた。仕事が休みの日は、自転車で海岸沿いを走ったり、バーでミュージシャンの演奏を聴いたりして過ごした。

結局、十三年ロスで暮らした。事件の捜査のことには、いつも注意を払っていたが、俺の周辺で日本の警察が動いているような気配は、一度もなかった。

病気にさえならなければ、あのままずっとロスにいたと思う。病気ってのは、がんだ。ある時期、首と足にしこりがあって微熱が続いた。おかしいと思って病院で診てもらったら、悪性リンパ腫でステージ4と診断されたんだ。医者からは五年生存率は五割以下だといわれ、長くは生きられないと覚悟した。すると、無性に日本に戻りたくなって、トモや圭一に会えないとしても、死ぬなら日本でと思った。海江田長官を撃ったときは、日本では死ねないと思ってアメリカに逃げたのに、やっぱり日本が恋しかったんだろうな。

キムミンソンとして帰国した俺は、埼玉の病院に入院した。最初にアメリカに渡るとき、生活に困らないようにと利美さんがかなりの金を用意してくれていたから、金は潤沢にあった。

治療は手術ではなく、放射線治療を選んだ。完治の見込みが低いのに、手術をするなんてのは嫌だった。しかし、放射線治療っていうのは、思いのほかしんどくてな。吐き気は続くし、体じゅう重いし。こんな目にあうくらいなら、いっそ、すぐにあの世に行ったほうが楽なんじゃないかとさえ思った。

そんな苦しい治療を我慢できたのは、海江田長官を撃ったときの記憶が刻まれていたからだ。あのとき、海江田長官は俺の銃撃で生死の境をさまよった。今俺が受けているのは、海江田長官を撃った罰だ。死ぬ前に、こうして苦しむ義務があるんじゃないかと思ったんだ。

ところが、キツい治療が俺の体には合ってたらしくて、信じられないような話だが、治療開始から一年でがん細胞がなくなったんだ。

ほかの臓器にも転移はなかった。死の淵から生還した俺は、生まれ変わったような気がした。そして思った。せっかく命が助かったんだから、これを機に過去のことをすべて断ち切って、新しい人生を歩もうってな。

このまま日本で暮らすと決めた俺は、退院したあと、埼玉から長野へと移って生活を始めた。なぜ長野なのか？　もうずいぶん長い年月がたっていたとはいえ、自分が事件を起こした東京から少しでも遠ざかっていたかったからだ。

体も回復したので、仕事を見つけて地に足の着いた生活をしようとした。過去を詮索されない仕事、そうなると仕事は限られてくる。俺は温泉旅館で働くことにした。仕事に不満はなかったが、どういうわけか、体の内側が空洞になったみたいで、何をするにも気力がわいてこない。あるとき病院に行ったら、軽いうつ病といわれた。医師によれば、放射線治療を受けた人間は、体が完治したあとも心のほうが回復しにくいことがあるんだという。

話を聞いているうちに、俺はがん治療だけが理由ではないように思えた。体は空洞みたいだが、頭のなかは灰色で、ずっと雨が降っているような感じがしていた。それが何を意味しているか、俺にはわかっていた。海江田長官を狙撃した日の記憶だった。植込みに隠れて、じっと拳銃を構えていた。あのときの空の色と雨の記憶が、病気の治療を機に脳の奥から鮮明に現れたんだ。

これも罰なのかもしれない。それなら受け入れるしかない。そう思って灰色の景色を頭のなかに抱えながら俺は過ごしたが、当然、気分はよくなかった。

そんな灰色の景色が消える瞬間があった。狩猟で銃をかまえたときだった。あるとき、旅館の料理人に誘われて、狩猟についていった。撃ってみるかといわれて、おそるおそる猟銃を手にした。銃に触れるのは、あの日以来だったが、かまえてみたら、灰色の景色が頭からすっと消えた。銃を持ったときだけ、気持ちが晴れるなんて、皮肉なもんだと思った。今、思い出しても、あれはどうしてなのか、理由がよくわからないけどな。

菊池尚樹に出会ったのは、狩猟で山に入っているときだった。あの男とはウマが合った。クセはあるけど、ああ見えて菊池は悪いヤツじゃなかったし、お互い、何かを背負ってる感じというか、どこか通じるところがあったんだろう。徐々に親しくなって二人で酒を飲みに行くようになった。

ある晩、二人で大酒を飲んだとき、菊池はあけすけに自分の過去を打ち明けた。ギャンブルのこと、借金のこと、人を殴って大学の職を追われたこと……。俺のほうも、菊池ならいいかと、海江田長官を撃ったときのことを思わず話してしまった。何年たとうが、あの事件を自分一人の胸のうちに留めておくのは、やっぱり苦しかったんだろう。ところが、菊池が、俺の話に妙に食いついてきた。あとで酔いがさめてから、話してしまったことが怖くなって、それ以来、菊池とは距離を置くようにした。

そのころ、同じ旅館で働いていた清野から、長野を離れて別のところで仕事しないかと誘われていた。清野は旅館での待遇に不満があったみたいで、ほかの仕事を捜していたらしい。俺を誘ったことに深い意味はないと思うが、自分と同じで待遇に不満があると考えて誘ってきたんだろう。

清野がいうには、富山まで行けば、北陸新幹線がらみの仕事がいろいろあって、条件も旅館で働くよりはだいぶいいって話だった。

俺は清野の誘いに乗ることにした。菊池に事件のことを話してしまったのが気になっていたので、長野を離れるという選択は悪くないと思ったし、軽いうつもずっと続いていたので、環境を変えれば、よくなるかもしれないという期待もあった。

富山に着いた日、俺と清野はビジネスホテルのツインルームに宿泊した。すると、その晩、清野が、胸が苦しいと急に訴えた。太っていた清野は、元々どこか体が悪かったんだろう。フロントに電話したときには、もう完全にこと切れてた。

すぐに清野の家族へ連絡しなくてはと考えたが、清野に身寄りがないことが頭をよぎった。借金を作って自己破産していた清野は、家族と縁が切れていた。それでパッとひらめいた。死んだのは清野ではなくキムにしたらいいんじゃないかって。清野の顔と名前は俺しか知らないし、それはキムも同じ。だったら、できると。

入れ替わろうと思った理由は、俺のなかで公訴時効のことがずっとひっかかっていたからだ。長野に移住してすぐのころ、警視庁が海江田長官狙撃事件の公訴時効を発表した。だが、実際には、時効は成立していなかった。なぜなら、俺は日本を出国していたので、時効期間の十五年が経過していなかった。

もし、何かのきっかけで俺がキムだと知れ、警察庁長官を狙撃した犯人だとわかったら、逮捕される。その不安を心の底でずっと抱えていた。だけど、万が一、キムミンソンが狙撃犯だったと警察に気づかれても、すでに死んでいるとなれば、捜査は行われない。キムでなくなった俺は、事件から完全に解放されると思った。

バカだと思うだろ？　そもそもキムミンソン自体が他人なのに、また、ほかの誰かと入れ替わるなんて、ほんと、よくやると自分でもあきれたが、やっぱり灰色の景色から逃れたい、そのためには、狙撃事件から自分を完全に切り離して生きたい。そんなエゴが心の奥底にあったのも、また事実だった。

亡くなった清野はキムとなって直葬され、富山市内の墓地に無縁仏として埋葬された。入れ替わりは誰かに疑われることもなくうまくいった。

清野となってからの俺は、それまでのキムの人相の特徴を消そうと努力した。あごのまんなかのほくろは、ひげで隠した。清野のような肥満体型にはなれないが、なるべく体重を増やそうと、無理矢理にでも食べるようにした。多分、昔の俺を知っている人間でも、誰も青井修と気づかないくらいの外見には変われたと思う。

清野義邦として暮らし始めると、頭のなかで降り続けていた雨は、ようやくやんでくれた。

斉賀速人

キムと清野が入れ替わっているかもしれない。青井から聞いた話がずっと頭から離れなかった。何かを予告するような光が、脳裏で何度も瞬くのを感じていた。

とりあえず、キムについてすぐに調べられることを、全部、調べてみた。

すると、キムの渡航歴で驚くべき事実が判明した。キムには二十八年前の狙撃事件のあと十三年間の出国歴があった。

キムが犯人なら、公訴時効は成立していない。ただし、今も生きているという条件なら、だ。

つまり、七尾にいるのが清野ではなくキムなら、７３３０の容疑者として逮捕できる可能性がある。斉賀は、いてもたってもいられず、そのことを加辺にだけ伝えた。

「おまえ、俺に話してどうするつもりだ」と加辺は露骨に顔をしかめた。

「今から七尾に向かいます。一応、事前にお伝えしておこうと思いまして」

反対され、怒鳴りつけられるのも覚悟した。それでも七尾へ向かうつもりだった。

案の定、加辺は、「調子に乗んじゃねえぞ」と声を荒げた。

ところが、そのあと加辺は意外な言葉を口にした。「俺も行くからな」

速達型の北陸新幹線かがやきは、ほぼ席が埋まっていた。

斉賀と加辺は、最後列の二人掛けシートに座った。

「知ってることをもう一度、全部話せ」と加辺がいった。

桐原長官が霞ケ関駅で襲われた直後に、加辺から7330を調べていた理由を問われて、仕方なく話した。だが、あのときは、すべてを打ち明けたわけではなかった。

青井圭一の妻が7330を調べていたことや、青井友康の遺品から見つかった銃弾が7330で使用されたのと同じ形だったことなど、斉賀は加辺に事細かく説明した。

新幹線は三つ目の駅、大宮を出発したところだった。次は長野まで停まらない。

「今の話、聞いて思ったんだけどよ――」腕を組んだ加辺がぼそりといった。「キムミンソンの正体は、青井修だったとは考えられないか」

ありえません。なぜなら、青井修は死んでいますから。そうこたえようとしたが、言葉は喉の奥で止まった。青井圭一と電話で話したときの違和感――今までとどこか違う雰囲気の理由はこれだったのかもしれないと脳裏をかすめたからだ。

「その推理が成り立つと思ったから」加辺が言葉をつなぐ。「青井沙月は七尾まで確かめに行ったんじゃないのか。そして青井圭一のほうも妻の意図に気づいた。だから、キムかもしれない清野に、いや、父親に会おうとしているんじゃないのか」

鋭い電流のような感覚が斉賀の全身を貫いていた。加辺のいうとおりだとしたら、斉賀らの到着を待つことはなく、青井圭一は清野に会いに行くだろう。

「しかし、今さら7330のマル被がいたなんてことになれば、こりゃ大変だぞ」

加辺の両目は心なしか充血していた。今、この同い年のキャリア警察官はひどく後悔しているのかもしれない。タブーといわれた７３３０に首を突っ込んだが最後、今後の華麗な警察官僚人生が潰えてしまうのを危惧しているのではないか。

「加辺補佐は、次の駅で降りてくださっても構いません」

「どうして?」加辺が横目で斉賀を見る。

「ここから先は、自分が勝手に動いたことにしときますんで」

「アホか。おまえ」

加辺が細い目をカッと見開いた。

「警察官にとってまたとないヤマだぞ。これを追わないでどうするんだ」


午後七時五十五分。新幹線は金沢駅に到着した。

今の時間、七尾線は普通電車しかない。七尾駅に着くのは最短でも二時間後の九時五十分だ。

新幹線に乗る前は、それでいいと思っていた。だが、青井圭一が清野にすでに接触しているとなると、少しでも早く七尾へ行ったほうがいい。警察が動いていることを知った清野がもしキムだったら、すぐに逃げようとするおそれがある。

エスカレーターを降りながら、加辺が、「何とかならねえのか」といって舌打ちした。

「レンタカーにしませんか。車をとばせば、一時間くらいで着くはずです」

「じゃあ、そうするか」

木目調があしらわれた上品な駅構内を、斉賀と加辺は速足で進んだ。

青井圭一

「話はこれで全部だ」

佐竹登紀江と出会い、富山から七尾へ居を移したと語ったところで、修の話は終わった。

沖から風が吹きつけ、足下からは波のぶつかる音が聞こえてくる。今のところ、誰かが来る気配はなかったが、ずっとここにいるわけにもいかないだろう。

「楽器店はどうだ？　うまくやってるのか」

「なんとかやってるよ」

「赤青キーロのギタ
ーリスト、京平だっけ。アマチュア時代によくうちの店で練習していたらしいな。彼とは一緒にバンド組んでたんだろ」

「もしかして、雑誌を読んだの」

「まあな」

沙月の書いた記事を読んだのだろう。あれには、京平が高校時代に店の従業員とバンドを組んでいたと書いてあった。

「店の写真も載ってたけど、品ぞろえも内装もすごくいい感じだった。一度でいいから行ってみたかったな。トモと圭一の作り上げた店に」

伝えなくてはいけないことがあった。修の話に聞き入ってしまい、告げるのが遅くなった。

「驚かないで聞いてほしいんだけど、実はトモさん、去年亡くなったんだ」

「そうか」

修に取り乱す様子はなかった。それを見てふと思った。

「もしかして、トモさんが亡くなったこと、知ってたの？」

「実は先月、知らない女が店に来て教えてくれた。ライターだとかいってたな」

沙月だ。やはり店を訪れていたのだ。

「その人ってどんな様子だった？」

圭一は自分の妻だとは明かさずに訊いた。

「一人でカウンターに座って物珍しそうに店のなかを眺めていた。そのうちに雑誌の切り抜きを渡された」

それは、圭一への取材がきっかけで音楽雑誌に掲載された京平の特集記事だった。その記事のなかで、デビュー前の京平が出入りしていたという触れ込みで青井楽器店が紹介されていた。

「記事を見せられたときは、驚いて言葉が出なかった。この女はどうして俺にこの記事を見せるのか。もしかして俺の素性を知っているのかって。訊きたかったけど、訊くわけにもいかず、とりあえず黙って記事を読んだ。そしたら――」

――その楽器店に行ってみたいと思いませんか。

――去年、青井友康さんが亡くなって、今は甥の圭一さんが店を継いでいます。

修はかろうじて平静を保ちながら、何の話ですか、ととぼけてみせた。すると、女は、あなたのことは誰にもいわないので安心してください、といって店を出て行ったという。

「トモが死んだっていうのが本当か確かめたくて、女が店を出たあと、俺はトモの知り合いのふりをして青井楽器店に電話をした」

思い出した。沙月からの電話のあと、知人を名乗る男から友康はいないかと電話がかかってきた。あの電話は修だったのか。

「電話に出たの、あれは圭一だったんだろ」

「そうだよ」

「長く話して、変に印象に残るとよくないと思って、すぐに電話を切ったんだ」

「父さんの店に来た女性って、この人じゃなかった？」

圭一はスマートフォンを取り出して修に見せた。画面に映っているのは沙月だった。

「ああ。圭一の知り合いだったのか」

「僕の妻で、沙月っていうんだ」

「何だって」修が目を見開いた。「圭一の奥さんがどうして俺のところへ？」

圭一は、ライターだった沙月が二十八年前の事件の取材をしていたこと、急に連絡が取れなくなったことを話した。

「それで警察に相談したら、七尾署から港で遺体が見つかったと連絡があって……」

「港で遺体？　もしかして、あのニュースか」修は表情をゆがませた。「だけど、どうしてそんなことに」

「先月の大雨が降っていた夜に、トラックにはねられて川に落ちたんだ。事故のときの映像に、沙月が自分からトラックの前に進み出る様子が映ってた」

「自分からトラックに？」

「だけど、沙月が死のうとした動機が、僕には思いつかなくて。沙月が父さんの店に行ったのは、たぶん、事故に遭う直前だと思うけど」

「先月の大雨が降っていた日……そうだ、たしかにあの晩だ。客は誰も来なくて、一人で店にいたら、コートを濡らした見たことのない女性が……うん、間違いない」

「どんなことでもいい、沙月のことで何か覚えていない？」

「ちょっと待て」修は目をつぶると、額に指先を当てた。「そういえば……少し、ふらついていたな」

「酔ってたってこと？」

「いや、酒で酔ってる感じじゃなかった。うちの店にいたときもホットココアを飲んでたし。ふらついていたのは、帰り際にコートを羽織ろうとしたときだ」

青井楽器店の記事を見せられた修は、沙月に警戒心を抱きながら、かけてあったコートを沙月に渡した。すると、袖を通そうとした沙月が体を揺らして壁に手をついた。

「大丈夫ですかと声をかけたら、何でもないといってた。だけど、今思い出しても、あのときは、ぼんやりした顔をしていた気がするな」

ぼんやりした顔。取材旅行の疲れがたまっていたのか。あるいは、具合でも悪かったのか。

圭一が思索にふけっていると、修が急に後ろを振り向いて、「おい、あれ」と口にした。

港沿いの道路を、赤ランプを消したパトカーが走り去っていった。

急に不安が胸をよぎった。時計を確かめると、午後八時四十分だった。斉賀はまだ着いていないはず。もしかしたら、連絡を受けた七尾署が修を捜しているのかもしれない。となると、もはやこの場所も安全ではない。

「これからどうする？」

圭一の問いに、修は何もこたえない。

「公訴時効までは、あと何日？」

「……六十日だ」

「逃げるよね」

「そうだな」と修があいまいな表情をした。

「圭一の奥さんがうちの店に来たあと、一応、逃げる準備はしておいた。彼女は誰にもいわないといってくれたけど、ほかにも俺のことに気づいている人間がいるかもしれないからな。ただ……今日、圭一と会って、逃げるのは、もういいかなって気持ちがわいてきた」

「どうして」

「俺が逃げ続けてきたのは、ほかでもない、海江田長官を撃ったことを、トモと圭一に知られたくなかったからだ。だけど、トモはもうこの世にいないし、圭一にも全部話してしまった。今さら逃げる必要はないんじゃないかって」

「いや、逃げてよ。公訴時効が成立するまで逃げて」

圭一の言葉が予想外だったのか、修は驚いた顔で圭一を見ている。

逃げて――我知らず口走った言葉だが、それが今の偽らざる心境だった。

修から聞いたこれまでの半生は、圭一の胸を衝いた。光宗会の教祖殺害の計画に加担しての渡米、帰国しての警察庁長官の狙撃。修はそのどちらも拒むことはできなかった。家族を守るため、選ばざるを得ない選択だった。

その後の人生でも、修は自分の犯した罪を心に刻んで生きてきた。もう十分ではないか。修には、自首せずに逃げ切ってほしい。公訴時効まであと六十日に迫っているなら、なおのことそう思った。

「もうすぐ全部終わるんでしょ。それまで、逃げればいいよ」

「終わる……そうだよな」

ためらいがちな表情のまま、修は自分にいい聞かせている。

「もう店には戻れないな」

「うん。行かないほうがいい。警察が来てるかもしれない」

船停まりに並ぶ船がかすかに揺れていた。キンキンと鳴り続ける金属音は、危険を知らせるシグナルのようにも聞こえてくる。

「店で思い出した」修がハッとした顔になった。「領収書だ」

「領収書？」

「さっきの話。圭一の奥さんのことで、今、思い出した。会計するときに、領収書を書いてくれと頼まれた。普段、うちの店はレシートを渡していない。客に求められたときだけ領収書を書くんだ。だから、よく覚えてる。間違いない」

領収書。その言葉から想像するもの……。

沙月のことに思考を切り替えようとしていると、視界の端で赤いものが光った。

「まずい。気づかれたかもしれん」

〝能登食祭市場〟の駐車場のほうを見ると、パトカーらしき赤ランプがまわっている。

「圭一」

修が両の手で圭一の手を強く握りしめた。手のひらに何かが入り込んでくる。

「会えてよかった。おまえはちゃんと生きてくれ」

「父さん……」

手を離した修がすぐに走り出す。にわかに寂しさがこみ上げたが、圭一は黙って後ろ姿を見送った。ここで下手に声を出して目立ってはいけない気がした。

修の姿が闇に消えていった直後、騒がしい足音が聞こえた。振り返ると、〝能登食祭市場〟のほうからいくつもの黒い人影が迫ってくる。影は圭一の前を通り過ぎて、修が走り去った方向へ駆けて行った。

誰かが圭一の前で立ち止まった。

「こんばんは」

その顔が足元の灯りでうっすらと照らされる。七尾署の大崎だった。

「警視庁から連絡がありましてね。とりあえず、清野義邦の店に行ったんですけど——」

店は閉まっていた。周辺で聞き込みをしたら、清野が年下の男性と港のほうに歩いていくのを見たという情報が入り、ここへ来たと大崎は語った。

圭一はぐっと奥歯をかみしめた。七尾署が周辺に包囲網を敷けば、修はまず逃げきれないだろう。修と話し過ぎたと後悔が胸をよぎった。

そのとき、静かだった港にエンジン音が鳴り響いた。船停まりに並ぶ船の列から、一艘のプレジャーボートが勢いよく飛び出した。

「船で逃げたぞ！」と誰かが叫ぶ声がした。

ボートはライトもつけずに沖のほうへと進んでいく。防波堤のところでカーブしながら、さらに沖の方へと加速していった。

大崎が、慌てた様子で誰かに電話をかけ始めた。

目の前の水面は、ボートに切り裂かれて大きな波が立っている。沖に目を向けると、暗い海に同化していくように、ボートが闇に包まれていく。

エンジン音は徐々に小さくなり、やがてボートとともに消えてしまった。

「一緒に署まで来ていただけますか」

電話を終えた大崎に声をかけられた。「もうすぐ警視庁の方も到着すると思いますので」

大崎と一緒に駐車場へ向かった。

その途中、圭一はそっと手のひらを開いた。

修から渡されたもの、それは角の丸くなったギターのピックだった。

「一緒にいたのは、清野義邦ですよね」

ズボンのポケットにさりげなくピックを落としながら、「はい」と返した。だが、こたえたのは、まずかったかもしれないと反省した。修の逃走に協力するなら、どんな質問にも安易にこたえてはいけない気がした。

いったん七尾署に着いたが、圭一は、やっぱりホテルに帰りたいと大崎に告げた。

大崎は、「今夜のうちに少しだけでもお話を聞かせていただけませんか。もうすぐ、警視庁の方も到着なさるので」と食い下がってきた。

「明日にしてください。夜、遅い時間に、本人の了解なく任意の聴取をすることはできないはずですよね」

圭一の強い口調に、大崎は、「わかりました」といって落胆のため息をついた。


翌日、大崎と若い刑事がホテルまで迎えに来た。七尾署では、斉賀ともう一人、警視庁の加辺という警察官が待っていた。斉賀は、圭一に対して責める言葉こそ口にしなかったが、悲しげなまなざしを向けてきた。加辺のほうは目つきが異様に鋭く、不気味な雰囲気を醸し出していた。

大崎も同席して、警察官三人に囲まれての聴取となった。

「昨日、逃げた人物はまだ見つかっていません」

言葉を発したのは斉賀だった。「改めてうかがいます。清野は本物の清野でしたか？」

「おこたえしたくありません」

そういったとたん、圭一と警察官たちの間に冷え冷えとした空気が流れた。

修には逃げのびてほしい。そのためにできること。一晩考えて出した結論は、何も話さないことだった。たとえ細心の注意を払って質問にこたえたとしても、自分のような素人では、何かしらほころびが出るだろう。ならば、最善の策は、これしかないと、話さないことに決めた。

とはいえ、質問を無視するわけにもいかず、こたえたくない、という言葉のみ発した。

斉賀は、「清野とはどんな話をしたのですか」、「清野はどこへ行くといっていましたか」と、辛抱強くいろいろな質問を投げかけてきた。

圭一はひたすら「申し訳ありませんが、おこたえしたくありません」といい続けた。

途中、加辺が、机を叩いて、「どうして、話してくれないんですか！」と怒鳴り声を上げたことがあった。普段の圭一なら、ひるむところだが、このときも何も語らなかった。

休憩を挟みながら、質問は続いた。午後三時にようやく解放された。圭一は最後まで黙秘の姿勢を貫いた。

七尾署を出るとき、斉賀から「東京に戻ったら、また連絡しますので」と声をかけられた。


警視庁からの呼び出しを待ちながら、落ち着かない日々を過ごしていた。

だが、圭一のもとには、警視庁からも斉賀からも連絡はなかった。圭一の知る限り、七尾港で修が逃走を図った件は、新聞やニュースでは報じられていない。

おそらく警察は発表していない。これにはどういう意図があるのか。公訴時効を迎えたはずの事件が、実は時効が成立していなかった。しかも、その容疑者らしき人物を特定したにもかかわらず、逃走を許してしまった。そんな話を世間に知らしめても、昨今、バッシングにさらされている警察組織にとって、何のメリットもない。それなら、七尾での一件を何もなかったことにする。つまりは隠ぺい。警察内でそうした意思が働いたのかもしれない。

二十八年前の海江田狙撃事件の全容は、修から聞いた。事件について腑に落ちない点は、もうなかった。今もって、圭一のなかで消化しきれないのは、沙月のことだった。

修から聞いた、別れ際の言葉を何度も思い返していた。

――領収書を書いてくれと頼まれた。

前に、沙月から聞いた記憶がある。取材旅行で飲食店を利用すれば、経費は会社持ちとなる。あとあと会社で精算するために、領収書をとっておかなくてはいけないと。

もし死ぬつもりだったなら、領収書を求めたりするだろうか。

修の話では、沙月は少しふらついていたが、酔ってはいなかったという。

家を出ていく前の晩のことを振り返った。取材でビールを飲んだといっていた。あの晩は、食事の前に漢方薬を服用していた。そうだ、薬は翌朝も……。いや、あの日だけじゃない。酒を飲まない日も朝晩、薬を飲んでいた。

酒を飲んでいないときも、どうしてあの薬を？

気になって沙月の部屋に入った。チェストの引き出しを上から順に開けていくと、三段目に漢方薬の入った透明の袋があった。二日酔いの予防には、これがいいの――いつも飲んでいた五苓散という漢方薬だ。袋には、ほかに黄色い錠剤も入っている。こっちはよく見るビタミン剤だ。

薬局が発行した領収書が目に留まった。処方箋を出した病院は、ひまわり耳鼻咽喉科。十条銀座商店街のビルの二階にある小さな病院だ。喉の調子が悪くて一度診てもらったことがある。愛想のない中年の女性が医師だった。

領収書の日付は二月二十五日。耳鼻科というのが気になった。

スマートフォンで五苓散を検索した。効用――何かが頭蓋を叩いた。

店番をしていた矢部に「ちょっと近くまで行ってくる」と告げて、圭一は店を出た。

耳鼻科の待合室には誰もいなかった。午前の診療時間は十分前に終わっている。出直そうかと思った矢先、白衣の事務員が受付カウンターから顔を出した。

家族のことで先生に話がありますと告げた。自分と沙月の名前を名乗ると、事務員は少しだけ迷惑そうな顔をしてカウンターの奥に引っ込んだ。

しばらく待つのかと思いきや、すぐに事務員が戻り、「どうぞ診察室へ」と圭一を案内した。

診察室に入ると、縁の大きな眼鏡をかけた女医が椅子に座っていた。

女医は「何でしょう」と不愛想な表情で尋ねた。

「こちらの病院に通院していた妻のことで、お訊きしたいことがありまして」

「申し訳ありませんが、患者さんの個人情報については、ご家族であっても教えるわけにはいきません」

女医は即答した。

「その妻が、先月、亡くなりまして」

「それはお悔やみ申し上げます。でも」女医は感情のこもらない声で続けた。「ご遺族といえども、患者さんのことは、やはりお伝えすることはできません」

圭一は、はやる気持ちを抑えながら、沙月が車にはねられて川に転落し、その後、遺体で発見されたことを伝えた。

「――車のドライブレコーダーの映像では、妻が自ら車の前に飛び出したようにも見えました。でも、僕には、妻がそうする理由が思い浮かばなくて」

眼鏡の奥にある女医の瞳が微かに揺れた。

「これは、妻がこちらの病院で処方されていたものですよね」

圭一は、ポケットから五苓散のアルミ包装を取り出した。

「仕事柄、酒を飲む機会が多かった妻は、この薬をよく飲んでいました。しかし、耳鼻科で薬の処方を受けていたとなると、二日酔い防止のためではなく、病気の治療のために服用していたんじゃないかと思いまして。ネットで調べたら、ふらつきを改善する効果があると書いてあるのを見つけました」

女医は、ひとつ大きなため息をつくと、

「わかりました。今日は、特別にお話しします」といった。

そしてマウスを操作し、モニター画面を確かめてから、圭一のほうに向き直った。

「奥様は、難聴を患っていらっしゃいました」

「難聴？　沙月は音が聴こえなかったのですか」

「奥様の場合は全く聴こえないというわけではなく、低音だけが聴こえないという症状でした。この手の難聴は急に発症することが多いのですが、発症してから二週間以内に治療を開始しないと、回復が難しくなるともいわれています。病院に初めていらしたのは二か月前でしたが、右の耳はだいぶ前から聴こえが悪かったようで、回復の見込みはない状態でした。左の耳は、最近、調子が悪くなったとおっしゃっていました」

女医は淡々と語り続けた。本来、治療には、第一選択としてステロイド剤の服用を勧める。これは即効性があって治りも早いといわれている。だが沙月は、過去にステロイド剤で強い副作用を発したことがあるので、ほかの薬を処方してほしいと希望したという。

「ステロイドに比べて効果は緩やかなのですが、副作用の小さい漢方薬を奥様に提案しました。

それがこの五苓散です。ほかにも神経を修復する作用のあるビタミン剤も処方しました」

「症状は回復していたのですか」

「よかったり悪かったりを繰り返していたようです。ただ、奥様にはメニエール病の症状もありました」

「メニエール病？」

「主な症状はめまいや立ちくらみで、この病は難聴と同時に発症するケースが多いんです」

難聴。めまい。立ちくらみ……。

映像が網膜の奥で再生される。強い雨が降るなか、沙月は道路にふらりと出た。

先生っ、と圭一は身を乗り出した。

「走っていた車の音が土砂降りで聞こえなかったということは、ありうるでしょうか」

「土砂降りどころか――」女医が首を横に振った。「晴れている日でも聞こえにくく感じます。症状のある患者さんには、外を出歩くときは気をつけてくださいと注意を促しています」

「じゃあ、沙月がトラックにはねられたのは……」

「何ともいえません。私がお伝えできるのはここまでです」

女医は最後も淡々とした声でこたえた。


商店街をあてもなく歩いていた。

沙月に死ぬつもりなどなかった――。

耳が聴こえづらい沙月は、車が近づく音に気づかなかった。土砂降りで視界が悪いという不運も重なった。道路を横切ろうとして足を踏み出し、事故に遭ってしまった。

未解決事件の真犯人を暴く記事を書き、社会派ライターへの大きな一歩を踏み出す。そのために必死に取材をして、最終地点の七尾へとたどり着いた。それなのに——。

事故に遭ったシーンがフラッシュバックして、圭一はぎゅっと目をつぶった。

修から聞いた話をもう一度思い返し、七尾での沙月の心情を想像する。

七尾にいるのは、本当の清野か。あるいは、キムであり修なのか。それを確かめるために清野のバーを訪れた。ところが、バーで店主を見ても、それが誰なのか、わからなかった。沙月は店主の反応を探るために、青井楽器店が掲載された雑誌を見せた。結果、店主が修とわかった。

圭一は歩く足を止めた。

いや、そうだろうか。雑誌を見せたのは、単に修かどうかを確かめるためだったのか？

違う気がする。なぜなら、ライターを生業としてきた沙月なら、圭一のようにためらうこともなく、真正面からあなたは誰なのかと問いかけることもできたはず。それをしなかったのは、どうしても雑誌の記事を見せたかったから。

見せたい理由とは？　なぜ、そんなことをしたのか？

今の青井楽器店を、あとを継いだ息子の存在を修に知ってもらいたかったから。

もしかしたら、修の店に入った時点で記事を書くのは、すでに二の次だったのかもしれない。でなければ、修に「誰にもいわないので」なんて言葉を置いていくはずがない。

仕事より自分と修のために……。

勝手に進む想像を無理矢理止めた。これは全部、自分が望む想像だ。雑誌を見せたというだけで、この想像が真実にはなりえない。

でも、やっぱりそうだったと信じたい。

——このまま家に帰ったら、許してくれる？

視界がぼやけていく。圭一は、沙月、と声に出した。

許すも、許さないもないよ。沙月のおかげで、死んだと思っていた父に会えたんだから。

圭一の両目から、ぼろぼろと涙がこぼれ落ちた。


斉賀が青井楽器店を訪れたのは、圭一が東京に戻って一週間後のことだった。

夜七時ごろ、斉賀は一人で現れた。

「今、ちょっと、いいですか」

矢部に店番を任せて、圭一は斉賀と地下へ降りた。スタジオは一番奥の部屋が空いていた。ここなら、誰かに話を聞かれることもない。

パイプ椅子に腰かけて向かい合った。隣の部屋から、わずかにドラムの重低音が聞こえてくる。

あいさつこそ交わしたが、会話はすぐに始まらなかった。二人の間に、どこかぎくしゃくした空気が流れていた。

斉賀はどんな用件で来たのだろうか。圭一は警戒心を抱いた。東京に戻ったら、すぐに接触してくるかと思ったが、一週間たってようやく現れた。しかも、連絡もなく急に。

もしかして修は身柄を確保されたのか。それを伝えるためにここへ来た？　今、ひそかに修は警察の取り調べを受けている。だから、斉賀から圭一には、何の音沙汰もなかったのではないか。

そう思うと、気持ちが急いた。だが、自分から尋ねることはできなかった。七尾署で、何を訊かれてもこたえなかった。そんな自分が修のことを訊く権利はない。第一、修が捕まったと決まったわけではない。

圭一がそんなことを考えていると、斉賀が口を開いた。

「この一週間、何の進展もありません。キムミンソンの行方もわかりません」

修は捕まっていない。安心感が胸に広がるも、警戒心は完全には消えなかった。斉賀が、清野といわずキムミンソンと口にしたところを見ると、警察は、キムが清野に入れ替わった確証を得たのだろう。

「七尾での夜のことは、ニュースになりませんでしたね」

「上の判断で、一切おおやけにしませんでした。捜査は今も続けていますが、あの晩、逃走に使われたボートは、まだ見つかっていません」

暗い海に突き進んでいったプレジャーボートを思い出すと、圭一の胸を不安がよぎった。海で事故にあった可能性もないとはいえない。修が無事に逃げ切れたかどうかは、わからない。

「七尾に残って佐竹登紀江にも聴取をしたのですが、何の手がかりも得られませんでした。清野と登紀江は入籍もしていませんでしたし」

修は登紀江に自らの過去について、何も語っていなかったのかもしれない。籍を入れていなかったのも、万が一の逮捕を恐れてのことだったのではないか。

ふと気づくと、斉賀がまっすぐな視線を圭一に向けていた。圭一は目をそらすこともできず、斉賀を見返したが、自分のまなざしが不安定に動いているのを自覚した。

「青井さん。あの晩、七尾港でキムと話したことを教えていただけませんか」

斉賀の眼差しは、ひたすら真実に向かってひた走る捜査官のそれとは異なり、七尾署で見たときのような、どこか悲しげな色——同情を含んでいるようにも見えた。

圭一の気持ちに少しでも寄り添おうとしているようにも感じられる。しかし、それを信じてもいいのかと迷う気持ちもある。

警察は全力で捜査をしている。二十八年前の未解決事件の犯人として修の行方を追っている。修がそう簡単に逃げ切れるとは思えない。圭一がいくら口を閉ざしても、修が捕まれば、すべてが明らかになる可能性が高い。

だからといって、港で修から聞いた話をあっさり伝える気にはなれなかった。かりに修が逮捕されることになれば、長い間、逃げ続けた重大事件の犯人として、世間は好奇の目で修を見るだろう。だが、一人の人間としてどんな苦しみを背負って生きてきたかまでは知ろうとはしない。

斉賀がおもむろに、「最近、ようやく父の気持ちが少しだけわかるようになりました」といった。

「父は現役時代、常に刑事事件の犯人を追い続けて、ほとんど家にいませんでした。そのせいもあってか、定年後に母から別れを切り出されて、離婚しました。しかし、現役を退いてからも、父は変わらなかった。数ある事件のうち、心残りだった二十八年前の事件の犯人をずっと追いかけていた。なぜ、父はそこまで執念を燃やしていたのか、今なら、わかるような気がするんです」

圭一から離れた斉賀の視線は、遠くを見ているようだった。

「単に犯人を捕まえるという義務感でなく、犯人の胸の内を知りたかった。どうして、罪を犯したのか、犯人はどんな人間だったのか、興味があった。それを知りたくて、捜査に執念を燃やしていたんじゃないかと。私も、キムミンソンという人物を調べていくうちに、キムがどんな気持ちで逃げていたのかを考えるようになって、父の思いはこれだったんじゃないかと気づいたんです」

今日、斉賀は捜査としてここへ来たのではないのかもしれない。通常、警察は二人一組で動く。王子署の刑事たちもそうだった。捜査とは関係なく、キムミンソンという人物を知りたくて、圭一のもとを訪れたのではないか。

単なる逃亡犯ではなく、一人の人間として父が背負ったもの。それを理解してもらえるなら……。

圭一は、深く息を吸い上げると、「七尾にいたのは父、青井修でした」といった。

「父は、二十八年前に海江田長官を狙撃したのは、自分だと認めていました」

斉賀が息をのむのがわかった。

圭一は、七尾港で修から聞いた内容を事細かに語った。圭一の治療費の対価として徳丸殺しの請負人を捜すためにアメリカへ行ったこと、加藤から脅されて狙撃犯にならざるを得なかったこと。話を聞きながら、斉賀は何度も短くうなった。

修の話だけでなく、圭一が修の死を偽装と気づいた理由も伝えた。カセットテープがきっかけだったと話すと、斉賀は、それは刑事顔負けですねと、少しだけ頬を緩めた。

圭一の長い話が終わると、余韻に浸っているのか、斉賀はすぐに口を開かなかった。

「ずっと苦しんでいたのでしょうね」斉賀がしんみりした声を発した。

その言葉に、圭一の気持ちは少しだけ軽くなった。

「父がやったことはたしかに犯罪です。しかし、二十八年間、重いものを背負って生きてきた父を、僕は責める気にはなれなかった。公訴時効があと二か月に迫っているのなら、逃げ切ってほしいと思いました」

圭一の言葉に、斉賀がかすかにうなずいた。

隣の部屋からは、ドラムの重低音が聞こえなくなっていた。

「そういえば、昨日、舛木が意識を取り戻しました」

「よかったですね」

斉賀の表情は緩むことはなく、どこか苦しげに見えた。

「舛木の起こした事件は、まだ謎が多い。意識が戻ったとなると、回復の具合を見て、聴取をしなくてはいけません」

前に、斉賀から聞いた話を思い出した。舛木は娘の治療費のために桐原長官殺しを引き受けた疑いがある。真相にたどり着くためには、これからいろいろなものをあぶりだしていかなくてはいけない。斉賀にとっても心苦しい思いはあるのだろう。

「そろそろ、失礼します」

斉賀が何かを振り切るように、すくっと立ち上がった。「お話、ありがとうございました」

「父への捜査は、これからも続くんですよね」

目を伏せた斉賀は、「ええ」とうなずいた。

一階では矢部が店内の片づけをしていた。もう閉店の時間だった。

矢部を帰らせたあと、圭一は事務机の椅子に腰かけて、ぼうっとたたずんだ。

修に関することは、斉賀にすべて話した。胸にあったつかえは幾分か消えたが、修の安否が定かでないのは、心配だった。

机に視線を落とした。マットに挟んだ年季の入ったピック。七尾港で修から渡されたものだった。

圭一は、ピックをデスクマットから取り出して、じっと眺めた。

――会えてよかった。おまえはちゃんと生きてくれ。

逃げる直前、修はそういい残した。その言葉は、まさか、俺はもう死ぬという意味だったのではないか。いや、それはない。逃げることにいったん迷いを見せていたが、公訴時効を迎えるまで逃げる覚悟であの場を離れたはずだ。

では、修は無事なのだろうか。自らの安否を真っ先に伝えるとしたら、佐竹登紀江だろう。

登紀江個人の携帯電話の番号はわからないが、スナックの電話番号なら、調べたらすぐにわかる。だが、登紀江に何といって電話をすればいい?

登紀江は警察の聴取に何も知らないとこたえた。自分は修の息子だと話して、すぐに信じてくれるだろうか。修は登紀江に何も打ち明けていない可能性もある。そうはいっても、登紀江に確かめるのが一番の近道ではないか。

思考が堂々めぐりを繰り返していると、メールの受信を告げる電子音がスマートフォンから聞こえた。

青井楽器店のホームページに掲載しているメールアドレスあてだった。メールが送られてくるのは、店の常連客がスタジオレンタルの予約をしたときと、怪しげな迷惑メールくらいしかない。メールのアプリを開いた。ランダムな英数字が羅列されたフリーメールアドレス。いつもの怪しげなメールかと思いきや、メールの件名に目を奪われた。

Live Forever

慌ててメールを開くと、本文にも『Live Forever』とだけ記してあった。

修は生きている——圭一は天を仰いだ。死んでいない。無事に逃げることができていた。

全身から力が抜けた圭一はしばらくの間、椅子に背を預けていた。

店の戸締りをして二階に上がった。シャワーを浴びたあとに遅い夕飯をとっていると、テーブルに置いたスマートフォンが着信を告げた。

メールではなく電話だった。修かと思い、慌てて手を伸ばしたが、画面の表示は斉賀だった。

そうだ。修は携帯番号を知らない。かかってくるはずがない。

「青井です」

〈お伝えしたいことがあります〉

斉賀の声から興奮している様子が伝わってきた。〈青井修を名乗る人物の身柄を確保しました〉

えっ、と声が出た。同時に、嘘だろうという思いがこみ上げてくる。一時間ほど前に、修らしき人物からメールが届いたばかりだ。だとしたら、警察が修を発見したのか。

「本当に、父なのですか」

〈身分を証明するものは何も持っていませんが、七尾からボートで逃げたのは自分だと供述しています〉

であれば、修だ。修に違いない。

「どこで父を見つけたんですか」

〈警察が見つけたのではなく、ご自身が警視庁へ出頭なさいました〉

思考の歯車が急停止した。せっかく逃げたのに。どうして、どうして。

〈その人物から、青井さんに伝えてほしいことがあると承りました〉

「何でしょうか」

〈いつか弟と息子の店に行きたい。だから逃げるのをやめた。そう伝えてほしいと〉

弟と息子の店に行きたい――。そのセリフを胸のなかで反芻していると、夜の七尾港で修と交わした会話の記憶が呼び起こされた。

――品ぞろえも内装もすごくいい感じだった。

――一度でいいから行ってみたかったな。トモと圭一の作り上げた店に。

修は青井楽器店への思いをにじませていた。公訴時効が成立すれば、青井修と名乗り直して、七尾で生活することはできる。だが、法律上の罪に問われなくなったとしても、長年死んだと偽っていた人間が堂々と青井楽器店に現れるなんてことはできない。もし店を訪れたいなら、公訴時効という目の前のゴールを捨てて罪を償うしかない。

だから修は自ら出頭を――。

「父は逮捕されたのですか」

〈まだ、逮捕には至っていません。まずは、詳しいお話をうかがってからになります〉

「斉賀さん。父のこと、お願いします」

忙しい合間に電話をしたのか、斉賀は早口で〈わかりました〉というと電話は切れた。

『Live Forever』　メールの一文が脳裏に浮かんできた。

あれには生きているという意味だけではなく、もっと強い思いが込められているのかもしれない。

二十八年前、修は海江田長官を狙撃し、街をさまよった末に、深夜の青井楽器店にたどりついた。イヤフォンから流れるリヴ・フォーエヴァーを聴きながら、青井修としての人生に蓋をする、もうここに来ることはないと心に誓った。

だが、アメリカで大病を患い、帰国。東京には戻らず、青井修ではない別の人間として生きていた。

そんなあるとき、永遠に閉じたはずの心の蓋にひびが入った。

きっかけを作ったのは、沙月だった。

青井楽器店の記事を見せられた。その楽器店に行ってみたいと思いませんか——投げかけられた言葉に心が動いた。

圭一は一階に降りた。

灯りを消した店内は、ガラスドアから差し込む薄暗い光でうっすらと照らされている。

事務机に置いたままのピックがほのかに光を放っていた。

圭一はそれを手に取ると、外へ目を向けた。

父さん……。

ガラスの向こうにぼんやりと幻が浮かんでいた。

バックパックを背負い、心細い顔でたたずむ青年。

二十八年前の修の姿に、ああ、と声が漏れた。

もしかしたら友康も、今の自分と同じように、修の幻を見ていたのではないか。

生前、友康は修の存在にたどり着けなかった。だが、修が生きていると心のどこかでずっと信じていた。

いつか、兄が現れるかもしれない。いや、きっと現れる。その思いを心に秘めて、夜一人でドラムを叩き続けていたのではないか。

父さん。

誰もいない路上に向かってもう一度、呼びかける。

僕もトモさんもここで待っているから。

圭一はピックを置くと、ドラムスティックを手にした。そして、もう片方の手で机の脇にあるラジカセの取っ手を握った。

地下のスタジオへ降りていった。

沙月、修、友康。

三人のことを思い浮かべながら、圭一はいつまでもドラムを叩き続けた。

参考文献

『オールカラー軍用銃事典』床井雅美（並木書房）
『完全秘匿 警察庁長官狙撃事件』竹内明（講談社＋α文庫）
『警察庁長官狙撃事件 真犯人〝老スナイパー〟の告白』清田浩司 岡部統行（平凡社新書）
『警察庁長官を撃った男』鹿島圭介（新潮社）
『公安は誰をマークしているか』大島真生（新潮新書）
『時効捜査 警察庁長官狙撃事件の深層』竹内明（講談社）
『実録「逃亡者」30人のドラマ』（宝島社）
『宿命 警察庁長官狙撃事件 捜査第一課元刑事の23年』原雄一（講談社）
『宿命 國松警察庁長官を狙撃した男・捜査完結』原雄一（講談社文庫）
『内閣情報調査室 公安警察、公安調査庁との三つ巴の闘い』今井良（幻冬舎）
『日本の公安警察』青木理（講談社現代新書）

ロックバンド『オアシス』の経歴と作品については、インターネットの情報を参考にしました。

取材協力

ビッグボス金沢　代表　佐々木真氏（プロドラマー）

本書は書き下ろしです

城山真一（しろやま・しんいち）
一九七二年、石川県生まれ。金沢大学法学部卒業。
二〇一五年に『ブラック・ヴィーナス　投資の女神』で
第14回『このミステリーがすごい！』大賞を受賞。
他の著書に『看守の流儀』『相続レストラン』
『ダブルバインド』など。

狙撃手の祈り

二〇二三年一〇月三〇日　第一刷発行

著　者　城山真一
発行者　花田朋子
発行所　株式会社　文藝春秋
〒一〇二-八〇〇八
東京都千代田区紀尾井町三-二三
電話〇三-三二六五-一二一一
印刷所　図書印刷
製本所　図書印刷
ＤＴＰ　言語社

ISBN 978-4-16-391766-5
Printed in Japan